Julia Hoch

FRAU PUTZ

W0272167

Julia Hoch

FRAU PUTZ

Roman

HELMER

Für meine Mutter:
Danke für deine Bücherliebe!

Der moderne Schmutz beruht also auf neuen Ordnungen
der Sichtbarkeit und Unsichtbarkeit,
die ihrerseits an Machtstrukturen anknüpfen.
(Nicole C. Karafyllis: Putzen als Passion.)

Mittwochnachmittag

AUGENARZTPRAXIS

Kerstin hatte nicht richtig zugepackt. Es rumpelte, knackte und klirrte. Zwei goldene Konservendosen kullerten heraus, eine Weinflasche rutschte hinterher.

Die MFA bückte sich und inspizierte erst Flasche, dann Dosen und schließlich den restlichen Inhalt des Präsentkorbs.

Für einige Sekunden fragte Kerstin sich, ob sie helfen sollte, schließlich war ihr der Korb runtergefallen, doch die MFA hatte ihn im Nu wieder bestückt.

»Alles heile geblieben. Sogar die Weinfalsche.« Mit dem Fuß schob sie den Korb zu Kerstin herüber. Sie klappte einen Zettel auf, räusperte sich. »Liebe Frau Wischenski –«

»Wischnewski. Es heißt Wischnewski.«

»Oh, sorry. Ähm, kleinen Moment, ich kann die Schrift nicht so gut lesen.«

Die überdimensionierten Plastikmarienkäfer baumelten an ihren Drähten vom Weidengriff hinab, als wollten sie sich genauso in die Tiefe stürzen wie Kerstin in diesem Moment. Im Gegensatz zu ihnen stand Kerstin jedoch kein Abgrund zur Verfügung. Auf den Enden der lila Satinschleifen stand *Alles Gute* – anstelle eines Ausrufezeichens war ein erhobener Daumen aufgedruckt.

»So, jetzt geht es weiter: Es tut mir sehr leid, dass wir Sie nicht weiter beschäftigen können. Sie haben stets gute Arbeit geleistet.«

Von diesem Lob konnte Kerstin sich weder Schnitzel noch

Schokolade kaufen. Sie war diesen Auftrag los, ihre seit Jahren zuverlässigste Einnahmequelle.

Kerstin starrte auf eine der Dosen, las, damit sie etwas zu tun hatte, las ... was? Sie ging in die Knie, um zu überprüften, ob sie richtig gesehen hatte. Auf der goldenen Dose stand tatsächlich ›Feine Entenleber‹.

»Stimmt etwas nicht?«, fragte die MFA. »Ist doch etwas kaputt?«

»Nein, nein. Alles in Ordnung.« Kerstin richtete sich wieder auf, riss Brauen hoch und Augen auf, um möglichst konzentriert und interessiert zu wirken. Es fühlte sich wie eine Fratze an.

Die MFA beäugte sie kurz, fuhr dann mit dem Ablesen fort: »Ich hoffe, dass Sie bald eine andere Putzstelle finden werden. Vielleicht schauen Sie ja irgendwann als Patientin in der neuen Praxis vorbei. Alles Gute für Ihre weitere Zukunft. Lassen Sie ... sich schmücken ... Hä? Ach nein, lassen Sie es sich schmecken! Mit bestem Gruß, Dr. Schmellik.« Sie ließ den Zettel sinken, trat zwei Schritte zurück, steckte die Hände in die Kitteltaschen, blickte umher. Die junge Frau war noch neu, Kerstin kannte sie erst seit Kurzem. Viel geredet hatten sie seither nicht.

Die MFA sah zum Korb, zog eine Hand wieder aus der Tasche und fuchtelte mit dem Zeigefinger. »Sehr erlesener Wein, soll ich übrigens sagen. Bekommt man nicht überall. Der Weiße passt wohl hervorragend zu weißem Spargel oder Pfifferlingsrisotto.«

Kerstin hasste Wein. Wie man dieses Zeug mögen konnte, verstand sie nicht. Vor allem wenn er trocken war. Asti, der schmeckte ihr. Der prickelte wenigstens ein bisschen und war schön süß. Sie trank aber nur zu speziellen Anlässen. Das letzte Mal hatte sie auf Katharinas Abifeier getrunken. Vor vier Jahren. Nein, fünf. Man hatte sie bedient – und sie hatte keines der angebotenen Gläser abgelehnt. Der süße Sekt war köstlich gewesen. Bis zum Erwachen am nächsten Tag. Und am nächsten. Und nächsten. Der Kater hatte sich vehement festgekrallt.

Auf ihrem eigenen Abiball hatte Kerstin nicht getrunken,

nicht trinken können. Schon kurz nach der Gruppeneinteilung für die Organisation der Feierlichkeiten war sie nicht mehr an der Schule gewesen. Und bereute es nur selten.

Erwartungsvoll schaute die MFA sie an.

»Danke sehr.« Wie man ein Lächeln aufsetzte, ohne dass das Gegenüber an der Echtheit zweifelte, wusste Kerstin. Es perfektionierte den fröhlichen Gesichtsausdruck nach außen, verstärkte das Gefühl einer Fratze nach innen.

Kaum zu fassen, dass sie nicht zur neuen Praxis mitkommen, dass sie nicht dort weiterarbeiten durfte. Angeblich hatten alle Praxen gemeinsam einen Vertrag mit einer Gebäudereinigungsfirma abgeschlossen. Angeblich hatte Dr. Schmellik keine andere Möglichkeit gehabt, konnte sich nicht dagegenstemmen. Sollte sie nachfragen, warum er sie nicht persönlich verabschiedete? Warum nur die Neue hiergeblieben war und keine Person, die sie schon länger kannte, mit der sie wenigstens ein bisschen Gemeinsamkeit verband?

›Nein, Kerstin, du schweigst!‹

Imaginär hielt sie sich die Hand vor den Mund. Früher hatte sie ständig geredet, bevor sie nachgedacht hatte, und sich dadurch in Schwierigkeiten oder zumindest Verlegenheiten gebracht. Überall Fettnäpfchen. Extra aufgestellt für Kerstin. Schön groß, um sie ja nicht zu verfehlen. Vor einigen Jahren hatte sie begonnen, sich eine laute innere Stimme anzutrainieren, eine Art große Schwester, die zusammen mit ihr nachdachte oder sie zurechtwies, manchmal dazwischenschrie. Sie half – meistens. Große Schwester Katrin.

Dr. Schmellik stieß Kerstin also von sich. Stieß sie ab. Fort. Adios. Tschüss. Auf Wiedersehen. Vielleicht. Aber nur als Patientin.

»Ich würde auch gerne mal so einen schönen Geschenkkorb bekommen.« Die MFA strich über eine gelbe Kunstnelke, bei deren Herstellung man sich offenbar nicht im geringsten darum bemüht hatte, sie annähernd echt aussehen zu lassen.

Kerstin blieb bei ihrer Fratze, schnalzte, zuckte mit den Schultern und pustete fiepend durch die Lücke zwischen ihren Schneidezähnen. Ihr fiel nichts Höfliches ein. Und sie wollte gerade auch nicht höflich sein. Sie hatte hier eh nichts mehr zu tun.

»Dann schließen wir jetzt ab. Ich habe heute einen eigenen Praxisschlüssel bekommen«, sagte die MFA und strahlte. Wie hieß sie noch gleich?

Im Schneckentempo schleppte Kerstin den Korb die Treppe hinunter. Warum freute sich die junge Frau über diesen Schlüssel? Er bedeutete nichts, die Praxis wurde schließlich aufgelöst. Vielleicht gab es sonst nicht viel, worüber sie sich freuen konnte, und sie griff lieber nach einem Fast-Nichts als einem Gar-Nichts.

Bei jedem Schritt fürchtete Kerstin, dass sie aus unerklärlichen Gründen stolpern könnte. Die drohende Misere durch zerberstende Rotweinflaschen wollte sie sich lieber nicht ausmalen. Was für eine Sauerei das geben würde. Überall dunkelrote Lachen und Spritzer, mittendrin die fein pürierte Entenleber.

›Jetzt malst du es dir doch aus. Schluss damit!‹

Sicherheitshalber setzte sie stets beide Füße auf die jeweilige Stufe und lief nicht im Wechselschritt.

Fuß – Fuß. Wie lange es dauern konnte, eine einzige Etage hinunterzulaufen.

Schritt – Schritt. Die Flaschen klirrten.

Fuß – Fuß.

Schritt – Schritt. Die Marienkäfer baumelten.

Fuß – Fuß.

Unten.

Sie atmete durch und wurde tatsächlich wehmütig, weil sie diesen Mix aus kaltem, moderigem Treppenhausgeruch und beißenden Desinfektionsmitteln vermissen würde. Von den Wänden glotzten Dr. Schmellik und drei MFAs sie an – ein Bild der Neuen hatte hier noch keinen Platz gefunden. Kerstin widerstand dem Drang, ein letztes Mal an den kleinen Steinchen des Putzes zu knibbeln, drückte mit dem Ellbogen umständlich die Klinke herunter, klemmte den Ellbogen dahinter, zog – die Klinke schnackte wieder hoch –, schob flink den Fuß in die Lücke und verpasste der Tür einen kräftigen Schubs. Beinahe wäre es nun passiert, doch sie hatte Korb und Körper gerade noch ausbalancieren können. Was ein Scheißding! Hätte sie es einfach in der Praxis gelassen. Hätte sie den Korb einfach der MFA geschenkt.

Kerstin verließ das Gebäude, stoppte und hörte zu, wie die Tür hinter ihr ins Schloss fiel.

Das war's.

Die Arme zitterten. Sie stellte den Korb auf den Gehweg. Schnaufte. Ihr Auto parkte mehrere Straßen weiter. Die Baustelle war während ihrer Beschäftigungszeit nicht mehr fertig geworden. Natürlich war sie das nicht. Welche Baustelle wird in Deutschland termingemäß fertig? So gerne hätte Kerstin vom neuen Parkplatz um die Ecke profitiert. Aber sie war selten diejenige, die von irgendetwas profitierte.

›Hör auf zu jammern, Kerstin!‹

Es begann zu tröpfeln.

Sie griff nach dem elenden Weidekorb.

Alles Gute (Daumen hoch).

Immer noch Mittwoch

VOGELBEERWEG

Kerstin sprintete in den Flur und rutschte mit dem Flickenteppich über das Laminat bis zur Wandgarderobe. In freudiger Erwartung kramte sie nach dem klingelnden Handy. Wie so oft hielt es sich tief in der Handtasche versteckt, zwischen Taschentuchpäckchen, Portemonnaie, Einkaufsbeuteln, Tampons, Kassenbons, alten Einkaufszetteln und benutzten Taschentüchern. Zwar hatte sie sich absichtlich eine Tasche zugelegt, die ein extra Fach für das Handy an der Innenseite hatte, trotzdem schmiss sie es meistens ins Hauptfach. Ärgerte sich zwar ständig, änderte aber nichts. Sie wühlte. Nach diesem Tag konnte Kerstin ein Gespräch mit ihrer Tochter gut gebrauchen. Es klingelte – vibrierte – klingelte. Als Kerstin das Handy endlich zwischen die Fingern bekam, sah sie, wer da tatsächlich anrief.

Sie schluckte.

Zögerte.

Dieses Telefonat würde wahrscheinlich genau das Gegenteil von positiver Ablenkung bedeuten. Die Vibration erklomm Unterarm und Oberarm, das Klingeln rang in Ohr und Kopf.

Sie wollte eigentlich nicht, wischte trotzdem. »Hallo Erika!«

»Hallo, Kerstin. Hast du gerade Zeit? Ich weiß, wir haben länger nicht gesprochen – dies und das –, aber ich hätte ein Anliegen.«

Ihr letztes Telefonat war einige Monate her. Der Streit hatte sich nicht klären lassen, sie hatten beide auf ihren Meinungen beharrt. Allerdings war Kerstin fest der Ansicht gewesen, dass es in dem Fall keine zwei Meinungen hatte geben können. Wenn eine Kollegin Mist baute – gehörigen Mist –, konnte man das nicht einfach so unter den Teppich kehren und totschweigen. Erika hatte das getan, und ja, Kerstin schließlich auch, weil sie niemandem hatte in den Rücken fallen wollen und weil ihre Großeschwesterstimme hartnäckig geblieben war. Richtig fand sie es allerdings nicht, eine Kollegin zu decken, die bei ihren Auftraggebern einen wertvollen Keramikengel vom Regal gefegt und es dann auf den Kater geschoben hatte. Diese verfluchten Sammelengel waren mehrere Tausend Euro wert. Die Kollegin war in Panik geraten, da sie nie eine Berufshaftpflichtversicherung abgeschlossen hatte. Als Kerstin damals mit Erika beim Kaffee saß, rief die aufgebrachte Kollegin an und fragte, wie sie ihren Hals wieder aus der Schlinge ziehen konnte. Und Erikas Handy war grundsätzlich auf volle Lautstärke eingestellt, keine Lautsprecherfunktion nötig. Leider plagten die Bauchschmerzen Kerstin immer noch.

»Ja, ich hab Zeit! Die Katze ist gefüttert.«

»Seit wann hast du eine Katze?«

»Ich habe keine Katze.«

»Und welche Katze hast du dann gefüttert?«

»Herrgott, Erika, das war ein Witz. Ich meinte mich.«

»Aha. Du warst schon mal lustiger, meine liebe Kerstin. Sei's drum. Also: Ich hör' auf.«

»Du hörst auf?« Das *au* hörte Kerstin übertrieben in sich nachhallen. Es ging also nicht um ihren Streit.

»Mein Rücken macht nicht mehr mit – dies und das – und es ist an der Zeit, dass ich mir endlich Ruhe gönne. Ich bin zu empfindlich geworden.«

Kerstin konnte es nicht fassen. Sie wiederholte diesen Gedanken in Sekundenbruchteilen – unfassbar, unfassbar, unfassbar –, dann erst sprach sie ihn aus: »Irgendwie kann ich das gar nicht glauben! Ach, Erika. Wie viele Jahre hast du den Job gemacht?«

»Vierzig.«

»Wow, den Ruhestand hast du dir mehr als verdient.« Wie oberflächlich sich dieses Gespräch anfühlte.

»Meine Kunden sind nicht begeistert.«

»Natürlich nicht.«

»Ich habe angeboten, dass ich eine gute Nachfolge finde.«

»Und? Hast du schon wen?«

»Ich hoffe es.«

»Dann steht es noch nicht fest?«

»Für mich schon.«

Es gab nicht viele, die Erikas Fußstapfen ausfüllen konnten, die all das wussten, was sie wusste. »Spann mich doch nicht auf die Folter. Sag schon, wer ist es?«

»Du kennst sie gut.«

»Aha. Sagst du's mir jetzt?«

»Na, du bist es.«

Beinahe wäre Kerstin das Handy aus der Hand gefallen. »Ich?« Sie hatten sich seit Monaten nicht mehr gesprochen, waren damals im Streit auseinandergegangen. Und jetzt das?

»Ich möchte, dass du meine wichtigsten Stammkunden übernimmst. Sie zahlen alle ungeheuer gut. Allerdings ist die Arbeit nicht ganz unkompliziert – dies und das. Kannst du dir ja wahrscheinlich vorstellen.«

Leider konnte Kerstin sich das in der Tat vorstellen. Erzählt hatte Erika zwar nie sonderlich viel, sie schwieg über ihre Kundschaft, aber das ein oder andere hatte Kerstin gespürt, wenn sie sich gelegentlich auf einen Kaffee getroffen hatten. Und ihr Gespür sagte Kerstin, dass sie diese Aufträge lieber nicht annehmen wollte.

›Bist du verrückt? Du brauchst die Aufträge! Absagen kannst du dir nicht leisten!‹

Zumindest konnte Kerstin sich einmal anhören, um was und wen es sich handelte, oder?

»Wo müsste ich denn hin?«

»Reihenhaus, Villa, Atelier und eine Büroetage. Alles in der Bellberger Umgebung. Höchstens zwanzig Minuten Autofahrt. Wenn man gut durchkommt.«

»Worin liegen die Schwierigkeiten?«

»Das Atelier zum Beispiel darfst du nur reinigen, wenn der Künstler nicht da ist. Er schreibt dir mittwochnachmittags kurzfristig eine SMS, wenn er raus ist. Dann musst du schnell hinfahren und findest vor Ort einen Brief mit Anweisungen. Wenn du die nicht strengstens befolgst – dies und das –, macht er dir die Hölle heiß und streicht den Lohn. Rechnung hin oder her, der zahlt dann einfach nicht.«

Genau so etwas hatte Kerstin befürchtet. Genau so etwas wollte sie nicht mitmachen.

›*Aber es ist Erika! Ihr sagt man nicht einfach ab.*‹

In den letzten Jahren hatte Erika ihr ein paar Kunden verschafft, bei denen andere Reinigungskräfte aufgehört hatten oder rausgeflogen waren. Erika war überall Aug und Ohr, verteilte Aufträge ohne Auftrag. Aber ihre eigenen gab sie nie ab. Auch wenn Erika nun in Rente ging, würde sie sicherlich im Hintergrund die Fäden in der Hand behalten. Manchmal kam Erika ihr vor wie eine mysteriöse Mafiachefin, malte sich ihre lukrativen, zuweilen illegalen Machenschaften aus. Und ohrfeigte sich dann selbst für diese abwegigen Gedanken. Welch ein Blödsinn!

»Kerstin? Bist du noch da?«

»Ja. Sorry.« Zuhören. Sie würde weiter zuhören und sich dann irgendwie aus der Angelegenheit herauswinden.

›*Herauswinden?*‹

Richtig.

Also ließ sie sich von den Besonderheiten des Reihenhauses, der Villa und des Büros berichten und antwortete hin und wieder mit bestätigenden Tönen oder mit einem »Ja« oder »Aha«. Doch mit jeder weiteren Beschreibung und jeder weiteren Minute wuchsen die Zweifel. Erika meinte, dass die Zeit dränge, sie brauche schnell eine Entscheidung, sonst würde sie Ramona fragen. Aber Ramona vertraue sie weniger, sie sei noch zu jung, wenn auch gut. Kerstin bat schließlich sehr höflich und sehr umständlich um einen Tag Bedenkzeit. Sie legte erst auf, nachdem Erika aufgelegt hatte.

Kein Wort über den Streit. War die Sache geklärt? So richtig glaubte sie das nicht. Erika würde wahrscheinlich irgendwann damit herausplatzen.

›*Oder du selbst.*‹

Diese Frau blieb für Kerstin ein Rätsel. Über den Status einer guten kollegialen Bekanntschaft waren sie nie hinausgekommen, auch wenn Kerstin sich zeitweise erhofft hatte, dass sich eine Freundschaft entwickeln würde. Aber Erika stieg nie auf persönlichere Gespräche ein, redete ausschließlich über ihre Arbeit, über Flecken, die sie entfernt, Böden, die sie im Nu gewischt, und neue Reinigungsmittel, die sie entdeckt hatte.

Kerstin schlurfte ins Wohnzimmer und zog die Schublade des Sideboards hervor. Sie brauchte jetzt eine Dunkle, am besten eine Gefüllte.

›*Bald musst du wohl Neue kaufen.*‹

Bald würden sie hoffentlich wieder im Angebot sein. Für diesen Fall studierte Kerstin jede Woche die Werbeprospekte. Meist klappte es beim Discounter um die Ecke. Zwanzig Stück würde sie dann mitnehmen – und auf anderes verzichten müssen. Sie würde sie farblich sortieren. Einer Bibliothek würden sie gleichen. Eine feine Auslese, die jedoch nicht annähernd so lange Bestand haben oder gar einstauben würde wie eine Büchersammlung.

Kerstin schmiss sich auf die Couch und knickte das Quadrat. Von den Sechzehn steckte sie sich zwei in den Mund, als diese zu schmelzen begannen, schob sie zwei Weitere hinterher.

Sie schloss die Augen, ihre Glieder entspannten sich.

Das Tryptophan würde sich bald in Serotonin verwandeln, in Wohl und Glücksgefühl. Kürzlich hatte sie das im Internet nachgelesen, denn sie hatte wissen wollen, was da genau geschah, warum sie das so sehr brauchte, warum es an anstrengenden

Tagen kaum ohne ging. Sie mochte diese Wörter – Tryptophan und Serotonin –, fand, dass sie sich beim Aussprechen exakt so anfühlten, wie Schokolade im Mund zerschmolz.

Sie dachte an ihren Arbeitstag, an den letzten, den sie in der Praxis verbracht hatte. Nun würde sie das Team dort nicht mehr wiedersehen, würde diesen Frauen nur noch an der Supermarktkasse oder der Bäckereitheke begegnen.

›*Wenn überhaupt.*‹

Es war stets ein nettes Nebeneinander gewesen – auf Augenhöhe. Über Privates hatten sie zwar selten gesprochen, aber Kerstin hatte sich wohl und gebraucht gefühlt. Jetzt musste die Praxis weichen, das Gebäude würde Platz für ein anderes machen.

Der Korb lag im Auto. Mit dem Wein konnte der Twingo genauso viel anfangen wie sie. Wo die Flaschen herumlagen und nicht getrunken wurden, war egal.

Für den Auftrag in der Praxis hatte Kerstin bislang keinen Ersatz gefunden, ebenso wenig für den vor drei Wochen weggefallenen Club, in dem sie samstags und sonntags gereinigt hatte. Mit ihren Aufträgen in der Versicherungsagentur, den beiden Singlehaushalten und bei Frau Schmidtmeier würde sie sich nicht über Wasser halten können.

Auf ihre letzten Zeitungsinserate hatte es nur seltsame Anfragen gegeben: Ob sie nackt mit Häubchen auf dem Kopf putzen würde, ob sie üppige Hausmannskost für zehn Personen kochen könne – mit viel Wurst –, ob sie einen alten Riesenschnauzer mit Hüftschaden ausführen würde und ihm endlich *Sitz* beibringen könne. An die Nachrichten bei eBay-Kleinanzeigen wollte sie lieber nicht mehr denken.

›*Das war zum Fremdschämen!*‹

Es wurde immer schlimmer. Bei den spezialisierten Online-Plattformen war es anders beschissen: *Schnell und zuverlässig! Sie profitieren von unserer Vermittlung und wir erhalten für unsere Leistung 40 % Ihres Bruttolohns.* Kerstin wollte sich nicht mehr verarschen lassen.

Wenn sie Erikas Aufträge annähme, dann hätte sie nicht nur Ersatz, wahrscheinlich käme finanziell sogar etwas obendrauf. Ärgerlich, dass sie am Telefon gar nicht nach der konkreten Bezahlung gefragt hatte. »Sie bezahlen ungeheuer gut«, waren Erikas Worte gewesen. Ungeheuer. Monströs. Übermächtig. Horribel.

›*Horribel?*‹

»Horribel.« Die Vokale schwangen durch die Luft.

›*Schluss!*‹

Ihre große Schwester hatte recht. Wenn das Nachdenken zu Aneinanderreihungen solcher Wörter führte, musste das ein Zeichen für Müdigkeit und Überanstrengung sein. Sie würde sich heute nicht mehr mit dem Thema beschäftigen. Morgen Nachmittag reichte das auch noch. Nach dem Reinigen bei Frau Schmidtmeier.

Nun brauchte Kerstin doch mehr als nur eine einzige Tafel Schokolade. Während sie zur Schublade ging, drückte sie sich weitere Stücke Zartbitter-Marzipan in den Mund und griff dann nach weißer Vollnuss.

Die Haselnüsse wehrten sich.

Der Kiefer hackte und knackte.

Die Zähne mahlten.

Aus Tryptophan wurde Serotonin.

Donnerstagmittag

FRAU SCHMIDTMEIER

Kerstin zerrte den Couchtisch vom Teppich herunter. Durch die geflieste Tischplatte war er extrem schwer, doch sie hatte sich in den letzten Jahren eine Strategie erarbeitet, mit der sie ihn zügig bewegt bekam. Sie schaltete den Staubsauger ein. Er dröhnte, war aber kraftlos und wollte keinerlei Verbindung mit der dicken Schurwolle eingehen. Kerstin trat auf den Schalter, öffnete den Deckel: ein prall gewölbter Beutel. Hatte sie ihn nicht erst letzte Woche ausgetauscht? Als sie den Staubsaugerbeutel herauszog, flogen kleine bunte Schnipsel durch die Luft.

Kerstin blickte zu Frau Schmidtmeier hinüber, die auf ihrem elektrisch verstellbaren Ohrensessel saß und ihr Fernsehprogramm schaute.

»Frau Schmidtmeier, haben Sie in den letzten Tagen eine Party gefeiert?«

Keine Antwort, keinerlei Reaktion.

Kerstin ging in den Flur und suchte im Besenschrank nach einem neuen Beutel. Normalerweise hätte sie auf dem oberen der beiden Einlegeböden neben Staubtüchern und Putzlappen fündig werden müssen, aber hier lagen, standen und lagerten jetzt ein halbes Dutzend lila Wollknäuel, drei Kaffeebecher, Fotoalben und eine Packung Salzstangen.

Zurück ins Wohnzimmer.

»Frau Schmidtmeier, haben Sie etwa umgeräumt? Wo sind die Staubsaugerbeutel hin?«

Keine Antwort, keinerlei Reaktion.

Wenn die Kaffeebecher jetzt im Besenschrank standen, dachte Kerstin, konnten die Beutel vielleicht im Küchenschrank sein.

Ihre Vermutung bestätigte sich nicht, jedoch lagen dort lauter einzelne Ringelsocken und zwei Schlafanzughosen.

Kerstin suchte im Schlafzimmer weiter und fand in der Kommode, wo sonst eigentlich Frau Schmidtmeiers Socken zu finden waren, Häkeltischdecken, einen Bildband über Ufos und eine fast leere Schachtel weiße Küsschen – sie musste einfach reinschauen.

Sollte sie? Dürfte sie? Kerstin stibitzte eine Praline und steckte sie in die Hosentasche.

›*Also wirklich!*‹

Sie kehrte ins Wohnzimmer zurück, drehte den Messingschlüssel der Eichenschranktür, wodurch das alte Schloss quietschte und knackte, und fand zwischen den roten Häkeltischdecken mit Rentiermuster schließlich einen Staubsaugerbeutel. Weihnachten war in diesem Schrank das ganze Jahr über riechbar, das Zimt-Orangen-Potpourri ließ nicht nach und fraß sich durch jede Dosendichtung. Kerstin hatte es schon zweimal umgeschüttet.

Sie wedelte mit dem Beutel. »Da haben Sie mich ja schön an der Nase herumgeführt. Ein Glück, dass ich der richtigen Spur gefolgt bin.«

Frau Schmidtmeier wackelte mit den wollbesockten Füßen. Kicherte leise.

Die meisten Streiche der alten Dame empfand Kerstin als lustig, erfrischend und willkommene Ablenkung. Nur den einen, den sie nicht mehr vergessen konnte, weil er ihr einen unglaublichen Schrecken versetzt hatte, wollte sie nie wieder erleben. Frau Schmidtmeier hatte auf der Kücheneckbank gelegen und der Boden unter ihr war rot bepfützt gewesen. Nach einer Sekunde in Schockstarre rannte Kerstin hin, fühlte nach Frau Schmidtmeiers Puls. Nicht nur der war fühlbar, sondern auch ein Beben, ein Zucken im Schmidtmeier'schen Körper. Dann ein Winseln. Kurz darauf prustete die alte Frau los und zog eine Flasche Ketchup hinter dem Eckbankkissen hervor. Kerstin plumpste auf den Boden, Tränen stiegen und kullerten, und plötzlich schien Frau Schmidtmeier zu begreifen. Sie entschuldigte sich sehr oft und sehr deutlich – sie würde sowas nie wieder machen.

›*Hat sie auch nicht.*‹

Bislang.

Die Schnipsel auf dem Teppich zeigten Zahlen, zeigten Buchstaben, zeigten halbe Joghurtbecher, Käselöcher und ein Stück Salami. Die Papierchen ließen sich problemlos wegsaugen. Kerstin war froh, dass sie diesmal den Teppich nicht ausklopfen musste, denn darauf bestand Frau Schmidtmeier regelmäßig. Das habe sie mit eben jenem Teppich schon früher so gemacht und das müsse auch heute noch so gemacht werden. Man habe die Teppichstange im Hof schließlich stehen gelassen, und das hieße wiederum, dass Teppiche dort geklopft werden sollten. Daran gebe es nichts zu rütteln. Frau Schmidtmeier stellte sich sogar gelegentlich ans Fenster, um sie beim Ausklopfen zu beobachten, und gab ihr Hinweise zur richtigen Technik: »Frau Wischnewski, der Winkel stimmt nicht. Halten Sie die Hand mal so, schauen Sie, und dann schwingen Sie den Teppichklopfer aus dem vollen Arm heraus. Richtig schwingen.« Kerstin konnte sich kaum vorstellen, wie die zarte Frau Schmidtmeier den groben, schweren Teppich über die Stange gehievt bekommen hatte.

Nachdem Kerstin feucht durchgewischt und die Objekte der Schmidtmeier'schen Schnitzeljagd wieder an ihre ursprünglichen Plätze zurückgeräumt hatte, zog sie sich ihre Jacke an, schwang ihre Tasche über die Schulter und schaute noch einmal ins Wohnzimmer. Die Jurorin verkündete gerade feierlich das Gewinnergericht des Tages, Koch und Teilnehmende beklatschten einander hinter benutzten Töpfen. Frau Schmidtmeier hatte den Kopf schiefgelegt und schnarchte leise.

In der Hosentasche drückte etwas. Die Praline! Kerstin befürchtete, dass sie mittlerweile matschig sein musste, aber sie zeigte sich vollkommen unversehrt. Die weißen Küsschen waren bei ihrem Discounter ständig ausverkauft. Sie könnte Frau Schmidtmeier beim nächsten Mal fragen, wo sie sie herhatte. Kerstin biss die erste Hälfte ab, ganz vorsichtig, sodass die ganze Nuss noch für den zweiten Happen drin blieb. Das zweite Stück in den Mund. Sie liebte dieses Spiel der Konsistenzen, das Aufeinandertreffen von Hart auf Weich, verbunden zu einer Symphonie des Genusses. Frau Schmidtmeier grunzte plötzlich, Kerstin verlor die Konzentration, die Nuss rutschte rüber zur rechten Zahnreihe und verursachte einen beißenden Schmerz in der Zahnlücke. Tränen schossen ihr in die Augen. Sie rannte ins Bad und spuckte in die Toilette – rosa Klumpiges sank hinunter.

›Das hast du nun davon!‹

Kerstin spülte. Schmeckte Eisen. Die Zahnärztin hatte recht gehabt: Es musste bald eine Brücke her! Wie oft Kerstin sich im letzten Jahr wehgetan hatte. Das Ziehen des Zahns war unangenehm gewesen, unterm Strich aber weniger schmerzhaft als die ständigen Stiche durch kantige, harte oder bröckelige Lebensmittel.

Frau Schmidtmeier schlief noch, als Kerstin die Wohnung verließ.

Donnerstagabend

VOGELBEERWEG

Durch den Hausflur strömte ein köstlicher Duft. Es musste etwas Fleischiges, etwas stundenlang Geschmortes sein. Kerstin wartete auf das Magenknurren, aber es kamen weder Geräusch noch Bewegung. Das Einzige, was sie fühlte, war Leere.

Die Wohnungstür klemmte. Sie bewegte den Schlüssel in die Ausgangsposition, zog den Knauf kräftig heran und drehte dann den Schlüssel unter gleichzeitig starkem Druck des Daumens. Jedes Mal hatte Kerstin Angst, dass der Schlüssel abbrechen könnte. Welch ein Theater das mit der Hausverwaltung geben würde.

Klack.

Sie streifte die Jacke ab, schlüpfte dann aus Schuh und Schuh.

Die Lücke pochte. Der Termin bei der Zahnärztin drängte. »Ein bisschen Geld müssen Sie für die Brücke schon in die Hand nehmen«, hatte sie beim letzten Mal gesagt. Es gebe eine Reihe von Leistungen, die die Krankenkasse nicht übernehme. Kerstin hatte damals nicht weiter nachgefragt, sie hatte nach der Kontrolle ihrer Zahnlücke nur noch nach Hause gewollt.

Sie googelte nach *Zahnbrücke Kosten.* 300 Euro Minimum. Die meisten Webseiten zeigten weit mehr an: 800, 1.000, 1.500 ... Nach oben schien es kaum eine Grenze zu geben. Die Krankenkasse bezahle in der Regel einen Festzuschuss: etwa die Hälfte der Regelversorgung. Eine zahnfarbene Verblendung im nicht sichtbaren Bereich kostete zusätzlich.

›So viel Geld hast du nicht.‹

Doch was war die Alternative? Mit der Lücke leben? Oder sichtbares Metall im Mund? Das wollte sie nicht. Zähne waren ihr wichtig, sie mussten nicht kerzengerade und nicht schneeweiß sein, aber hell und gepflegt. Sie empfand sich als Expertin für die Behandlung von Oberflächen und als solche wollte sie von anderen auch wahrgenommen werden. Kaum ein Fleck war vor ihr sicher, sie hatte Lösungen parat.

Leider brauchte Kerstin nicht nur für eine Brücke Geld. Sie musste für den TÜV sparen, der im neuen Jahr anstand, und sie betete, dass das alte Gefährt es noch einmal schaffen würde. Das Auto hustete oft beim Anlassen und der Motor knatterte. Die Versicherung hatte auf die Hausrat draufgeschlagen, die Bank hatte gerade die Grundgebühren für das Girokonto erhöht und auf die explodierten Lebensmittel- oder Spritpreise durfte man gar nicht erst schauen. Außerdem wollte sie Katharina unbedingt immer mal wieder finanziell während ihres Auslandssemesters unterstützen. Zumindest ein wenig. Irgendwie. Wenn es auch bloß für einen Kaffee reichte.

Allem voran entwickelte sich jedoch die Richtung ihres Dispos problematisch. Je größer die Zahl hinter dem Minus wurde, desto mehr dröhnte das Rot, das Kerstin sich um die eigentlich schwarzen Zahlen herum einbildete. Zuweilen blinkend. Mit tönendem Alarm. Doch solange noch Geld abgebucht, ihre Miete, Nebenkosten, Krankenkassenbeiträge und Steuern bezahlt werden konnten – sie also ein Dach über dem Kopf hatte und ihre Arztbehandlungen gesichert waren –, versuchte sie, die Macht dieser Zahlen auszublenden. Knapp zehn Prozent der Deutschen gehe es so, wurde letztens im Fernsehen berichtet. Sie war da also kein Einzelfall.

Falls sie die Aufträge von Erika übernahm, wären die Geldsorgen und das rote Pulsieren des Dispos womöglich dahin.

Allerdings kam sie mit komplizierten Menschen nur schlecht zurecht, da musste sie sich nichts vormachen. Das war unter anderem der Grund dafür gewesen, dass sie sich vor einigen Jahren selbstständig gemacht hatte. Ihre ehemaligen Arbeitgeber verlangten immer mehr Leistung für weniger Geld, manövrierten sich an Mindestlöhnen vorbei, kürzten Urlaubstage, kündigten bei vermeintlich zu häufigen Krankmeldungen, betrachteten alle Angestellten als austauschbar. Lange Zeit hatte sie das mitgemacht, wollte als alleinerziehende Mutter das Risiko einer Selbstständigkeit nicht eingehen. Als ihre Tochter aber volljährig wurde und selbst jobbte, fiel ein Teil des übermächtigen Pflichtgefühls von ihr ab und sie wagte den Sprung. Vor fünf Jahren. Bis heute bereute sie diesen Schritt nicht. Auch wenn es hart war. Zumindest konnte sie sich ihre Auftraggeber aussuchen.

›Aber dafür musst du den Hintern hochkriegen, musst werben, musst Klinken putzen.‹

Und das war eine anstrengende und nervige Angelegenheit. Aber heute – heute waren lukrative Aufträge sogar ohne jegliche Anstrengung gekommen. Von Erika.

Mit anderen Reinigungskräften hatte Kerstin eher selten zu tun, sie wollte weder Teil von Facebook- noch von WhatsApp-Gruppen sein. Sie würde viel zu viel Zeit dort verbringen, würde sich viel zu oft über Dinge aufregen, die sie nichts angingen. Also lieber gar nicht mitmachen. Erika war Admin mehrerer solcher Gruppen. Fand man keine Lösung für ein Schmutzproblem, kontaktierte man Erika. Und fand Erika keine Lösung, dann gab es auch keine.

Vielleicht war die Ehrfurcht vor dem Einnehmen von Erikas Platz zu groß?

Wenn sie die Aufträge annahm, gäbe es kein Zurück mehr. Wenn sie versagte, wäre ihr Ruf ruiniert und ihre Selbstständigkeit womöglich passé.

Das hatte Erika schon einmal mit einer Kollegin gemacht, hatte irgendwie dafür gesorgt, dass es in keinem Haushalt in der Umgebung mehr Arbeit für sie gab. Kerstin rätselte wochenlang, wie Erika das angestellt hatte, versuchte, Gerüchte aus verschiedenen Richtungen zu verknüpfen, gab dann aber irgendwann auf. Und Erika würde sicherlich nicht komplett abtauchen, besonders nicht, wenn es um ihre Stammkunden ging. Aug und Ohr – da war sie noch fit.

›*Also annehmen?*‹

Wenn Kerstin es gut machte und die Extravaganzen der Kundschaft ertrug, würde sie sich in Zukunft vielleicht sogar eine andere, größere Wohnung leisten können. Eine ruhigere und eine, wo sie nicht ständig irgendwo anstieß, wo genug Platz war, um ein paar Schritte Walzer zu tanzen. Nicht, dass sie das konnte, nicht dass sie einen Partner dazu hätte. Aber sagte man das nicht so: Da ist so viel Platz, da kann man Walzer tanzen.

›*So eine schicke Neubauwohnung mit Balkon wie in der Feenstraße.*‹

Da wäre sogar eine Einbauküche mit erhöhtem Backofen dabei, stand kürzlich im Städtischen Anzeiger. Und eine ebenerdige Dusche mit Glasabtrennung.

Sie griff nach ihrem Handy und gab in die Suchmaschine *Feenstraße Wohnung* ein.

Wisch – wisch – wisch.

›*Ein Träumchen.*‹

»Darin ließe es sich gut leben!«

Die Zunge drückte in die Lücke. Kerstin schluckte. Dann tippte sie aufs Telefonbuch.

Rumpeln. Beben.

Sie wartete mit dem Anruf, bis der Güterzug über die Schienen hinweggerattert war.

Montagvormittag

FAMILIE FLÄCK

Anderthalb Wochen später stand Kerstin vor einem Reihenhaus. Es mussten an die zwanzig dieser aneinandergereihten Wohnscheiben sein, die hier vor einigen Jahren hingesetzt worden waren. Die Gegend galt als lebenswert, sicher und aufstrebend. Man hatte den Platz offenbar optimal nutzen, so viele Häuser wie möglich verkaufen wollen.

Die Haustür war nur angelehnt, aber Kerstin hielt es bei ihrem ersten Besuch für unpassend, direkt einzutreten. Sie suchte nach einer Klingel – fand aber keine. Also klopfte sie.

Kindergeschrei. Die Tür öffnete sich ein kleines Stückchen. Hinter dem Milchglas bewegte sich etwas. Die Tür öffnete sich ein kleines Stückchen weiter.

»Hallo?«, schickte Kerstin in den Spalt. Keine Antwort. Sie versuchte es lauter: »Hier ist Kerstin Wischnewski. Die Reinigungskraft.«

Die Tür öffnete sich noch ein kleines Stückchen weiter.

Kerstin betrat den Absatz und lugte in den Flur.

Wie in Zeitlupe wurde die Tür Zentimeter für Zentimeter geschlossen – Kerstin zog den Kopf wieder zurück – und rastete ein. Hinter der Scheibe war nichts mehr zu erkennen.

Kerstin stieg den Absatz hinunter und suchte die Fassade erneut nach einer Klingel ab.

Gab es Reihenhäuser ohne Klingel? Als Katharina noch in der Grundschule gewesen war, hätte sie am liebsten ohne gelebt.

Zwei Jungen aus ihrer Klasse machten sich monatelang einen Riesenspaß daraus, Klingelmännchen zu spielen und sie damit auf die Palme zu bringen. Kerstin traute sich nicht, an der Glocke herumzumontieren, um das nervtötende Ding-dong-dang-dong abzuschalten. Zwar besaß sie keine linken Hände, aber am zur Wohnung gehörenden Interieur zu fummeln, war schon einmal beim Syphon schiefgelaufen.

Auf dem Briefkasten glänzte ein abgesetzter Punkt. Sollte das etwa der Klingelknopf sein? Sie drückte drauf, jedoch gab er nicht nach. Zeigte sich unbeeindruckt, war nur blanke Fläche. In der Zeitungsrolle steckte der Tagesbote.

Bimmelte es doch?

Von innen presste sich eine Nase an die Scheibe, dann ein Mund, der sich öffnete, darin ein sich bewegendes Rosarot.

Es polterte. Nase, Mund und Zunge verschwanden, die Tür schwang auf.

»Guten Tag!« Die Frau trug ein Kleinkind auf dem Arm und ein Headset am Kopf.

»Guten Tag, mein Name ist Wischnewski. Ich soll hier reinigen.«

»Was? Nein, das kann ich nicht verantworten.« Das Kleinkind schüttelte heftig das Köpfchen, sodass die Mutter tänzelte und offenbar Probleme hatte, das Gleichgewicht zu halten.

»Aber Frau Dreßler meinte, ich solle diesen Auftrag von ihr übernehmen. Es sei alles mit Ihnen geklärt.«

Die Frau drückte auf der rechten Seite des Kopfhörers herum. »Danke, dass Sie kurz gewartet haben. Ich musste eskalieren.«

»Sie wollen nicht, dass ich hier arbeite?«

»Wie bitte?«

»Sie haben gesagt, dass Sie das nicht verantworten können.«

»Ach.« Die Frau lachte, »Sie waren doch gar nicht gemeint. Ich habe mit meinen Kollegen gesprochen.« Sie tippte ans Mikrofon, das fast bis an ihren Mund heranreichte. »Wischnewski, richtig?«

Kerstin nickte.

»Angenehm, mein Name ist Stephanie Fläck, das hier ist Mathilda. Kommen Sie doch bitte herein.«

Im Dachgeschoss sollte Kerstin beginnen und sich dann nach unten durcharbeiten. Frau Fläck wollte sie nach oben begleiten, um ihr die Räume zu zeigen. Nur ganz kurz. »Passen Sie bei dem Treppenschutzgitter auf. Die unterste Strebe ist fest montiert. Sie glauben gar nicht, wie oft mein Mann und ich uns hier schon die Zehen angestoßen haben. Kennen Sie sich mit der Verriegelung aus?«

»Nein.« Kompliziert konnte das aber eigentlich nicht sein.

Frau Fläck betätigte den Hebel, schwenkte das Gitter auf, wieder zu, Hebel runter. Das Prozedere von vorne. »Verstanden?«

Kerstin nickte.

»Dann lassen Sie uns nach oben gehen.«

Die Treppe war eine typische Reihenhaustreppe: lackiertes Metallgerüst, offene Holzstufen, wo immer der Dreck durchrutschte, zudem potthässlich. Wählten Hausbauende tatsächlich so häufig aus freien Stücken genau diese Treppenart? Gab es nichts anderes? Mal war zwar das Gerüst unterschiedlich geformt, die Stufen aus dunklerem oder hellerem Holz, aber die meisten Doppelhaushälften oder Reihenhäuser, in denen Kerstin in den vergangenen Jahren gewesen war, sahen sich ähnlich. Als gäbe es in Deutschland nur drei Anbieter, die in Masse die gleiche Ware herstellten.

›*Was geht es dich an?*‹

Kerstin zuckte mit den Schultern. Die Wände des Treppenflurs – Treppenhaus konnte man diesen Schlauch kaum nennen – waren mit Fotos und Andenken behängt. Omas, Opas, viele, viele Kinder, vielleicht Tanten, vielleicht Onkel – vermutlich waren hier jegliche Familienmitglieder und Freunde angenagelt. Ganz oben wölbte sich der bunt bemalte Gipsabdruck eines riesigen Bauches. Hoffentlich musste sie den nicht abstauben. Empfindliche Erinnerungsstücke bereiteten ihr Kopfschmerzen und konnten im Zweifel auch durch die beste Berufshaftpflichtversicherung nicht ersetzt werden.

Frau Fläck erklärte rasch ihre Erwartungen: Oberflächen entstauben, gründlich saugen – vielleicht auch die ein oder andere Zitterspinne aus den Zimmerecken entfernen –, die Böden wischen, beide Badezimmer reinigen und wenn noch Zeit war, ein bisschen die Küche. Fenster beim nächsten oder übernächsten Mal. Oder putze sie keine Fenster?

Doch, doch. Kerstin mache auf Wunsch selbstverständlich auch Fenster, ließ sie Frau Fläck wissen.

›Aber du verabscheust Fensterputzen.‹

Das verriet sie ihr natürlich nicht.

Der erste Arbeitstag in einem neuen Privathaushalt war aufregend. Es ging nicht nur um die grundsätzliche Orientierung innerhalb des Hauses oder der Wohnung, sondern auch darum, die Materialien der zu reinigenden Flächen korrekt einzuschätzen und ein möglichst wirtschaftliches System zu entwickeln, damit eine Routine entstehen konnte. Die sparte Zeit und Nerven.

Kerstin hatte ihre Arbeitsutensilien zunächst im Auto gelassen, holte nun all das, was sie in diesem Haus brauchen würde. Sie sollte hier ihre eigenen Sachen verwenden, hatte Erika angekündigt. Darüber war sie auch ganz froh.

Nachdem sie in der Küche Wasser abgefüllt und die Treppenschutzgitter ohne Verschütten bewältigt hatte, musste sie sich entscheiden, in welchem der Dachgeschosszimmer sie beginnen wollte. Sie wählte das rechte. In der Mitte ein Doppelbett mit Strickdecke, zwei Nachttische mit winzigen, biegbaren Lämpchen und jeweils einem Buch, ein riesiger Kleiderschrank mit Schiebetüren, der die ganze Wand bis zur Schräge einnahm – das musste eine Maßanfertigung sein –, zwei Kommoden mit jeweils vier Schubladen und zitronengelben Porzellanknöpfen. Alle Möbel weiß und matt. Es gab keinerlei Deko oder Schnickschnack. Nichts zu polieren. Hier würde sie zügig fertig werden.

Mit ihrem eigenen Staubsauger war sie flink, wusste genau, in welchem Winkel und mit welchem Kraftaufwand sie zu arbeiten hatte. Mit ihren eigenen Dingen kam sie gut zurecht.

Kerstin schenkte sich ein Lächeln. Ein Lächeln, das die Wangen wärmte. Es verstärkte ihr Zufriedenheitsgefühl.

Als sie das zweite Zimmer gereinigt hatte – es handelte sich um ein sehr aufgeräumtes und klar strukturiertes Kinderzimmer – und Kerstin ihre Sachen gerade eine Etage tiefer tragen wollte, hörte sie Knistern und Knuspern aus dem Elternschlafzimmer. Sie ging hinein und sah: Krümel. Krümel auf dem frisch gewischten Boden, Krümel auf dem Elternbett, Krümel im Gesicht eines Mädchens. Es griff in eine riesige Chipstüte, holte die Hand wieder hervor und steckte sich eine viel zu große Portion in den Mund. Etliche Chipsstücke fielen dabei aufs Bett.

›*Ruhig bleiben, Kerstin!*‹

»Was tust du da?«

»Ich esse.«

»Ich habe das Zimmer eben erst sauber gemacht. Du kannst doch jetzt nicht überall Chips verteilen.«

»Tue ich nicht.« Schulterzucken.

»Und was ist das?« Kerstin deutete auf die bekrümelte Bettdecke und den Boden.

Das Mädchen zuckte noch kräftiger mit den Schultern und belud den Mund mit einer weiteren Portion, von der wieder nicht alles dort landete, wo es eigentlich hinsollte.

»Du darfst sicherlich nicht im Schlafzimmer deiner Eltern essen, oder?« Kerstin hatte besonnen und gedämpft sprechen wollen, aber wenn jemand ihre Arbeit sabotierte, geriet sie in Rage.

»Dohoch!«

»Das kann ich mir beim besten Willen nicht vorstellen. Bitte geh jetzt aus dem Zimmer raus. Deine Mutter denkt noch, dass ich überhaupt nicht gearbeitet hätte.«

Nun hielt das Mädchen die Tüte an den Mund und kippte und schüttelte. Dann stand es auf, zerknüllte die Tüte, stapfte kauend an Kerstin vorbei.

Ein Treppenschutzgitter klackte. Das Metallgerüst transportierte die Vibration des kindlichen Hinuntertrabens in dumpfem Poltern zum Schlafzimmer herauf. Nachts spürte man hier sicherlich jede Bewegung auf der Treppe.

Glücklicherweise ließen sich die Krümel schnell entfernen, sogar von der Strickdecke, und es war ein noch größeres Glück, dass sie keine Fettflecken verursacht hatten. Denn Fettflecken kosteten Zeit. Und Zeit kostete.

Im ersten Obergeschoss waren alle vier Zimmertüren geschlossen. An der linken schimmerten Buchstabenreste: B A D. Kerstin kippte das gräulich und lau gewordene Putzwasser aus dem Eimer in die Toilette, ließ dann frisches ein. Es rauschte.

»Himmel!« Der Eimer knallte auf den Boden, sodass eine Welle über den Rand schwappte und sich platschend in einer Pfütze ausbreitete.

Pünktchensocken stapften in der Pfütze herum.

»Mathilda, was machst du denn plötzlich hier? Wo ist denn deine Mama?«

Die Kleine beugte sich hinunter und verteilte das Wasser mit flachen Händchen weiter über die Fliesen. Sie gluckste.

Als Kerstin versuchte, das Wasser aufzuwischen, griff das Mädchen nach dem Eimer. Kerstin ließ den Wischer fallen und konnte den Eimer im letzten Moment vor dem Umkippen bewahren. Das Gesichtchen verzog sich, die Unterlippe schob sich nach vorne. Schluchzen.

»Nein, nein. Nicht weinen, Mathilda. Es ist doch gar nichts passiert«, sagte Kerstin so sanft sie konnte. Dann schnürte sich ihre Kehle zu.

›Du schaffst das, Kerstin!‹

»Das ist nicht Mathilda.«

»Was?« Es glich eher einem Husten als einem sauber ausgesprochenen Wort.

Das ältere Mädchen stand im Türrahmen. »Das ist Maja. Sie hat ein schiefes Ohr.«

»Wo ist denn deine Mutter?«

»Arbeitet.«

»Kannst du deine Schwester woanders hinbringen?«

»Gegen was?«

»Was meinst du?«

»Du musst mir etwas dafür geben!«

»Wie bitte?«

»Ich liebe Chips und saure Pommes.«

Majas Arm versank im Eimer, der Ärmel sog sich voll. Zumindest war Kerstin erleichtert, dass sie das Reinigungsmittel dem Wasser noch nicht beigegeben hatte. Auch wenn sie hier keine scharfen Mittel verwendete, hätte sie sich Sorgen um das Ärmchen gemacht. Die Wassertemperatur war ebenfalls ungefährlich.

Kerstin wusste nicht, ob und wie sie das Kleinkind anfassen sollte. Die Kleinkindzeit ihrer Tochter war schon knapp zwei Jahrzehnte vorbei, zudem war dies hier ein fremdes Kind.

Sie zupfte am Pulli, aber es reagierte nicht.

»Ich geb dir, was auch immer du willst, aber bitte, bitte schaff' deine Schwester hier weg.«

»Zwei Tüten saure Pommes und eine Tüte Paprikachips.« Das große Mädchen hielt ihr den kleinen Finger hin.

Kerstin versuchte vorsichtig, das Ärmchen aus dem Wasser zu ziehen, traf jedoch direkt auf Widerstand. »Okay.«

»Versprochen?«, fragte die Große.

Maja sah Kerstin entgeistert an und verzog das Gesicht zu einem Schüppchen.

»Jaja, versprochen.«

»Fingerschwur?«

Kerstin starrte auf den abgespreizten kleinen Finger und nickte. Das Mädchen schnappte sich Kerstins Hand und verhakte ihre kleinen Finger miteinander. Drückte ein bisschen zu.

»Jetzt ist es versprochen.« Das Mädchen zog den Finger zurück. »MAMA!« Drehte sich um in Richtung Flur. »Mama, Maja ist im Badezimmer und ärgert Frau Putz!«

Maja fing an zu weinen.

»Mamaaaa, Maja weint!«

»Kannst du sie nicht vielleicht beruhigen? Du bist doch ihre große Schwester?« Kerstin musste etwas lauter sprechen.

»Nee, ich wollte keine Schwestern ... Mamaaaa!«

Poltern.

»Bin hier, bin hier.« Die Mutter schnappte sich das halb nasse Bündel und setzte es auf die linke Hüfte. Im Nu wurde es still und das Schüppchen zog sich zurück. »Maja, Maja, wie bist du denn so plötzlich ausgebüxt?« Frau Fläck blinzelte zu ihrer älteren Tochter hinüber, wandte sich dann an Kerstin: »Entschuldigen Sie bitte, die Mädchen werden Sie ab sofort in Ruhe arbeiten lassen. Sie können gleich nebenan im Kinderzimmer weitermachen.«

Sie schob ihre Große an der Schulter in den Flur und verschwand mit beiden Mädchen im Zimmer gegenüber.

Kerstin wischte den Boden trocken. Nun musste sie sich zumindest nicht mehr entscheiden, welches Zimmer als Nächstes dran wäre.

Auf der Sternchenlampe an der Wand lag eine dicke Staubschicht. Erika hatte erzählt, dass sie vor zwei Wochen in diesem Haus das letzte Mal gereinigt hatte. Hatte sie dieses Zimmer vielleicht nicht putzen müssen? Nachlässigkeit konnte sich Kerstin bei Erika kaum vorstellen. Nicht kurz vor der Rente, nicht im Krankheitsfall, nicht einmal auf dem Sterbebett. Erika war Pedantin durch und durch.

›So neugierig du auch bist, du solltest weder Erika noch Frau Fläck danach fragen. Manchmal muss man sich seine Neugier verkneifen, oder zumindest in eine Schublade packen und für später aufbewahren.‹

Kerstin stellte sich vor, wie diese Frage neben ihren Schokoladentafeln stand. Welche Sorte sie wohl hätte? Weiß mit ganzen Mandeln vielleicht. Zahnschmerzsüß, unwiderstehlich, zart, cremig, hart.

Sie leckte sich über die Lippen. Es knusperte.

Knuspern? Nagen? Das gehörte nicht mehr zu ihren Tagträumereien und auch nicht zur Großeschwesterstimme. Das gehörte …

Zu Mathilda. Die stand neben der kleinen Kieferkommode und zog die Schneidezähnchen über die Holzplatte. Mit rosaroten Bäckchen. Wieder und wieder setze sie an und zog die Zähne durch die entstandene Rille. Es erinnerte an das Abnagen eines Maiskolbens.

Kerstin, solltest du nicht eingreifen?

Oder einfach weiterputzen?

Sie drehte und wendete die Fragen und schließlich sich selbst um. Das Wandregal war noch nicht abgestaubt. Kerstin reinigte das Faultier, das Alpaka und den Pinguin, die hinter Glasscheiben und zwischen gelben Rahmen mit großen Augen ins Zimmer glotzten, sie wischte über den Regalboden, sie hörte Zähne auf Holz. Gänsehaut schlich vom Nacken hinab.

»Mathilda, bitte, lass das.«

»Das ist nicht Mathilda.«

Kerstin riss den Kopf herum, dass es in ihr zischte.

»Das ist Mira. Sie wurde von einem Vampir gebissen.« Die große Schwester zeigte auf den Hals des kleinen Mädchens. »Sie hat da zwei Punkte.«

Speichel lief am Möbel hinab.

Kerstin massierte ihren Nacken. Die Gänsehaut war gewichen, doch das Zischen hatte einen ziehenden Schmerz hinterlassen.

Ein Abbild Miras kam angaloppiert.

»*Das* ist Mathilda.«

Gefolgt von einem weiteren.

»Und das Maja.«

Kerstin gab ein geschnieftes Lachen von sich.

Mathilda schnappte sich einen Plüschbären und schlug Mira damit auf den Kopf. Kurz nachdem das Klacken des Plastikauges zu hören war, begann das Geschrei. Knallrot wurde Mira, Tränen kullerten. Sie rächte sich mit einem Schubser, und Mathilda prallte gegen Maja, die vor Empörung kräftig zukniff.

Kerstin rieb und rieb und rieb, aber weder Nacken noch Gemüt entspannten sich. Wie sollte sie hier bloß fertig werden?

Die große Schwester kam auf sie zu und gestikulierte, dass sie ihr etwas ins Ohr sagen wolle. Formte die Hände zu einem Trichter: »Ich mag auch grüne Gummischlangen.«

Montagabend

VOGELBEERWEG

Kerstin drückte die Schuhspitze an die Ferse des rechten Schuhs und zog den Fuß heraus. Die Zehen unterstützten anschließend am linken Schuh. Heraus. Aus. Sie ließ die Schuhe, wo sie waren. Ihre Füße brannten. Sie wankte ins Wohnzimmer, ging schnurstracks zum Sideboard, schob mit dem Fuß einen Karton zur Seite und öffnete die Schublade. Griff nach den Quadraten: weiß und grün und braun. Den frisch aus dem Kasten gefischten Brief mit der Aufschrift *Letzte Mahnung* schmiss sie auf den Sofatisch – zu seinen Kollegen –, schlug dann die Packungen nacheinander kräftig auf die Tischkante.

›*Du machst noch den Tisch kaputt!*‹

Entlang der Schweißnaht riss sie die erste Plastikfolie auf. Der wohlbekannte Duft dieser Sorte stieg ihr in die Nase. Ein dreieckiges Stück steckte sie sich in den Mund, kaute hastig, setzte zwei weitere nach. Kauend riss sie die anderen Packungen auf. Schlucken. Kauen. Es knackte, cremte, knusperte. Mandel, Joghurt, Knusperkeks.

›*Pass auf die Zahnlücke auf, nicht dass du dich wieder verletzt.*‹

Sie kaute und schaute. An der Wand entdeckte sie einen braunroten Fleck. Beinahe wie Schokolade.

›*Kerstin, nein, das kümmert dich jetzt nicht weiter. Ruhe brauchst du!*‹

Der Fleck krabbelte die Tapete herunter.

›Entspann dich.‹

Der Fleck, von dem sie nun wusste, dass es kein Fleck war, verschwand hinter dem Wohnzimmerschrank. Sollte er doch. Aus den Augen, aus dem ...

Der Brief hingegen verschwand nicht, regte sich nicht, er wies hin, und forderte ein, was bereits seine Vorgänger gefordert hatten. Kerstins Leben kostete. Wie hoch ihr Dispo wohl steigen konnte? Sie traute sich nicht, danach in ihren Unterlagen zu schauen, danach bei ihrer Bank zu fragen.

Hoffentlich zahlte die neue Kundschaft pünktlich. Hoffentlich war bis dahin nicht die Grenze des Dispos erreicht.

Vielleicht hätte Kerstin in den letzten Wochen sogar ihre Eltern um Unterstützung bei der Überbrückung gefragt. Wenn sie noch da wären. Wenn. Beide waren seit Jahrzehnten fort, beide auf einmal und sofort. Niemand wurde schuldig gesprochen. Niemand musste für das Feuer in der Fabrik Verantwortung tragen. Niemand kann fassen, wie es sich anfühlt, beide Eltern als junge Erwachsene auf einen Schlag zu verlieren. Da spielte das zerrüttete Verhältnis auch keine Rolle mehr. Da trifft einen direkt der Schlag.

Kerstin stopfte nach. Mischte alle drei Sorten.

Dienstagmorgen

VON REIBERSTETT

»Frau Dreßler hat Sie in den höchsten Tönen gelobt. Ich hoffe, dass Sie ihrer Empfehlung gerecht werden können, werte Frau Wischnewski.«

»Werde ich.« Kerstins Worte klangen seltsam in dem überdimensionierten Eingangsbereich, als würden ihre Vokale nirgends Halt finden. Vielleicht klangen sie aber auch einfach nur nach Unsicherheit und zu großen Fußstapfen.

»Für dieses Geld sollten Sie das auch. Niemand sonst wird Ihnen so viel zahlen, seien Sie sich dessen gewiss. Hat Frau Dreßler Ihnen die Einzelheiten zur Reinigung unseres Anwesens erklärt?«

»Ja.« Erika hatte sie wegen dieses Hauses am Vortag extra noch einmal angerufen, sie wolle sich nicht vorwerfen lassen, dass sie irgendein Detail vergessen habe. Kerstin hatte zwar konzentriert zugehört, aber ob sie sich tatsächlich alles gemerkt hatte, wusste sie nicht.

»Hervorragend. So sollte es sein. Ich habe allerdings nicht verstanden, warum Frau Dreßler Sie nicht mehr hier vor Ort einarbeiten wollte. Das hätte ich als sinnvoll erachtet. Sie meinte, dass das nicht nötig wäre. Wie dem auch sei. Die Aufstellung der wichtigsten Punkte finden Sie außerdem in unserem Unterhaltsraum. Folgen Sie mir bitte.«

Frau von Reiberstett klackerte voran. Viele winzig kleine Schritte machte sie. Kerstin wunderte sich schon längst nicht mehr darüber, wenn Menschen in ihren eigenen vier Wänden

Schuhe trugen, die keine Pantoffeln oder ähnlich Gemütliches waren. Für sich selbst war das nicht vorstellbar. Nicht bloß wegen des Schmutzes, den sie mit Schuhen durch den Wohnraum schleppte, sondern weil sie das Außen vom Innen abtrennen musste. Innen streifte sie ab, innen ließ sie los, innen war sie.

Es klackerte.

»Eventuell hat Frau Dreßler Ihnen ebenso berichtet, dass es uns hier nicht um Schnelligkeit, sondern um Präzision geht. Dieses Anwesen ist in bestem Zustand zu bewahren.«

Kerstin nickte.

»Hat sie?« Frau von Reiberstett hatte Kerstins Nicken vermutlich nicht sehen können, war sie doch mit dem Vorausgehen und dem Klackern beschäftigt.

»Ja.«

Sie bogen ab, liefen durch und bis ans Ende der Küche. Frau von Reiberstett öffnete eine Tür.

»Hier finden Sie alles, was Sie benötigen. Frau Dreßler hat uns damals bei der Einrichtung und Bestückung des Raumes geholfen. Falls Sie neue Reinigungsmittel oder etwas in der Art brauchen sollten, notieren Sie dies bitte rechtzeitig auf dieser Liste. Unsere Köchin kümmert sich um den Einkauf.« Sie reichte ihr einen Zettel. »Diese Verschwiegenheitserklärung müssen Sie bitte noch unterschreiben. Nichts, das Sie hier auf irgendeine Weise wahrnehmen, ob Sie es sehen, hören oder riechen, es hat davon nichts nach außen zu dringen. Es gibt Menschen, die sich für unsere Belange interessieren, die Sie vielleicht sogar zum Spionieren anstiften möchten. Unterschreiben Sie, dann geht es Ihnen bei uns bestens.« Jetzt reichte die Frau ihr einen Stift.

Kerstin las die ersten Zeilen.

›Jetzt unterschreib schon. Entweder du unterschreibst oder gehst. Das Lesen kostet nur Zeit.‹

Sie unterschrieb.

Frau von Reiberstett deutete auf einen Stuhl, auf dem mehrere durchsichtige Plastikbeutel mit rosafarbener Kleidung aufgestapelt waren. »Ziehen Sie sich nun bitte um. Ich warte auf Sie in der Küche.«

Kerstin suchte nach dem Größenaufdruck und öffnete einen Beutel. Das Zimmermädchenkleid war rosa gestreift, besetzt mit weißem Kragen und Knöpfen, dazu eine kleine Schürze mit zwei Taschen. Polyestergemisch. Ein Alptraum.

Sie wusste jetzt schon, wie sie am Ende des Tages riechen würde. Kein Deo der Welt war in der Lage, das zu verhindern. Es hatte Zeiten gegeben, in denen sie Berufskleidung – eine Art Uniform – getragen hatte. In einem zwölfstöckigen Bürokomplex, wo Dutzende Reinigungskräfte am frühesten Morgen im gleichen dunkelbraunen Zweiteiler ausschwärmten und wie eine Horde Ameisen wirkten. Dort hatte sie wenigstens Hosenbeine tragen dürfen. Hier musste sie sich ins Klischee stecken lassen. In classic fit. Sicherlich hatte das Model auf der Internet- oder Katalogseite fröhlich und zufrieden geschaut, eine Hand lässig in die Schürzentasche gesteckt und die andere angehoben. Aber nicht zu weit, denn als Putzfrau hatte man nicht zu weit zu gehen. Dafür würde das fesche Hausmädchenkleid schon sorgen. Die Größe, die Kerstin sonst meistens trug, passte nicht, die Knopfleiste stand ab und eine Lücke präsentierte ihr Bustier.

Sie öffnete einen zweiten Beutel. Die Nummer größer hing an ihr herunter wie ein Sack. Sie fühlte sich wie damals, als sie zur Kommunion das Kleid ihrer Nachbarin auftrug, das diese wiederum von ihrer Cousine übernommen hatte. Beide waren in dem Alter viel größer und kräftiger gewesen als sie. Aber ein neues Kleid konnten sich ihre Eltern nicht leisten, und außerdem, wurde ihr gesagt, solle sie sich glücklich schätzen, die Tradition weiterzutragen. Das passe zur Kommunion, zum Christentum und auch zur Nächstenliebe. Seitdem hatte sie nie wieder ein Kleid getragen. Sie wollte sich dieses Gefühl nicht noch einmal überstreifen. Und nun stand sie hier und hatte die Wahl zwischen Presswurst und Kartoffelsack. Wie Erika darin ausgesehen haben musste.

»Frau Wischnewski! Was tun Sie denn so lange da drin?«

Die Wahl fiel auf den Sack.

Als sie hinaustrat, musterte Frau von Reiberstett sie vom Scheitel bis zu den Knien, lächelte zufrieden, musterte von den Knien bis zu den Schuhen, verzog das Gesicht.

»Also Frau Wischnewski, mit diesen Schuhen kann ich Sie hier nicht herumlaufen lassen. Die sind scheußlich und unpassend! Bitte besorgen Sie sich bis zum nächsten Mal ein neues Paar. Schwarzes Leder, kleiner Absatz.« Mit Zeigefinger und Daumen führte sie ihre Vorstellungen der Absatzhöhe vor. »Keinesfalls ein Turnschuh, hören Sie?!«

»Ich besitze solche Schuhe nicht und neue kann ich mir momentan nicht leisten.«

Frau von Reiberstett trommelte mit den Fingern auf der Küchenarbeitsplatte, starrte an die Decke, als suche sie Hilfe von ganz weit oben. Sie seufzte. »Gut, dann werde ich Schuhe für Sie bestellen. Auf diese Weise kann ich zumindest für ein adäquates Paar sorgen. Welche Größe haben Sie?«

»Dreiundvierzig.«

»Große Güte! Hätte ich gar nicht angenommen, wenn ich mir Ihre Schuhe betrachte.« Sie wedelte mit dem Zeigefinger. Überhaupt waren ihre Finger ständig in Bewegung. Ob sie gestikulierten, trommelten, an der Schläfe kratzten oder an der Seidenbluse zupften.

»Darf ich mit dem Reinigen beginnen?« Kerstin wollte keine Gespräche mehr führen, sich nicht mehr über Schuhe oder gar über das furchtbare Outfit unterhalten.

»Selbstverständlich! Und denken Sie an die wichtigste Regel: Zum Hauptschlafzimmer haben Sie keinen Zugang. Ob verschlossen oder nicht.«

Kerstin nickte und blickte dem Klackern noch ein paar Sekunden hinterher.

Um vom einen zum anderen Ende des Teppichs zu gelangen, benötigte Kerstin zwölf große Schritte. Vom Teppich zur Fensterfront waren es neun große Schritte. Richard III. benötigte bei der Kürze seiner Beine wiederum mindestens dreißig Schritte. Vermutlich waren es sogar weit mehr. Wie zählte man eigentlich Schritte von vier Beinen? Von einem Hund? Gar von einem kurzbeinigen Mops? Richard III. saß auf der Chaiselongue und ließ Kerstin beim Reinigen der Vitrine nicht aus den Augen.

Als sie schließlich den Staubsauger geholt hatte, sprang er von der Chaiselongue herunter, setzte sich mitten auf den Teppich und fixierte sie mit starrem Blick. Er röchelte. Schnaufte. Grummelte. Die Steinchen auf seinem Halsband funkelten. Durch dieses hatte Kerstin erst den Namen des Hundes erfahren, denn erwähnt hatte Frau von Reiberstett ihn nicht. Genauso wenig wie Erika.

›Erika konnte vielleicht gar nicht von ihm wissen, vielleicht ist er hier neu, so wie du.‹

Nach einigem Suchen hatte sie endlich eine Steckdose gefunden, zog das Kabel schwungvoll aus dem Gerät heraus, sodass das Metallrohr auf den Teppich fiel. Der Hund hechtete mit gefletschten Zähnen auf den Staubsauger zu und biss in das Rohr. Das Geräusch, das der Zusammenstoß von Zähnen und Metall verursachte, hallte in Kerstin unangenehm nach und ließ einen Schwall Übelkeit in ihr aufkommen. Würgen. Sie musste sich hinsetzen, hielt den Unterarm vor ihren Mund.

Der Mops knurrte weiterhin das Staubsaugerrohr an, biss aber nicht noch einmal hinein.

Kerstin konnte mit Hunden nicht viel anfangen, sie war eher der Katzentyp, wenn sie überhaupt ein Haustiertyp sein sollte. Katzen hielt sie für sauberer, für unabhängiger, aber eigentlich auch für überflüssig. Warum sollte man Tiere in der Wohnung halten? Warum halsten sich Menschen das auf? Kerstin hatte noch nie ein Haustier gehabt. Ihre Eltern, ihre Tanten, ihre Großeltern – niemand hielt ein Haustier. Und das aus Überzeugung. Als Kind hatte sie sich zeitweise nach einem kleinen felligen Partner gesehnt, sah aber irgendwann ein, dass ihre Familie richtig lag. So viel Freundschaft und Geborgenheit konnte ein Haustier gar nicht bieten, wie es Geld, Zeit und Nerven kostete.

Nerven. Dieser Hund hier schien selbst nur sehr zarte zu besitzen. Er starrte das Rohr an. Grunzte.

»Was machen Sie denn da?«

Kerstin sprang auf. »Der Hund lässt mich nicht staubsaugen.«

Frau von Reiberstett lachte künstlich. »Wieso sollte der kleine Richard Sie denn bitte vom Staubsaugen abhalten?«

»Er kämpft mit dem Rohr.«

»Wie bitte? Welch ein Unfug!«

»Schauen Sie doch!« Kerstin ging zum Staubsauger, nahm vorsichtig das Rohr in die Hand und bewegte die Bodenbürste ein paar Zentimeter vor und zurück.

Der Hund schmiss sich hechelnd auf den Rücken.

Frau von Reiberstett verschränkte die Arme. »Das sieht nach einem äußerst aggressiven Verhalten aus, in der Tat.«

Kerstin spürte, wie ihre Wangen wärmer und wärmer wurden, wie es in ihrem Körper unangenehm kribbelte. Termiten, die an ihr nagten.

»Bitte machen Sie zügig weiter. Und geben Sie Richard III. keinesfalls Wurst oder irgendwelche anderen nicht artgerechten Speisen! Die Köchin bereitet sein Essen frisch zu.« Frau von Reiberstett verließ den Raum.

Der Hund trottete ein paar Meter hinterher, drehte dann aber wieder um und kletterte auf seine Chaiselongue. Er schloss die Augen.

Während des Staubsaugens geschah nichts weiter. Der Hund regte sich kein Stück vom Fleck.

Mittlerweile war Kerstin im dritten Badezimmer angekommen. Aufgereiht standen hier Dutzende identisch aussehende Bonbonnieren, die mit Sand gefüllt waren. Jede einzelne würde sie herunternehmen, reinigen und in der korrekten Reihenfolge wieder hinstellen müssen. Normalerweise machte sie mit dem Handy ein Foto, wenn sie sich die Zusammenstellung der Dekoration nicht auf Anhieb merken konnte, aber in diesem Fall war dieses Vorgehen keine Hilfe.

Sie würde zunächst alle Gefäße auf den Boden stellen – exakt parallel zur jetzigen Aufreihung. Dann den gefliesten Vorsprung putzen, anschließend die Bonbonnieren reinigen und genau so wieder aufstellen, wie sie gerade noch dastanden.

Es waren siebenundzwanzig. Diese Schlange hätte am Stück nicht einmal ohne Weiteres in ihr heimisches Wohnzimmer gepasst. Und hier, hier standen sie im Badezimmer – in einem der vier Badezimmer – und es war sogar noch Platz.

Kerstin wunderte sich darüber, dass die Gefäße keinerlei Markierungen besaßen. In anderen Haushalten hatte sie ähnliche mit Sand gefüllte Gläser gesehen, die mit Aufklebern versehen waren, auf denen Ort und Datum standen. Sie selbst hätte sich niemals getraut, in einem anderen Land Sand zu klauen. Wurden dafür nicht schon mal Leute verhaftet? Oder war es wegen Steinen gewesen? Wie auch immer, ihr war das zu heikel.

›*Aber Frau Schmidtmeiers Küsschen klauen …*‹

Kerstin lüftete einen Deckel nach dem anderen und fand auch dort keine Hinweise. Die Sandkörner waren mal etwas feiner, mal etwas gröber, mal fast weiß, mal bräunlich, einmal grauschwarz. Konnten sich die von Reiberstetts einfach so merken, woher der Sand war? Oder interessierte es sie vielleicht gar nicht und der Sand war nur Deko? Aber warum dann so viel davon? Es wirkte übertrieben.

›*So wie alles hier.*‹

Wie üblich geriet Kerstin ins Rätseln über das Leben ihrer Auftraggeber. Sie konnte nicht umhin, das Leben verschiedener Menschen miteinander zu vergleichen. Wer kam ihnen schon dermaßen nahe wie sie? Ihrem Rückzugsort, ihrem Stil, manchmal ihren geheimsten Wünschen. Das eigene Zuhause war wie eine zweite Haut. Und Kerstin konnte unter fremde Häute blicken.

Es drückte. Sie musste mal. In den beiden Türschlössern steckten keine Schlüssel und es gab auch sonst keinerlei Möglichkeit, abzuschließen. Verrückt genug, dass es zu diesem Bad zwei Zugänge gab. Sie schaute sich gründlich nach den Schlüsseln um. Keiner zu finden. Wieso musste sie eigentlich ständig etwas suchen? Es drängte. Was nutzte es? Sie würde sich beeilen, das würde schon gutgehen.

Kerstin setzte und löste sich. Diese Klobrille war ungeheuer unbequem. Ein solch luxuriöses Haus und dann leistete man sich keine vernünftige Klobrille? Kerstin kicherte, wischte und starrte.

Mit bohrendem Blick stand Frau von Reiberstett vor ihr und sagte keinen Mucks.

Kerstin versteinerte.

Sie blickten einander an, als wären sie zwei Katzen, die sich gerade zum ersten Mal an der gemeinsamen Grenze ihrer Reviere entdeckt hatten. Mit gesträubtem Fell und aufgerissenen Augen.

Sollte Kerstin etwas sagen? Sie konnte Frau von Reiberstett ja schlecht aus ihrem eigenen Badezimmer hinausbitten. Sollte sie Slip und Strumpfhose hochziehen, abspülen und die Hände waschen, ohne zu reden? Würde Frau von Reiberstett von selbst verschwinden?

›Kerstin, was machst du hier bloß?‹

Ganz leise hörte sie den Hund schnarchen.

»Ich habe Ihre Schuhgröße vergessen«, sagte Frau von Reiberstett.

»Dreiundvierzig.«

Die Tür ging wieder zu.

›Du hast wirklich mehr Glück als Verstand!‹

Kerstin bemerkte, dass ihre Periode im Anmarsch war. Ein paar Lagen Toilettenpapier sollten genügen, bis sie sich später einen Tampon aus ihrer Handtasche holen und in Ruhe die Gästetoilette benutzen konnte.

Sämtliche Arbeiten, die auf dem Plan für heute gestanden hatten, waren nun erledigt. Kerstin wollte sich bei Frau von Reiberstett verabschieden und streifte durchs Haus. Wieder eine Suche. Sie wurde das Gefühl nicht los, dass ihr halbes Leben aus

Suchen und Warten bestand. War das bei anderen Menschen auch der Fall?

›Mit Sicherheit. Du bist da nichts Besonderes.‹

Sie ging weiter. Nicht alle Räume hatte sie heute betreten, sondern nur jene, die auf dem Plan gestanden hatten. Da es sogar einen Grundriss des Hauses gab, hatte sie keinerlei Probleme gehabt, die Räume zu finden. Der lag allerdings wieder in der Reinigungskammer.

Als Kerstin im Westflur um die Ecke bog, sah sie, wie Frau von Reiberstett hinter einer Milchglastür verschwand. Sie telefonierte offenbar, Gemurmel drang aus dem Milchglasraum, genau zu verstehen war jedoch nichts. Kurz bevor Kerstin die Hand zum Klopfen ausstreckte, ging die Tür wieder auf. Hinter Frau von Reiberstett war es grün. Grün in sämtlichen Abstufungen. Und es roch. Nach Erde, nach Feuchtigkeit, es roch süßlich, fruchtig, säuerlich, herb und etwas modrig, nach einer Welt, die in Wirklichkeit weit weg war, die man in diesen Breitengraden nur in eine Konserve stecken konnte.

»Frau Wischnewski?«

Kerstin zog ihre Wahrnehmung aus dem Dschungel und sah Frau von Reiberstett an.

»Hm?«

»Was möchten Sie?«

»Ich wollte mich verabschieden, bin fertig für heute.«

»Ah ja, sehr gut. Bitte nehmen Sie die Decke vom kleinen Richard an sich. Die Hundehaare müssten entfernt werden. Das könnten Sie ja gemütlich zu Hause vorm Fernseher erledigen, nicht wahr?«

›Sag einfach ja.‹

»Ähm …«

Frau von Reiberstett wedelte mit dem Zeigefinger. »Doch, doch, das tun Sie bitte. Eine Pinzette haben Sie ja sicherlich zu Hause, die Kaschmirdecke muss schonend behandelt werden. Bitte verwenden Sie keine Kleberolle oder Ähnliches.«

»Mit einer Pinzette?«

»Ist das ein Problem?«

›Tu ihr den Gefallen. Du bekommst hier gutes Geld!‹

Kerstin rieb sich den Nacken, rieb und rieb.

»Nein … kein Problem.«

»Ich erwarte die Decke am Freitag in tadellosem Zustand zurück. Und Sie schreiben einen entsprechenden Zusatzposten auf die Rechnung. Sie entschuldigen mich?!« Frau von Reiberstett klackerte an Kerstin vorbei.

Dienstagmittag

TWINGO

Die Hundedecke blieb im Auto. In ihrer Wohnung wollte Kerstin heute nichts mehr von der Reiberstett ertragen müssen.

Mittwochnachmittag

KÜNSTLERATELIER

Nachdem die SMS eingetroffen war, hatte Kerstin sich umgehend ins Auto gesetzt und war losgefahren. Im Vorfeld hatte sie sich die Route zum Atelier des Künstlers im Internet genau angesehen, denn während des Autofahrens war sie selten imstande, den Anweisungen des Navis zu folgen. Weder ihr Hör- noch ihr Sehsinn konnten sich auf etwas anderes konzentrieren als auf den Verkehr. Wahrscheinlich war das auch gut so.

Autobahnfahren hasste sie. Ihr Auto röhrte und polterte, wenn es die Tachonadel über hundert treiben musste, also fuhr sie meist nur achtzig, was sie wiederum zum Hassobjekt der anderen Autofahrer machte. Die fuhren dicht auf, drängelten, zogen haarscharf hinter ihr heraus und vorbei, traten augenscheinlich mit voller Absicht die Gaspedale durch, und dann und wann gestikulierten sie wild, tippten Zeigefinger gegen Stirnen oder wedelten flache Hände vor Gesichtern hin und her, als wollten sie ihr mit Scheibenwischern freie Sicht verschaffen. Kerstin wiederum fand das Gedrängel bescheuert. Es verursachte Stress, Angst und Ärger. Es konnte doch niemanden geben, der in diesen Situationen entspannt blieb. Ob auf der schnellen oder der langsamen Seite.

An diesem Nachmittag war die Autobahn glücklicherweise fast leer, nur ein Motorrad war bislang an ihr vorbeigezogen und ein kleiner Laster tuckerte gemächlich vor ihr her.

Ihr Handy brummte. Sie ignorierte es, musste aber an die Nachricht des Künstlers denken:

KENNEN SIE BEUYS? WENN NICHT, DANN RECHERCHIEREN SIE, WAS DER HAUSMEISTER GETAN HAT UND WAS SIE KEINESFALLS MIT MEINER ARBEIT TUN DÜRFEN. HALTEN SIE SICH EXAKT AN DIE ANWEISUNGEN IM BRIEF. Darunter stand die Adresse des Ateliers.

Sie hatte von Beuys zwar gehört, aber nur so viel, dass es sich um einen Künstler handelte. Was für eine Kunst er gemacht oder wofür er berühmt gewesen war, wusste Kerstin nicht. Als sie *Beuys Hausmeister* in die Suchmaschine eingegeben hatte, fühlte sie sich von den Ergebnissen ordentlich verschaukelt: *Fettecke, fünf Kilo Butter*. Der angebliche Skandal um die entfernte Fettecke überzeugte sie nicht. Der Künstler war zu dem Zeitpunkt tot gewesen und der Hausmeister hatte offensichtlich nur seinen Job machen wollen. Und Fett in einer Ecke als Kunst zu betiteln? Da hatte Kerstin den Zeigefinger an die Stirn getippt. Was für irre Vögel.

Dieser Vogel, zu dessen Kunstnest sie gerade unterwegs war, würde allerdings dermaßen viel Geld für ihre Reinigungsdienste zahlen, dass sie jegliche Anweisungen genauestens befolgen wollte. Dieser Mensch zahlte noch mehr als die von Reiberstetts.

›*Aber er zahlt nur, wenn die Arbeit tadellos ist.*‹

Erika hatte von einer Situation berichtet, in der sie Spinnweben von der Wand entfernt hatte. Der Künstler strich ihr fast den kompletten Lohn. Den Grund erfuhr sie im Text der Überweisung: ABZUG WG ENTFERNENS V KUENSTL. ELEMENT SPINNWEBEN. Erika wollte ihn am Telefon zur Rede stellen, aber er ließ sich auf keinerlei Diskussion ein. Erika wusste, dass ein Rechtsstreit keinen Zweck hatte und sie natürlich den Kürzeren ziehen würde. Eine Putzfrau, die einen gut betuchten Künstler verklagen wollte. Sie hätte ja nicht mal gewusst, an wen sie sich hätte wenden sollen. Mit welcher Art Anwalt man sprach und wie man sprach. Also schluckte sie ihren Ärger herunter und erledigte nur noch exakt das, was in dem Brief angeleitet war. Damit war sie wohl lange klar gekommen.

Und damit wollte Kerstin nun ebenfalls zurechtkommen.

Sie verließ die Autobahn, nahm die Linksabbiegerspur. Durch die Bäume, nicht fern, aber auch noch nicht in direkter Nähe, sah sie ein altes Gemäuer, das das Schloss sein konnte. Diese Straße, hatte sie sich eingeprägt, musste sie weiter entlangfahren bis zum Wirtshaus *Goldene Gans*. Dann hinunter ins Dörfchen. Und dann?

»Ach du Scheiße!« Ein Schlagloch! Die Stoßdämpfer des alten Twingos federten das plötzliche Absacken des Rades kaum ab.

Kerstin knallte mit dem Kopf gegen die Seitenscheibe.

Verriss das Lenkrad.

Geriet auf die Gegenfahrbahn.

Das Herz polterte. Adrenalin schoss durch den Körper.

Kerstin schüttelte und berappelte sich. Brachte den Wagen wieder in die Spur. Warnblinker. Atmen.

Glücklicherweise war ihr niemand entgegengekommen.

›*Es ist nichts passiert, du hast es geschafft. Nur ein Schrecken.*‹

Das Adrenalin ebbte ab. Ganz langsam.

Die Hände zitterten noch, als Kerstin weiterfuhr.

Da war die *Goldene Gans*. Oder ein trauriges Abbild von ihr. Dem Gebäude fehlten Fensterscheiben und Dachschindeln, das Wirtshausschild baumelte an einer Aufhängung, die jeden Moment zu zerbröckeln drohte. Die Gans auf dem Schild wirkte wie frisch geköpft.

Kerstin setzte den Blinker – sie setzte immer den Blinker, auch wenn niemand in der Gegend war – und bog ab. Im Rückspiegel sah das Wirtshaus wie ein müdes, abgekämpftes Gesicht aus.

Die Straße wurde schmaler und führte abwärts. Links und rechts standen ältere Einfamilienhäuser. Eine getigerte Katze rannte quer über die Fahrbahn, ansonsten war kein Lebewesen zu entdecken. Weiter und weiter schlängelte Kerstin sich in ihrem Twingo den Asphalt hinunter, mit höchster Konzentration, nicht wieder in ein Schlagloch zu geraten. Wie viele davon der Wagen noch verkraften konnte, war nämlich unklar, und Kerstin hing sehr an ihrer schwarzen Klapperkiste mit den überdimensionierten Türen und dem Faltdach, das sie erst zweimal komplett geöffnet hatte. Es war ihr nicht geheuer gewesen, mit offenem Dach zu fahren, und sie hatte Angst davor, dass es undicht werden könnte, wenn sie es zu oft auf- und zuschob.

Die Straße endete an einem Dorfplatz. Einfach so. Weder links noch rechts war eine Weiterfahrt möglich, es gab nur Fußwege. Der Dorfplatz selbst war mit einem Schlagbaum abgesperrt. Sie stellte den Motor ab und zog das Handy aus der Handtasche. Wie es der Zufall so wollte und sie ausgesprochen nervös machte, hatte Kerstin keinen Empfang. Fetzen von Albträumen stolperten in ihr umher, erinnerten sie an nicht zu bewältigende Wege zur Schule, an nicht klingelnde Wecker vor der Arbeit, an ein ihr entrissenes Baby und eine brennende Fabrik.

›*Das hier ist kein Albtraum, Kerstin! Nur eine seltsame Situation.*‹

»Kein Albtraum, bloß eine seltsame Situation«, wiederholte sie laut, schüttelte den Kopf und schaffte es zumindest, die Fetzen zurückzudrängen.

Sie stieg aus und hielt das Handy in die Höhe. Kein Empfang. Auch ein paar Schritte vom Auto entfernt war es nicht besser. Die aufkeimende Idee, auf das Autodach zu klettern, starb umgehend, denn dass das Faltdach diese Aktion unbeschadet überstehen würde, bezweifelte sie.

»Sie können da nicht stehenbleiben!«

Kerstin sah sich um. Woher war die Stimme gekommen?

»Fahren Sie da jetzt weg?!«

Nun registrierte sie die Frau, die im Fensterrahmen eines Obergeschosses lehnte.

»Können Sie mir sagen, wie ich zum Schloss komme?«

»Haha!« Ton, Mimik und Erscheinung glichen einer Zeichentrickfigur. »Niemand kann das.«

»Warum? Es müsste doch ganz in der Nähe sein.«

»Nur weil etwas nah erscheint, heißt es noch lange nicht, dass es auch erreichbar ist.« Schön, die Frau war Philosophin und kannte unnütze Sprüche.

»Gibt es hier denn noch eine andere Straße? Kann man über den Dorfplatz rüber?«

»Nein. Gibt es nicht, kann man nicht. Fahren Sie jetzt weg!«

›*Bestimmt macht die Trostlosigkeit dieser Umgebung die Leute hier griesgrämig.*‹

Auch wenn Kerstin es mit Verständnis versuchte, fühlte sie sich durch das Verhalten dieser Frau persönlich getroffen. Es stach mitten in den Bauch. Oder war es einfach nur Wut? Kerstin strich darüber, ging die paar Schritte zum Auto zurück und setzte sich wieder hinein. Das Handy prüfte sie vorsichtshalber erneut, aber Empfang hatte es immer noch nicht.

Sie schaltete das Radio ein, das auf allen Sendern nur Rauschen hervorbrachte. Die Sendersuche lief einfach nur durch, keine Frequenz war festzustellen. Dass hier war ein einziges Loch.

In drei Zügen wendete Kerstin den Wagen, fuhr die Straße wieder hinauf.

Sie würde zu spät kommen. Falls sie überhaupt ankommen würde. Der Plan war nun, an der *Goldenen Gans* zu halten und die Route am Handy zu checken. Dort oben hätte sie sicherlich wieder Empfang.

Empfang ja, Frust ebenso. Auf halber Strecke vorher hätte sie in einen Waldweg einbiegen können, zeigte ihr nun der Routenplaner. Sie schlug auf das Lenkrad, schlug auf ihre Oberschenkel, schrie und brüllte. Schokolade. Sie brauchte den zarten Schmelz auf der Zunge, brauchte das beruhigende Kribbeln in den Gliedern. Sie wollte nach Hause.

›*Wut bringt dich jetzt auch nicht weiter.*‹

Der Rückwärtsgang hakte, sie brauchte drei Anläufe. Aufs Gaspedal getreten, der Motor heulte auf, Splitt und Schotter sprangen in die Luft. Drehen, erster Gang, zweiter, dritter.

»Du suchst jetzt diesen verdammten Waldweg, Kerstin!«, brüllte sie sich selbst an.

Der Twingo hoppelte auf der Forststraße durch den Wald. Schon längst hatte sich der Baumvorhang hinter ihr geschlossen.

Sie fuhr und fuhr.

Die Uhr war bereits um zehn weitere Minuten vorangeschritten, ein Ende des Waldwegs zeigte sich nicht. In welche Himmelsrichtung sie fuhr, konnte sie mittlerweile nicht mehr sagen, beim Routencheck an der *Goldenen Gans* hatte es aber so ausgesehen, als wenn dieser Weg unmittelbar zum Schloss führte. Kerstin hatte sich auf allerlei tierische Begegnungen gefasst gemacht: Fuchs, Luchs, Wildschwein. Was dann aber vor ihr auftauchte, hatte sie nicht erwartet.

Sie hoffte, dass das Vieh zur Seite gehen würde, wenn sich der Wagen ihm nähern würde. Doch es stand einfach nur.

Vorbeifahren konnte sie nicht, also hielt sie an. Sollte sie hupen?

›*Du kannst im Wald doch nicht einfach hupen!*‹

Kerstin stieg aus. Würde sich das Tier schieben lassen? Mit vorsichtigen und leisen Schritten wagte sich Kerstin voran. Das Tier atmete ruhig, schien sich für Kerstin nicht zu interessieren.

»Bella!«

Kerstin streckte sich.

Die Kuh streckte sich.

Eine Jugendliche joggte auf sie zu. »Bella, da bist du ja.« Sie erreichte die Kuh, streichelte ihr über den Kopf und schaute Kerstin an. »Mein Opa hat sie heute wieder geschlagen. Er schlägt alle Kühe. Aber Bella hat es heute besonders stark abbekommen. Da ist sie davongerannt. So schnell habe ich sie noch nie laufen sehen. Sie ist die beste Milchkuh auf dem Hof. Es wäre ein großer Verlust, wenn sie nicht mehr da wäre.«

›*Warum erzählt sie das?*‹

»Wie kannst du zulassen, dass er die Kühe schlägt?«

»Was soll ich denn bitte daran machen? Du kennst meinen Großvater doch gar nicht. Und was tust du eigentlich hier? Mit deinem Auto?«

»Ich will zum Schloss. Deine Kuh hat mich aufgehalten.«

»Dann ist Bella hier dein kleinstes Problem.«

»Warum?«

»Die kann ich zumindest wegschieben.«

Seltsames Gespräch. Du musst weiter, Kerstin.

»Ist das denn der richtige Weg? Das sah im Routenplaner so aus. Ich habe hier aber keinen Empfang.«

»Ganz ehrlich? Fahr einfach zurück. Es gibt etliche Erzählungen über das Schloss ...«

»Ich habe dort einen Auftrag.«

»Sag ihn halt ab.«

»Wie bitte? Nein!« Kerstin schüttelte energisch den Kopf. Was erlaubte sich diese Göre eigentlich? Wie alt war sie schon? Fünfzehn, sechzehn?

»Viel Glück. Bin gespannt, ob du in der nächsten schrecklichen Geschichte vorkommst, die sich die Leute erzählen.« Sie legte der Kuh einen Strick um den Hals und verschwand mit ihr zwischen den Bäumen.

Weder die junge noch die alte Frau hatten recht behalten. Kerstin war tatsächlich nach weiteren zwanzig Minuten am Schloss angekommen. Sie hatte, nachdem sie schließlich aus dem Wald hinausgefahren war, einfach immer die nächste Straße genommen, die sie für richtig hielt, ganz intuitiv – und hatte Glück. In der zweiten Kurve fand plötzlich das Radio wieder einen Sender und das Handy summte, brummte und plingte.

Von Weitem war ihr das Schloss größer vorgekommen. Warum man dieses alte Burggemäuer Schloss nannte, verstand sie nicht. Mit einem Schloss verband sie etwas Herrschaftliches, Königliches und Prunkvolles oder eine edle Ritterburg. Wenn es Herrschaft und Prunk hier einmal gegeben haben sollte, musste das wirklich lange her sein. Wo waren die verspielten Türmchen und Erker und Verzierungen? Und was zum Henker sollte sie hier alles putzen?

Sie ließ ihr Equipment im Kofferraum, denn sie wusste noch

nicht einmal, in welchem Raum sie was reinigen sollte. Das würde ja im Brief stehen. Aber wo war dieser Brief?

Zügig durchschritt sie den Torbogen und stand vor einer schweren hölzernen Doppeltür mit schwarzen Metallbeschlägen.

»Wer sind Sie?«

Kerstin zuckte zusammen. Schaute sich um. Das konnte doch nicht sein. Wieder wurde sie gesehen, ohne dass sie die sprechende Person sah. Die kleinen Fenster weiter oben waren verschlossen und machten auch nicht den Eindruck, als ob sie überhaupt zu öffnen wären. Nirgendwo ein Kopf zu erkennen.

»Wer sind Sie und was wollen Sie hier?« Die Stimme klang jetzt energischer, war aber immer noch richtungslos.

»Mein Name ist Kerstin Wischnewski. Ich soll hier ein Atelier reinigen.« Sie hätte gerne gewusst, wohin sie ihre Antwort wenden sollte. Hatte sie laut genug gesprochen?

Quietschend ging die alte Holztür auf. Scheinbar automatisch. Ganz langsam.

»Sie müssen linksherum und dann die Treppe runter.«

»Wo sind Sie?« Kerstin blickte noch einmal um und über sich.

»Überall.«

Überall? War das ein Scherz? Würde dieser Mensch sich gleich auf sie stürzen? Sie in den Kerker werfen? Sollte sie die Flucht ergreifen?

Zumindest war es keine tiefe Stimme, sodass sie annahm, dass es sich um eine Frau handelte. Womöglich hätte sie ansonsten wirklich das Weite gesucht.

»Das Schloss ist videoüberwacht und mit Lautsprechern ausgestattet.«

›*Wie vertrauenserweckend.*‹

Kerstin trat ein.

»Wir haben einiges automatisiert, weil wir körperlich eben nicht überall sein können und auch nicht wollen.«

»Mir ist das nicht geheuer.« Kerstin bewegte sich ganz langsam.

»Es ist ungewöhnlich. Aber vertrauen Sie mir. Sie brauchen keine Angst zu haben. Es ist im Moment niemand sonst im Gebäude. Das Licht geht in den Gängen per Bewegungsmelder an. In K.s Atelier müssen Sie händisch Licht einschalten. Da gibt es keinerlei Automatik. Ihn stört das in seiner Kreativität. Dort werden Sie mich weder hören noch sprechen können. Sie müssen links die Treppe hinunter. Dann einfach die Tür geradeaus.«

Die Treppe war uneben und ungleichmäßig. Bei jedem Schritt musste man auf einen Zentimeter zu viel oder zu wenig gefasst sein. Je tiefer Kerstin kam, desto kälter wurde ihr. Sie zog den Reißverschluss ihrer Jacke bis unters Kinn. Es roch muffig. Am Ende des Ganges sah sie eine niedrige Holztür mit einem massiven Vorhängeschloss. Dieses Schloss war jedoch kein Mechanisches, sondern ein Elektronisches, eines mit bunter Eingabetastatur und Display. Zwischen Beschlag und Holz stecke ein Briefumschlag. Darauf stand ihr Name in großen, geschwungenen Lettern.

Frau Wischnewski, Sie sind zu spät! Bitte sorgen Sie dafür, dass das nicht noch einmal vorkommt. Im Spind finden Sie alle Dinge, die Sie für die Reinigung benötigen. Bitte verwenden Sie keinesfalls eigene Reinigungsmittel oder elektronische Geräte. Ich bitte außerdem darum, Ihr Handy in meinen Räumlichkeiten auszuschalten. Mehr als elektrisches Licht dulde ich nicht. Im Spind finden Sie eine von mir angefertigte Karte der Umgebung. Ich weiß, dass der Weg hierhin tückisch sein kann. Sie dürfen diese Kopie mitnehmen, um beim nächsten Mal pünktlich zu erscheinen. Beginnen Sie mit der Reinigung wie folgt …

Fünf DIN-A4-Seiten hatte der Künstler beschrieben. Bevor Kerstin den Brief mit den konkreten Reinigungsschritten weiterlas, tippte sie den Code in das elektronische Türschloss ein. Per SMS hatte sie ihn geschickt bekommen. Ausgeschrieben, nicht in Ziffern.

Der Gewölbekeller zeigte sich viel großzügiger und heller als erwartet. Am anderen Ende des Raumes blickte man nicht auf eine Wand, nicht auf eine Mauer, sondern auf Ahorn, Buche und Eiche. Ein riesiges Fenster ließ Licht und Grün herein. Der anbrechende Oktober hatte den Wald bereits bunt besprenkelt. Bald würde die Aussicht sicherlich noch umwerfender sein, wenn der Herbst das Grün gänzlich aus den Blättern zog und es gegen Gelb, Orange, Gold, Bronze und Braun eintauschte. Ein Gemälde ohne Menschenhand.

Erst als Kerstin die Augen von dem außergewöhnlichen Ausblick abwandte, bemerkte sie des Künstlers Kunst. Was sie sah, hätte sie sich niemals vorstellen können. Noch nie hatte sie von so etwas gehört. Sie wusste kaum, wo sie zuerst hinschauen sollte.

Auf jedem Tischchen, auf jedem Regalboden, auf Staffeleien – überall das gleiche Material.

Sie näherte sich einem Bild und überzeugte sich von ihrer Vermutung.

›Das sind alles tote Fliegen.‹

Fliegen als Bilderrahmen, Fliegen als Ei, Fliegen als überdimensioniertes Herz, sogar Messer, Gabeln und Löffel waren mit Fliegen verziert worden.

Eigentlich ganz hübsch, wie die Fliegenrücken blau, grün und einen Hauch gold-gelblich glänzten. Aber die Kombination mit Alltagsgegenständen war bizarr. Ekel kroch Kerstins Kehle hinauf. Mit Fliegen verband sie Dreck, Unreinheit, Verdorbenes, Gestorbenes. Fliegen hinterließen fiese Flecken. Flecken auf Fenstern, auf Möbeln. Oft waren sie unkontrollierbar, kamen alleine, zu zweit, zu dritt und vermehrten sich schlagartig. Dann brauchte es Schläge und Fallen, um sie zu packen, um sie zu stoppen, um den menschlichen Ekel einzufangen.

Kerstin schüttelte sich. Am ganzen Körper. Sie versuchte, ihre Gedanken und Gefühle abzuschütteln. Schleunigst musste sie sich an die Arbeit machen, schließlich war sie spät dran.

Den langen Holztisch sollte sie mit speziellen feuchten Tüchern reinigen, aber bloß den roten und den blauen Fleck in Ruhe lassen. Den Boden sollte sie mit einem Gummibesen reinigen. Ganz langsam. Das erlaube keine Hektik. Und keinesfalls dürfe der Staub auf der Vitrine entfernt werden, K. benötige den noch. Das Waschbecken hinten in der Ecke müsse ordentlich geschrubbt werden. Dafür solle sie die Bürste mit der Aufschrift *WB* verwenden. Keinesfalls für etwas anderes, nur fürs Waschbecken. Die Fenster streifenfrei, damit genug Licht hineinkomme. Das Sofa sollte sie mit einer Kleiderbürste bearbeiten. Aufschrift *SO*. Die Reihenfolge der Arbeitsschritte überließe er ihr, da sei sie die Expertin, und er wolle ihr nicht hineinreden.

Kerstin wischte, Kerstin schrubbte, Kerstin bürstete, Kerstin polierte, Kerstin fegte. Und blendete die Fliegen aus. So wie sie es auch in einigen Räumen von anderen Auftraggebern tat, wo sie nicht wahrhaben wollte oder nicht wahrhaben durfte, was darin gelagert oder gesammelt wurde, was sich darin aufhielt oder versteckte oder versteckt wurde.

Außen vor dem Fenster befand sich ein breiter Vorsprung, den sie am Anfang gar nicht wahrgenommen hatte. Für einen Moment hatte sie gerätselt, wie sie vorgehen sollte. Aber so konnte sie durch das geöffnete Fenster hinaussteigen und die Außenseite der Fenster vernünftig wischen. Außerdem hatte sie einen Teleskopwischer zur Verfügung, mit dem sie auch die oberste Ecke erreichte. Eine Verlängerung ihres Arms oder einen Tritt oder eine Leiter benötigte sie öfter. Mit ihren eins sechzig reichte sie nicht immer an alle Stellen heran. Aber sie wusste sich zu helfen.

Kerstin schloss den Spind. Sie war sich sicher, alles so erledigt zu haben, wie K. es verlangt hatte. Die Ateliertür fiel ins Schloss.

»Na, fertig?«

Kerstin erschrak. Sie hatte diese Stimme schon fast vergessen. Die Kälte kroch ihr direkt wieder in die Glieder. Den Reißverschluss ihrer Jacke zog sie bis unters Kinn und spähte nach einer Kamera in den Winkeln der Decke.

Als sie fündig wurde, nickte sie tonlos in diese Richtung, ging die Treppe hinauf und verließ mit schnellen und großen Schritten das alte Gemäuer.

Auf dem Weg zum Auto glaubte sie noch ein »Auf Wiedersehen« zu hören.

Mittwochabend

VOGELBEERWEG

Die Karte des Künstlers war eine große Hilfe gewesen. Dank ihr hatte Kerstin eine andere, viel sinnvollere Route gefunden. Zunächst in die komplett andere Richtung und nicht über die Autobahn, aber simpel und ohne viel links und rechts.

Zu Hause fühlte sie sich auf seltsame Art euphorisiert und ungeheuer stolz auf sich, diese Odyssee bewältigt zu haben.

Und sie hatte Post bekommen. Post, in der keine Rechnung, in der keine Hiobsbotschaft steckte. Es war ein Schreiben vom Zuckersammler-Club. Seit vielen Jahren war sie dort Mitglied. Sie liebte diese niedlichen Zuckertütchen in vielfältigen Formen und Farben, und sie liebte es, im Zuckersammler-Club-Forum über die Tütchen zu fachsimpeln. Dieser Brief war etwas Besonderes: Nun wurde sie doch tatsächlich gefragt, ob sie – sie: Kerstin Wischnewski – den zweiten Vorsitz des Clubs übernehmen würde, ob sie sich das vorstellen könne, ob sie sich zur Wahl stellen möchte. »Kerstin, läuft bei dir!«, sagte sie, kicherte, schämte sich jedoch im gleichen Moment dafür, auf diese Weise laut mit sich selbst gesprochen zu haben. Aber der Tag hatte sich heute deutlich besser entwickelt als zunächst angepriesen.

›Es läuft doch wirklich.‹

Donnerstagfrüh

BÜROETAGE

Was an einem Büro und den dort arbeitenden Angestellten so speziell und kompliziert sein sollte, konnte Kerstin sich kaum vorstellen. Sie hatte bereits in vielen Büros geputzt und im Grunde verhielt es sich überall gleich. Aber Erika hatte sie gewarnt, dass sie sich in diesem Bürogebäude keine Routine aneignen könne, weil sich ständig die Gegebenheiten veränderten. Erika hatte nicht detaillierter beschreiben wollen, was sie damit meinte. Sie wolle mit dem Reinigungsgeschäft ab sofort nichts mehr zu tun haben, ihren Ruhestand genießen – sie sei gerade bei ihrer Nichte an der Ostsee –, und außerdem würde Kerstin das schon schaukeln. Wenn sie sich dessen nicht sicher gewesen wäre, hätte sie ihr die Aufträge schließlich nicht angeboten. Das sei ja wohl klar – dies und das. Dann hatte Erika aufgelegt.

Kerstin war sich unsicher, ob sie ihren eigenen Erfahrungen oder Erika trauen sollte.

Sie beschloss, weitestgehend erwartungsfrei ans Werk zu gehen. Um halb fünf in der Früh.

Der Pförtnerin zeigte sie das Schreiben, das sie vor zwei Tagen bekommen hatte. Diese nickte stumm, legte einen Schlüsselbund auf die Theke und deutete auf eine Liste, in die Kerstin sich eintragen sollte. Name, Etage, Uhrzeit, Unterschrift. Dann zeigte sie auf den Fahrstuhl. Kerstin steckte Schlüssel und Schreiben in die Jackentasche und schob ihren Reinigungswagen vor sich her. In dem Schreiben hatte gestanden, dass sie ihre Arbeitsmaterialien mitzubringen habe, man benötige den Rund-um-Service und habe keine Möglichkeiten, Putzmittel oder Ähnliches zu lagern. Kerstin hatte die Gelegenheit genutzt, sich einen neuen Reinigungswagen zu kaufen: mit kugelgelagerten Lenkrollen für ein bequemes und leises Fahrverhalten. Der Aufbau hatte sie am Vorabend beinahe in den Wahnsinn getrieben, da eine Rolle einfach nicht einrasten wollte. Aber hier zeigte sich nun, dass sich die Strapazen gelohnt hatten, denn man hörte kaum etwas und er fuhr fast von alleine. Dass sie für die neue Anschaffung woanders sparen musste, bis die neuen Kunden die Rechnungen bezahlt haben würden, versuchte sie zu verdrängen. Sie wollte sich mit dem Wagen für die neuen Stellen motivieren.

Kerstin gähnte. Um diese Uhrzeit zu beginnen, überhaupt irgendwie um Viertel vor vier aus dem Bett zu kommen, hatte sie fertig gemacht, machte sie fertig, würde sie fertigmachen. Sie hatte das Gefühl, nicht richtig bei sich zu sein. Dass sich ihr Ich mit dem Schrillen des Weckers geteilt hatte: Eines war unter Zwang aufgestanden und eines war stur liegen geblieben. Das gezwungene Ich schob nun den Wagen und sich selbst voran, und an viel mehr als diese unfreundliche Frühe und das gemächliche Voreinandersetzen der Füße konnte es kaum denken.

Diese Frau im Fahrstuhl – die Frau mit den Schatten unter den Augen, mit den grau besträhnten Schläfen, den dunklen Linien, die links und rechts der Nase zum Mund hinunterliefen – war Kerstin fremd. Sie beugte sich vor, betastete das Gesicht, das nicht ihres war. Fuhr über den Riss im Spiegel. Je näher sie ihm kam, desto mehr entstand eine Grimasse. Sie stieß mit der Nase an. Schielte. Schloss die Augen. Rumpeln. Die Tür zog auf.

Es klickte. Die Beleuchtung schaltete sich automatisch ein. Dann ... Stille. Kein Klackern, kein Rappeln. Keine Birne surrte, keine Heizung brummte. Es war so dermaßen still, dass Kerstin ihr eigenes Atmen hörte. Die Flüsterrollen am Reinigungswagen zischten. Hehhh, zissssscchhhh – hehhh, zissssscchhhh. Sie ließ den Wagen ausflüstern, parkte ihn an der Wand und machte sich auf zum anderen Flurende, um sich ein Bild von der Etage zu machen.

Der Flur knickte nach rechts ab, wieder rechts, wieder rechts. Als Kerstin ein weiteres Mal rechts abbog, stand sie fast vor ihrem Wagen. Auf dem Weg hatte sie einundzwanzig Türen gezählt. Laut Schildchen Büros, zwei Toilettenräume, eine Teeküche und zwei Besprechungsräume.

Sie war froh, dass Erika ihr zumindest erklärt hatte, wo sie warmes Wasser bekam und wo sie den Müll entsorgen konnte. Die Zweifel klopften wieder an: Warum hatte sie sich einfach ins kalte Wasser werfen lassen? Ohne Ansprechpartner, ohne Einweisung. Sie musste alleine zurechtkommen. Jedoch … alleine sein, sich ohne Hilfe durchbeißen, das kannte Kerstin. Alleinerziehend, wenn man das zu dem Zeitpunkt schon so benennen konnte, war sie von Beginn ihrer Schwangerschaft an gewesen, Tim hatte sie nach dem positiven Test abserviert, hatte gemeint, dass er das einfach nicht könne. Familie und so. Feste Bindung und so. Verantwortung und so. Dafür sei er nicht der Typ. Sorry. Nicht böse gemeint. Sie war wild entschlossen gewesen, das Kind zu behalten. Vorher hatte sie einmal abgetrieben. Mit achtzehn. Diesmal, sechs Jahre später, hatte sie das nicht tun wollen. Ob mit Partner oder ohne.

Kerstin stoppte. Jetzt war sie an der Teeküche vorbeigelaufen. Oder? War sie. Also umdrehen. Zügiger! Die Zeit lief.

Der Bewegungsmelder schaltete das Licht ein. Sofort fiel Kerstins Blick auf den dreckigen Teppichboden. Vor dem Küchenblock zeigte er sich hell- und dunkelbraun, grünlich, ein bisschen orange, gelb, weißlich. Der Teppich war nicht mehr bloß Teppich. Offenbar hatte er sich mit etlichen anderen Substanzen vollgesogen. Er war belegt, überzogen und verkrustet. Wer legte denn bitte Teppich in einer Teeküche aus? Oder wer ließ ihn dort, wenn sie nachträglich eingesetzt worden war? Oder deckte ihn nicht mit einer Schutzmatte ab? Immer wieder begegneten ihr auf ihrer Arbeit Bereiche, deren Ausstattung sie nicht nachvollziehen konnte. Die kaum oder gar nicht zu reinigen waren. Die sie wie hier allerdings auch nicht gezielt reinigen musste. Bei diesem Teppich wäre jede Liebesmüh vergeben. Man konnte ihn nur noch austauschen. Solch eine Ignoranz nervte.

In der Spüle rottete ein siffiger Topfschwamm vor sich hin. Die Scheuerseite war zerfetzt, löchrig und von weißen, schleimigen Fäden durchzogen. Kerstin wollte sich ihm am liebsten gar nicht nähern, wusste, wie er roch, wusste, wie viele Bakterien darin hausten. Sie zog ihre Handschuhe über, klappte die Enden um. Den Spülschwamm schnappte sie mit Daumen- und Zeigefingerspitzen und beförderte ihn in den Mülleimer.

Sie befüllte das Kochendwassergerät über der Spüle. Bei Frau Schmidtmeier hing ein ähnliches von der gleichen Marke. Hier grau in grau. Bei Frau Schmidtmeier braun in braun. Ob man diese heutzutage noch herstellte?

Der Staubsauger lag im Twingo. »Eine deiner Hirnhälften liegt noch zu Hause im Bett«, sprach sie laut mit sich selbst. Sie rieb sich über die Stirn.

›*Dann los zum Auto.*‹ Auch die Großeschwesterstimme klang ungewohnt lahm.

Fast jedes Büro war ähnlich eingerichtet: vier Schreibtische mit Bildschirmen, Tastaturen, jeweils einer Maus, dazu ein Telefon. Unter jedem Schreibtisch stand ein abschließbarer Schubladenschrank, unter den Stühlen war der graublaue Teppichboden abgescheuert. An den Wänden links und rechts standen Sideboards mit Lamellentüren. Auch abschließbar. Über den Sideboards waren lange, mit Neonfarben markierte Papierlisten angepinnt.

Kerstin wusste nicht, ob die angesetzte Zeit in diesem Gebäude für das Reinigen ausreichen würde, aber die simple Einrichtung der Büros stimmte sie zuversichtlich.

Die Oberflächen waren schnell gereinigt, der Teppichboden war schnell gesaugt. Sie mochte es, wenn die Staubsaugerdüse leicht über den Boden glitt und sie einfach in Gedanken und Tagträumen versinken konnte.

Büro für Büro für Büro wurde sie flinker, fand ihren Rhythmus.

Als Kerstin die Räume wechselte, sah sie zwei Personen am Ende des Flures um die Ecke biegen. Sehr klein, kopflos, eigentlich bloß Rücken und Beine. Nur kurz hatte sie sie sehen können, dann waren sie schon wieder verschwunden.

Nun war sie also nicht mehr alleine in dieser Etage. Sie hatte gehofft, dass während ihrer Arbeitszeit niemand mehr kommen würde, dass sie diese Räume für sich hätte und sich bewegen könnte, wie und wo sie wollte. Dass hier keine Rücken, keine Beine auftauchten.

Kerstin starrte unzufrieden in die Lichtspiegelung ihres Früchtetees. Dass sie mehr als die eine Tasse Kaffee zu Hause brauchen würde, hatte sie nicht erwartet. Denn eigentlich vertrug sie nur eine einzige Tasse am Tag, bekam sonst Herzrasen, das über den Tag wellenartig wiederkam. Aber wenn man um Viertel vor vier aus dem Bett kriechen musste, zog sich der Morgen.

Im Flur neben der Teeküche stand ein Kaffeeautomat. Bislang kannte sie diese Dinger nur aus Krankenhäusern. Wo sie vorher gearbeitet hatte, waren es bloß normale Filterkaffeemaschinen gewesen. Als sie sich vor den Automaten stellte und die Schilder studierte, sprang das Licht an. Auf dem Foto stieg aus dem Kaffeebecher Dampf empor. Es wirkte, als würde er sich tatsächlich bewegen. Doch Kerstin wollte keinen schwarzen Kaffee. Sie wollte etwas Cremiges, Schaumiges, aber nicht zu Schwaches. Moccacino, der sollte es sein. Sie kramte in ihrer Geldbörse nach einem Euro und steckte ihn in den Schlitz.

»Dankeschön! Der Moccacino wird Ihnen in Kürze serviert.«

Es fauchte, raschelte, dann plumpste ein Pappbecher herunter und blieb auf halber Höhe hängen. Plätschern.

»Bitte entnehmen Sie Ihr Heißgetränk.« Der Automat sprach mit warmer Stimme. Er spuckte: Der Euro war wieder herausgekullert.

»Danke!«, sagte Kerstin recht höflich.

»Gern geschehen.«

Ach was, das hatte sie sich jetzt eingebildet, das hatte der Automat nicht wirklich gesagt.

›*Doch, hat er.*‹

Das Getränk duftete nach Schokolade. Sie atmete den Dampf tief ein, nippte dann vorsichtig. Diese Symbiose aus Kaffee- und Schokoladengeschmack war eine Wucht. Als Kerstin den zweiten Schluck nahm, entfuhr ihr ein leises Stöhnen. Sie schaute sich kurz um, ob das jemand gehört haben könnte. Aber niemand war da.

Konnte man sich in ein Getränk verlieben? Am liebsten wollte sie alles auf einmal austrinken und wollte gleichzeitig nicht, dass der Genuss jemals endete. Kerstin umklammerte den Becher, lehnte sich neben dem Automaten an die Wand. Wie es wohl wäre, in einer Badewanne voll Moccacino zu liegen? Nicht in Milch und Honig. In schokoladigem Kaffeezuckergetränk. Sie nippte. Schluckte.

Schritte? Kamen die Kopflosen zurück? Kerstin drückte sich fester an die Wand, nippte noch einmal, versuchte irgendwie in der Wand zu verschwinden. Schritte. Kerstin schloss die Augen.

»Wer bitte sind Sie?«

Kerstin trank den lauwarmen Rest aus, öffnete die Augen.

Die Frau hatte die Arme in die Hüften gestemmt.

»Spre-chen Sie Deutsch?«

Am liebsten hätte Kerstin ihr jetzt vorgespielt, dass sie nicht verstünde.

›*Bringt doch nichts.*‹

»Mein Name ist Wischnewski, ich bin die Reinigungsfachkraft.«

»Hätte ich mir gleich denken können, dass Sie die Putzfrau sind. Sieht man Ihnen ja auch an.«

»Reinigungsfachkraft oder Reinigungskraft, bitte.«

»Wie auch immer. Was tun Sie denn noch hier? Außer Kaffeetrinken?«

Was ging diese Frau das an? Sie war mit Sicherheit nicht ihre Auftraggeberin.

›*Reiß dich zusammen und bleib höflich!*‹

»Ich muss noch die Toilettenräume und den Flur reinigen.«

»Jetzt noch?«

»Die anderen Räume sind fertig.«

»Sie sind zu langsam.«

Das war sie nicht. Sie lag perfekt in der Zeit.

»Warum?«

»Weil niemand Sie sehen möchte, wenn hier mit der Arbeit begonnen wird. Dann stören Sie und sind im Weg.«

»Meine Arbeitszeit geht bis neun Uhr.« Kerstin zog das Handy aus der Tasche. »Es ist acht Uhr siebzehn.«

»Das tut nichts zur Sache. Außerdem kommt Herr Königsmann gleich. Der kann das noch weniger haben als ich, glauben Sie mir.«

»Ich bin schnell fertig.«

»Das will ich doch hoffen! Und beim nächsten Mal sollten Sie besser vollkommen unsichtbar sein, wenn Sie nach acht Uhr noch hier sind. Wir müssen schließlich arbeiten.«

Kerstin zerdrückte den Becher.

Die Frau verschwand in einem Büro.

›*Augen zu und durch.*‹

Kerstin beeilte sich, tat, was sie zu tun hatte, spürte die Blicke der ankommenden Angestellten, sah aber niemandem in die Augen. Sie hielt den Mund und versuchte, unsichtbar zu sein.

Donnerstagmittag

VOGELBEERWEG

Der Automat klingelte. Neben ihr. Auf der Couch. Der Automat lag klingelnd auf der Couch? Kerstin blinzelte. Es klingelte und vibrierte. Sie griff um sich, suchte, fand und packte das brummende Ding. Sie setzte sich auf und tippte auf Grün. Der Rücken ziepte.

»Endlich! Katharina, hast du meine Nachrichten denn nicht bekommen?

»Doch. Ich hatte zu tun. Sorry.«

»Ich hatte dir mehrmals auf die Mailbox gequatscht.«

»Ja, ich weiß.« Es raschelte im Hintergrund.

»Wie viel Uhr ist es bei dir?«

»Sechs Uhr morgens. Ich muss noch was für die Uni vorbereiten und dann gleich los. Ich wollte dir nur kurz sagen, dass hier alles gut ist. Macht Spaß, ist aber auch mega anstrengend. Die verlangen echt viel und mein Kellnerinnenjob ist halt körperlich krass.«

»Pass auf dich auf, okay?«

»Klar, Mama.«

»Du kannst ja zwischendurch mal ne Nachricht schreiben.«

»Mach ich. Ich muss los.«

»Hab dich lieb.« Kerstin schickte ein Kussgeräusch hinterher.

»Dich auch.« Weg.

Kerstin ließ das Handy fallen und fiel selbst. Um.

An der Wand entdeckte sie den braunroten Fleck.

Der Fleck kroch die Tapete herunter.

Der Fleck, von dem sie wusste, dass es kein Fleck war, verschwand wieder hinter dem Wohnzimmerschrank.

Der Lichteinfall passte nicht zum Morgen, Katharinas Uhrzeit in den USA passte nicht zum Morgen in Deutschland. Erst jetzt begriff Kerstin so richtig, dass es Mittag war und dass sie an diesem Tag bereits einige Stunden gearbeitet hatte.

Wie spät war es? Das Handy zeigte 12.13 Uhr.

In einer Dreiviertelstunde musste sie bei Frau Schmidtmeier sein.

Donnerstagmittag

FRAU SCHMIDTMEIER

Als Kerstin die Tür öffnete, stand Frau Schmidtmeier mit hochroten Wangen im Flur. »Frau Wischnewski, ich habe Hubertus gesehen!«

»Hubertus?« Kerstin schloss die Tür hinter sich, steckte den Schlüssel zurück in die Tasche.

»Ja, Hubertus, meinen Hubertus, meinen Mann.« Energisch nickte Frau Schmidtmeier.

»Wo haben Sie ihn denn gesehen?«

»Am Fenster.« Sie deutete in Richtung Wohnzimmer.

»Unten auf der Straße?«

»Nein, am Fenster.«

»Hier, in der Wohnung?«

Frau Schmidtmeier griff nach Kerstins Arm und blickte ihr tief in die Augen. »Frau Wischnewski, wenn ich es Ihnen doch sage!« Sie rüttelte am Arm und ließ dann wieder los.

»Wie sollte ich Ihnen nicht glauben, liebe Frau Schmidtmeier? Hat Ihr Hubertus etwas zu Ihnen gesagt?«

»Wo ist er denn?« Frau Schmidtmeier sah um sich.

»Sie haben ihn doch eben gesehen.«

»Nein, er ist gerade auf Jagd, schießt vielleicht ein Wildschwein.«

Wieder ein anderes Thema, Kerstin kam bei Frau Schmidtmeier manchmal nicht mehr hinterher. Trotzdem wollte sie auf die alte Dame eingehen.

»Haben Sie früher gerne Wildschwein gegessen?«

»Gehasst habe ich das!«

»Dann hoffen wir mal, dass er kein Wildschwein schießt, oder?«

»Frau Wischnewski, Hubertus lebt nicht mehr, wie soll er denn ein Wildschwein schießen?« Frau Schmidtmeier tapste ins Wohnzimmer. »Heute müssen Sie die Geweihe machen, Frau Wischnewski!«

Kerstin hasste es, die Geweihe abstauben zu müssen. Herrn Schmidtmeiers Jagdtrophäen.

»Tee?«

»Ich arbeite jetzt erst mal ein bisschen und dann habe ich bestimmt etwas Zeit für einen Tee.«

Frau Schmidtmeier wackelte während des Gehens stark hin und her, zuweilen musste Kerstin unwillkürlich an ein Kamel denken oder einen Dachs. Wie wohl eine Kreuzung daraus aussehen würde?

Frau Schmidtmeier drehte sich zu Kerstin um. »Was machen Sie denn schon hier?«

»Aber Frau Schmidtmeier, Sie haben mich doch eben an der Wohnungstür begrüßt.«

Frau Schmidtmeier ging zum Sessel, ließ sich hineinsinken und schaltete den Fernseher ein.

Manchmal wusste Kerstin überhaupt nicht mehr, was sie sagen, wie sie sich verhalten sollte. Frau Schmidtmeiers Lücken wurden stetig größer, ihre Themenwechsel rasanter. Kerstin hatte sich darüber mehrmals mit Frau Schmidtmeiers Tochter unterhalten, die das Ganze als normale Alterserscheinung und nicht als Problem betrachtete – vor allem keines, um das sich die Reinigungskraft kümmern müsse.

Als Kind hatte Kerstin ihre demente Urgroßmutter erlebt. Verrückt geworden, dachte sie damals. Von Demenz wusste die kleine Kerstin noch nichts. Uroma Elfriede wohnte für einige Monate bei ihnen, Kerstins Mutter hatte darauf beharrt. Elfriede stand ständig an irgendeinem Fenster oder saß irgendwo herum, manchmal einfach auf dem Fußboden im Flur, und glotzte ins Nichts. Hin und wieder erzählte sie Anekdoten aus ihrer Jugend. Immer die gleichen drei, immer mit den gleichen Worten: von einer Eisenbahnfahrt mit ihrem Onkel, von einem Kater ohne Ohren, der ihr vor die Füße gekotzt hatte, und von der Begeisterung ihrer Mutter für Maggi-Brühwürfel. Kerstin wollte nicht in Elfriedes Nähe sein, fürchtete sich vor dieser Frau mit dem leeren Blick. An einem Herbstnachmittag fand Kerstins Vater sie schließlich im Bett. Eingeschlafen. Nicht mehr aufgewacht.

Kerstin schüttelte den Kopf. Sie wollte die Gedanken an Elfriede vertreiben.

Heute hatte sie keine Lust, den schweren Couchtisch zu verschieben, also ließ sie ihn einfach stehen und staubsaugte drumherum. Glücklicherweise sah Frau Schmidtmeier nur auf den Fernseher: Jessica Fletcher tippte gerade eifrig auf ihrer Schreibmaschine herum.

Kerstin öffnete die Badezimmertür. Der Gestank ließ sie ein paar Schritte zurücktaumeln. Sie hielt sich den Unterarm vors Gesicht, versuchte, so flach wie möglich zu atmen. Sie durchquerte das Zimmer und riss das Fenster auf. Der Gestank schien stur davor stehenzubleiben. Sie glaubte ihn sogar schon sehen und fühlen zu können: grünbraun und zäh. Woher der Gestank kam, war klar. Schon öfter hatte Frau Schmidtmeier vergessen abzuspülen, aber das hatte noch nie einen dermaßen starken Gestank verursacht. Unbegreiflicherweise hatte Kerstin den eigentlich so beißenden Geruch gar nicht wahrgenommen, als sie in die Wohnung gekommen war. Frau Schmidtmeier hatte sie ja auch direkt in Beschlag genommen.

Kerstin holte sich Schutzoverall – glücklicherweise fuhr sie schon lange einen im Auto mit sich herum –, Maske und Handschuhe. Als sie alles überstreifte, hörte sie im Hintergrund Frau Schmidtmeier singen: »Grün, grün, grün sind alle meine Kleider …«

Unbeschreiblich, was Kerstin zunächst aus der Toilette ziehen, was sie lösen musste. Dass das von einer einzigen Person stammte … Kerstin schaltete ihre Sinne weitestmöglich aus, funktionierte wie eine Maschine, tat ihre Arbeit, ohne weiter darüber nachzudenken. Sie hatte schon Schlimmeres geputzt.

»Wer sind Sie?« Frau Schmidtmeier stand mit aufgerissenen Augen im Türrahmen. »Was wollen Sie in meiner Wohnung? Ich habe kein Geld, das Sie mir klauen können. Und Schmuck auch nicht.«

»Ich bin's, Frau Schmidtmeier.«

Die alte Frau verschwand, klapperte in der Küche, kam wieder. »Raus hier!« Sie hielt ein Messer in der zitternden Hand und fuchtelte.

Kerstin riss sich die Maske vom Gesicht, die Kapuze des Overalls vom Kopf und die Hände nach oben.

»Ich bin's doch: Kerstin Wischnewski.«

Frau Schmidtmeier ließ die Hand mit dem Messer sinken, hielt die andere Hand vor die Brust und hechelte.

»Frau Wischnewski, warum müssen Sie mir solch einen Schrecken einjagen? Was haben Sie da an?«

»Weil ich hier ein spezielleres Reinigungsproblem hatte. Der Anzug war notwendig.«

»Aber Sie haben so etwas noch nie getragen.«

»Heute ging es nicht anders.«

»Ich glaube, ich muss ein Schläfchen machen.«

»Ein ausgiebiges, liebe Frau Schmidtmeier.« Kerstin schwitzte. Kleine Pfützen in den Handschuhen, zwei Schweißtropfen liefen an ihrer Wirbelsäule hinunter und wetteiferten miteinander. Womöglich würden sie an den lädierten Bandscheiben für einen Moment hängen bleiben.

Im Fernsehen hackte jemand Kräuter, das Messer lag auf dem Couchtisch, Frau Schmidtmeier schlief.

Kerstin brachte das Messer in die Küche und setzte dann Teewasser auf. Im Schrank fand sie nur noch Hagebutte. Abgelaufen.

Samstagnachmittag

FAMILIE FLÄCK

Frau Fläck hatte außer der Reihe und sehr spontan um Hilfe gerufen. Fest vereinbart hatten sie den Montag und den Mittwoch. Nun würde Kerstin also zum dritten Mal in dieser Woche zur Reihenhaussiedlung fahren. Einigermaßen verzweifelt hatte Frau Fläck sich am Telefon angehört, als sie erklärte, dass sie einen Reinigungsnotfall habe und diesen nicht alleine bewältigen könne – zumindest nicht in kurzer Zeit und nicht so ordentlich wie Kerstin.

Als Kerstin das Haus betrat, war ihr direkt klar, warum Frau Fläck angerufen hatte.

»Danke, dass Sie gekommen sind, Frau Wischnewski! Mir ist das unglaublich unangenehm, Sie dafür extra herkommen zu lassen, aber ich muss noch einen wichtigen Auftrag ausarbeiten, und mein Mann, der musste kurzfristig auf Geschäftsreise. Ich kann das Chaos ja nicht so lassen.«

Von der Lampe über dem Esstisch segelte eine Luftschlange herunter.

Mathilda, Maja und – wie hieß das dritte Kind noch? – bewarfen sich mit Geschenkpapierresten.

»Thea könnte Sie beim Aufräumen unterstützen. Nicht wahr, Thea?«

Das Mädchen lehnte an der Küchenzeile, sog mit spitzem Mund am Strohhalm einer Capri-Sonne. Erst kürzlich hatte Kerstin während des Einkaufens bemerkt, dass mittlerweile *Sun* auf den Trinktüten stand, aber für sie blieb es, was es gewesen war. Denn nur der Klang von *Capri-Sonne* hörte sich so an, wie Kindheit an guten Tagen hatte schmecken können.

Nun wusste Kerstin auch, wie die älteste Tochter hieß. Beim letzten Mal hatte sie gar nicht nach ihrem Namen gefragt. Sie hatte andere Dinge bewältigen müssen.

Frau Fläck schnappte sich zwei Drillinge. »Mira lasse ich kurz hier, bin sofort wieder da.«

Thea schlürfte.

Kerstin schnappte sich einen leeren Karton vom Tisch und begann damit, das zerfetzte Geschenkpapier und die Luftschlangen aufzusammeln.

»Eigentlich könntest du das machen.«

Thea drehte sich nach links und rechts um, als wollte sie sich versichern, ob hinter ihr nicht noch jemand anderes war. Sie zeigte mit dem Zeigefinger auf sich und zog die Augenbrauen hoch.

Kerstin nickte.

Thea schüttelte den Kopf.

»Deine Mutter hat dich darum gebeten.«

Schlürfen, dann zog sie nur noch Luft.

Kerstin friemelte eine Luftschlange aus dem Schwiegermutterstuhl auf der Anrichte. Sie mochte diese Art Kakteen – die mit den festen, langen Stacheln – lieber als die mit den feinen. Diese dünnen Härchen waren eine fiese Gemeinheit, machten einen flauschigen, freundlichen Eindruck und ließen dann nicht mehr los, wenn sie sich einmal in der Haut versenkt hatten. Und sie kamen in Dutzenden. Kerstin hatte bei Frau Schmidtmeier vor einigen Jahren versehentlich in einen solchen Vorgauklerkaktus hineingegriffen und hatte noch Stunden später mit den zarten Stacheln zu kämpfen gehabt.

Erst jetzt fiel Kerstin auf, dass sie Kakteen in einem Kleinkinderhaushalt eigentlich unmöglich fand. Ob mit dicken oder dünnen Stacheln. In irgendeinem Kleinkindkörperteil musste hier doch täglich ein Stachel stecken.

›Das geht dich nichts an.‹

Wortlos holte Frau Fläck den letzten Drilling und verschwand im Obergeschoss.

Kerstin war genervt von den Papierfetzen. Sie waren zu groß, um sie einfach aufzukehren. Außerdem lagen sie in allen Ecken und Ritzen, auf den Stühlen, unter der Couch. Mit den Luftschlagen verhielt es sich noch schlimmer, denn die meisten waren ebenfalls zerrissen und hatten sich dadurch ins schier Unendliche vermehrt. Kerstin musste an einen zerteilten Riesenwurm denken, fand das dann aber zu abwegig. Es handelte sich eher um Locherkonfetti. Hilfe von Thea wäre wirklich angebracht gewesen.

Thea stapfte an Kerstin vorbei und schwang sich auf die Couch. Aus einer Tasche, die über der Armlehne hing, zog sie ein Tablet hervor. Es machte klang, kling, klöng und klatsch. Schaurige Musik, rockige Musik, lustige Filmmusik, Töne, als würde man über ein Glockenspiel streichen. Etwas quietschte wie eine Maus. Dann ballerte es und ballerte und knallerte.

»Könntest du das bitte etwas leiser machen?«

Thea rutschte auf dem Platz herum, schnaufte, stöhnte, atmete tief durch. »Komm! Wo sind die Gegner? Ich will unbedingt Erste werden!«

Schießen, nachladen. Klickklack – Peng!

»Thea? Bitte.«

»Geschafft!« An der Ecke des Tablets drückte sie ein Knöpfchen.

Kerstin griff nach einem großen Karton, der neben dem Fernsehsideboard stand. Als sie ihn hochhob, raschelte etwas darin. Prompt ließ sie den Karton wieder fallen. Vorsichtig lüftete sie das darin liegende Geschenkpapier und blickte in zwei Augen.

»Thea, was ist das?«

»Gurke.«

»Das ist ein Tier.«

»Gurke, sag ich doch. Außerdem heiße ich Teddy.«

Kerstin fühlte sich verschaukelt. Gurke. Teddy. Ein Meerschweinchen war keine Gurke und ein Mädchen kein Teddy. Was sollte das?

»Warum ist das Meerschwein im Karton?«

»Gurke hat einfach alle Gurken alleine aufgefressen. Möhre und Heu haben nichts abbekommen und waren sauer. Deshalb brauchte Gurke eine Auszeit in ihrem Zimmer.«

Das Tierchen saß verängstigt in der Ecke. Um es herum breitete sich eine Urinlache aus.

»Ich glaube, dass Gurke zu seinen Freunden zurück möchte.«

»Freundinnen. Es sind Mädchen.«

Musste dieses Kind ständig das letzte Wort haben?

»Okay, dann zu den Freundinnen. Wo sind die denn?« Kerstin blickte sich um.

»In meinem Zimmer.«

»Bringst du Gurke dann bitte nach oben?«

»Ja, gleich. Bin noch im Level.«

Thea hatte nun also Meerschweinchen in ihrem Zimmer und Kerstin ahnte, dass das für sie Mehrarbeit bedeutete. Den Käfig würde sie keinesfalls reinigen, damit das schon mal klar war. Zumindest war das Kerstin klar, was hoffentlich ohne zusätzliche Worte zu Frau Fläck durchdringen würde. Vielleicht durch Karma oder so was. Oder Telekinese.

›Nee, Telepathie, Kerstin, Telepathie.‹

Mit dem Fuß schob sie den Karton vorsichtig zur Seite, um besser an die Luftschlagen dahinter zu gelangen. Die Pappe hatte nicht standgehalten oder es war ein Loch darin, denn Urinschlieren schimmerten auf dem Parkett. »Thea, es ist dringend. Das Meerschweinchen pinkelt das Parkett voll.«

Das Mädchen schnaufte und schmiss das Tablet auf die Couch, stampfte zum Karton, stampfte mit dem Karton durch den Flur, stampfte die Treppe hinauf.

Bomm,
bomm,
bomm.

Ihrer eigenen Tochter hätte sie dieses Stampfen nicht durchgehen lassen. Allerdings hatte Kerstin immer in Mehrfamilienhäusern gelebt, in denen man jegliche Geräusche über mehrere Etagen hören konnte. Sie wollte nicht, dass sich jemand beschwerte, wollte unbeschwert leben, so gut es eben ging. Und das war schon schwierig genug.

Als Thea zurückkam, stapfte sie nur noch, blieb aber mit in die Hüfte gestemmten Händen vor Kerstin stehen. »Ich heiße Teddy!«

»Warum? Thea ist doch schön.«

»Thea heißen Mädchen.«

»Du bist doch ein Mädchen.«

»Aber ich will nicht nur ein Mädchen sein. Ich will auch ein Junge sein. Ist doch voll unfair, dass es Sachen für Mädchen und Sachen für Jungs gibt! Wenn ich alles bin, dann kann ich alles haben und alles machen.«

Kerstin fiel nichts ein, was sie dazu hätte sagen können. Irgendwie fand sie, dass Thea bei der Unterscheidung von Mädchen- und Jungensachen recht hatte, aber sich dann direkt auch als Junge bezeichnen zu wollen, das ging ihr zu weit. Und alles haben zu wollen, sowieso.

»Ich muss mich jetzt um den Tisch kümmern«, sagte Kerstin.

»Der sieht auch echt scheiße aus!«

Ihre Tochter hatte damals für jedes Schimpfwort ein Spielzeug für eine Woche abgeben müssen. Eine Zeit lang passte auf den Wohnzimmerschrank nichts mehr drauf. Zum Glück fuhr ihre Tochter für fünf Tage auf Klassenfahrt und sie konnte den Schrank endlich wieder freiräumen. Für eine kurze Weile.

Thea zockte weiter, Kerstin reinigte weiter und weiter geschah erst einmal nichts.

Bis es plötzlich laut polterte und knallte.

Und ein Drilling im Flur auf dem Boden lag.

Für einen Moment erstarrte Kerstin, starrte auf das, was da lag. Welches Gesicht sich da verbarg.

Dann lief sie los, fühlte ihre Beine nur in Zeitlupe vorankommen, stieß an die Türzarge, stolperte zur Seite, stürzte auf das Kind zu und stoppte vor ihm auf den sofort schmerzeinschießenden Knien. Vorsichtig strich sie über den Rücken des Drillings.

»Tizelissss!« Die Kleine schwang sich rüber auf den Rücken und kicherte.

Kerstin sackte in sich zusammen, spürte Schmerz. Sie versuchte, die hinausdrängenden Tränen zurückzudrücken, schaffte es ein Stück, spürte dann, wie doch ein Tropfen an der Nasenseite entlanglief. Warum hatte diese Situation sie gerade so dermaßen aus der Fassung gebracht?

›Weil es um ein sehr kleines Kind ging, Kerstin. Du kannst deine Mauer nicht ständig aufrecht erhalten. Und ist erst einmal ein Riss in der Mauer, sucht sich auch anderes seine Wege hindurch.‹

Der Drilling – welcher auch immer es war – stand auf und kletterte die Treppe hoch. Erst jetzt bemerkte Kerstin, dass das Treppenschutzgitter offen war. Da sie einen solchen Schrecken heute nicht noch einmal verkraften würde, rappelte sie sich auf und stieg Stufe für Stufe hinter dem hinaufkraxelnden Kind her.

»It.«

»At.«

»Ut.«

»At.«

Jede erklommene Stufe benötigte offenbar ein neues, unverständliches Wort.

»Sssafft«, sagte die Kleine am Ende der Treppe, schubste das nächste Gitter zur Seite und tapste zur offenen Tür, aus der die Stimme ihrer Mutter zu hören war.

Kerstin wollte gerade wieder runtergehen, als sie dann doch stehenblieb.

Sie konnte nicht anders.

Lauschte.

»Nein, ich werde sie mit Sicherheit nicht fragen, ob sie für uns kocht. Dass sie hier heute außerplanmäßig klar Schiff macht, nachdem sie ja schon am Montag und am Mittwoch da war, reicht doch wohl … Nein, deine Mutter muss nicht kommen. Du weißt genau, dass sie keine Hilfe ist … Ich hatte dir früh genug gesagt, dass ich diesen Auftrag abarbeiten muss dieses Wochenende. *Du* hättest heute aufräumen sollen, nicht die Putzfrau. Du! Warum musst du immer springen, wenn dein Chef das will? Warum kannst du nicht ein Mal Nein sagen?«

»Na, streiten sie wieder am Telefon?« Thea war neben Kerstin aufgetaucht. »Seitdem die Drillies auf der Welt sind, geht das jeden Tag so.«

Vielleicht hätte Kerstin nun eine Hand auf Theas Schulter legen sollen, aber sie berührte Fremde nur im Notfall. So wie eben die kleine Schwester.

»Wusstest du, dass Alexa Witze erzählen kann?«

»Wer?«

»Alexa, diese sprechende Box.«

Kerstin schüttelte den Kopf. Dann gingen sie gemeinsam zurück ins Wohnzimmer und ließen sich von der sprechenden Box den wahrscheinlich schlechtesten Witz erzählen, den Kerstin jemals gehört hatte.

Dienstagmorgen

VON REIBERSTETT

Kerstin hatte Lackschuhe bekommen. Schwarzer Lack und rosa Sack. Das passte ja.

Mittwochnachmittag

KÜNSTLERATELIER

Die Fliegen waren weg.

Stattdessen lagen überall Tetrapacks, Pappkartons, offene Konservendosen, Getränkedosen, Schraubdeckel, PET-Flaschen, Plastikfolien, Alufolien, Plastikschalen, Luftpolsterfolien, Styropor, Pizzakartons, Joghurtbecher, Tütchen, Kanister, Eierkartons herum. Und es roch. Es roch nach vergammelten Essensresten, nach einem länger nicht ausgeleerten Mülleimer, nach einer gelben Tonne voller unausgespülter Verpackungen, die seit mehreren Sommerwochen auf Abholung wartete.

Kerstin öffnete das Fenster, um diesem Geruch irgendwie Herrin zu werden. Doch die Luft stand im Raum, bewegte sich kaum. Vielleicht würde es helfen, die Tür zu öffnen?

Direkt zog es und ein Windstoß fegte etlichen Müll vom Tisch herunter und quer durch den Raum.

»Scheiße!«, hörte Kerstin sich selbst laut rufen und rannte. Zum Fenster, schlug es zu, zur Tür, knallte sie zu.

Kerstin konnte sich kaum erinnern, welche Sachen auf dem Tisch gelegen hatten und welche bereits auf dem Boden verteilt gewesen waren. Bei den Joghurtbechern war sie sich zumindest sicher, denn die lagen auf der Seite und liefen jetzt teilweise aus. Blaubeerblau, Erdbeerrosa, Pfirsichorange. Dabei sollte sie laut Brief doch nichts bewegen, vorsichtig um alles herumfegen, Fenster und Waschbecken reinigen und die Sauerei unter dem Waschbecken wegputzen. Sie konnte es nicht mehr rückgängig machen.

Nie und nimmer würde sie die vorherigen Positionen der Dinge richtig einschätzen können, den vorherigen Zustand wiederherstellen können.

›*Nun also: Schadensbegrenzung.*‹

Kerstin vermutete, dass die kleineren Verpackungen allesamt auf dem Tisch gestanden hatten, also hob sie sie auf, wischte sie ab und platzierte sie so, wie sie es für richtig hielt. Auf einigen Joghurtresten schwammen grünblaue Inselchen. Eigentlich ekelte sie sich vor so etwas, hatte aber gelernt, einen Schalter umzulegen, und einfach zu arbeiten. Diesen Schalter suchte sie auch für ihr Malheur. Wie konnte sie dieses Ziehen im Bauch, diesen Druck auf der Brust bewältigen? Mit Sicherheit hatte der Künstler die Becher und Schalen und Dosen so nicht gestapelt, wie sie es gerade tat. Aber ob er das merken würde? War das bereits Kunst gewesen? Hatte sie seine Kunst zerstört? Bestimmt war das nur eine Materialsammlung für ein zukünftiges Kunstprojekt.

›*Bestimmt.*‹

Bestimmt.

›*Sicher.*‹

Ja sicher. Schnell, schnell, schnell – sie musste hier fertigwerden.

Die zunehmende Übelkeit verursachte jedoch genau das Gegenteil. Sie verlangsamte. Sie breitete sich in Kerstins Körper aus. Lähmte. Sie musste dagegen ankämpfen, musste das Tempo erhöhen, schneller arbeiten, fertig werden.

Es fiepte. In Kerstins Ohren. Weiße Punkte tanzten vor den Augen, holten sich Partner, drehten sich, umtrieben einander, flackerten. Kalter Schweiß überzog die Stirn.

Kerstin taumelte in Richtung Waschbecken, konnte sich gerade noch darauf abstützen, bevor die Knie einknickten. Sie beugte sich darüber, ließ das Wasser an, zog die Handschuhe aus, legte ihre Brille ab, schmiss sich Wasser ins Gesicht – die eine Hand noch am Rand des Beckens.

Die Punkte tanzten, in den Ohren fiepte es.

Es holperte im Magen.

Krampfte.

Drückte.

Drängte.

Drei Monate lang war ihr kontinuierlich übel gewesen. Nur ein einziges Mal hatte sie sich übergeben, aber das Gefühl blieb konstant. Ständig musste sie trockenes Brot ganz langsam im Mund zergehen lassen. Das war das Einzige, was einigermaßen half. In einem Job wie ihrem war es natürlich schwierig, durchgängig zu essen. Sie hatte die Jackentaschen mit Gefrierbeuteln voller Brotrindenstückchen bestückt, zog immer eines heraus, wenn die Übelkeit im Hals hochkroch. Einmal versuchte sie es mit Medikamenten. Mit Zäpfchen gegen Reiseübelkeit, die ihr die Gynäkologin verschrieben hatte. Doch sie wurde davon dermaßen müde, dass Autofahren beinahe in einer Geisterfahrt endete und sie fast zwei Reinigungsmittel zusammenkippte, die in Verbindung giftige Gase hätten entstehen lassen. Außerdem reichte ihr das Erlebnis, sich selbst ein Zäpfchen einzuführen, einmalig aus. Nie wieder!

Es passierte. Sie verabscheute dieses Geräusch, das sie nicht unterdrücken konnte, wenn alles rauswollte. Hasste den Kontrollverlust. Schon fast glücklich konnte sie sich schätzen, dass sie am Mittag bloß eine 5-Minuten-Terrine gegessen hatte. Kartoffelpüree. Keine Stückchen. Unklare Konsistenz. Mit beiden Händen schaufelte sie sich wieder Wasser ins Gesicht. Es tropfte und triefte. Ins Dekolleté, in den BH.

Das Atmen wurde leichter, der Magen beruhigte sich. Jetzt hämmerte der Kopf. Wie wild. In ihrer Tasche hatte sie doch noch eine Packung Ibus. Auf leeren, strapazierten Magen eigentlich keine gute Idee, aber sie musste irgendwie funktionieren, musste weitermachen, saubermachen.

Sie setzte ihre Brille wieder auf, wankte zum Spind, schmiss eine Tablette ein und verfluchte diesen verdammten Ort, dieses dämliche, stinkende Atelier. Was für ein Mist sollte das hier eigentlich werden? Was nannte man mittlerweile alles Kunst? Kaufte irgendjemand tatsächlich verrottenden Müll? Gestapelte, schimmelnde Joghurtbecher? Kerstin hätte kotzen können. Sie hatte gekotzt.

›*Ruh dich aus.*‹

Handschuhe wieder an. Arbeiten.

Donnerstagfrüh

BÜROETAGE

Als Kerstin aus dem Fahrstuhl trat und das Licht sich automatisch einschaltete, musste sie unwillkürlich die Stirn runzeln. Und das nicht nur, weil ihre Augen mit dermaßen viel Beleuchtung um diese Uhrzeit Schwierigkeiten hatten und sich im Gesicht einfach alles automatisch zusammenkniff, was bloß kneifen konnte. Sondern auch, weil der Boden sehr viel dunkler erschien als beim letzten Mal. Bei der Wandfarbe hätte Kerstin schwören können, dass sie weiß und nicht cremefarben gewesen war. Von Malerarbeiten jedoch war weder etwas sichtbar noch zu riechen. Vermutlich hatte sie letzte Woche einfach nicht richtig hingeschaut oder ihr Kopf spielte ihr einen Streich. Schließlich zeigte die Uhr kurz vor halb fünf. Wer konnte da schon richtig gucken?

Mit Reinigungswagen, Korb und Staubsauger im Schlepptau zockelte Kerstin voran. Heute zwickte der Rücken, die Knie waren zahm.

Sie zog am Automaten vorüber, der leise brummte.

»Guten Morgen!«, sagte Kerstin.

»Moccacino?«, fragte der Automat.

Kerstin fuhr herum. Sie hatte doch überhaupt nichts gedrückt. Und er hatte tatsächlich eine Frage gestellt, oder? Er hatte die Stimme am Ende sogar angehoben. Wie konnte er das? War das diese KI, von der momentan so viel gesprochen wurde?

›Bestimmt hat er eine eingebaute Lichtschranke oder so was. Einen Bewegungsmelder wie die Leuchten an der Decke.‹

Mehrmals ging sie testweise hin und her, aber er blieb stumm und brummte bloß leise vor sich hin.

Der Teppich war grün. Wie konnte der Teppich grün sein? Beim letzten Mal war er todsicher graublau gewesen. Es konnte doch unmöglich jemand in der kurzen Zeit hier einen neuen Teppich verlegt haben. Mit den gleichen Abnutzungsspuren unter den Schreibtischen.

Nun dämmerte es ihr: Sie war sicherlich in der falschen Etage ausgestiegen, hatte nicht den richtigen Knopf gedrückt oder der Fahrstuhl hatte einfach eine Etage übersprungen. Wahrscheinlich waren die Büroetagen identisch eingerichtet – bloß in anderen Farben. So was war nicht ungewöhnlich. So was gab es zuhauf.

Ihr Equipment schob sie durch die Tür, hastete durch den Gang zum Fahrstuhl, drückte den Kopf. Zahlen wechselten.

Die Tür öffnete sich. Eine Frau stand darin. Mit fliederfarbenem Kopftuch, Stethoskop und Ärztinnenkittel – daran ein Namensschildchen: Dr. Kaiser.

Kerstin drückte auf die 1. Die Tür schob sich rumpelnd zu. Die Frau hustete. Wie unangenehm konnte eine Situation sein? Kerstin war desorientiert, müde, wieder in Zeitnot und wurde auch noch angehustet. Von einer Ärztin, die Tag für Tag mit den fiesesten Bazillen in Berührung kam.

Der Fahrstuhl fuhr nach unten, die Frau stieg aus, die 1 erlosch. Erneutes Drücken der 1. Die Tür glitt zu. Er fuhr hoch. Schob auf.

Equipment raus, Körper raus.

Wand cremefarben. Wie zuvor. Kerstin ließ ihre Sachen stehen, ging zum Raum, den sie eben hatte reinigen wollen. Der Teppich war grün. Die Möbel schwarz.

›Es war tatsächlich die richtige Etage.‹

Und es war tatsächlich dieselbe Etage.

›Vielleicht handelt es sich auch nur um diesen einen Raum und alle anderen sind so wie zuvor.‹

So musste es sein. Was machte sie sich eigentlich so verrückt?

Beim nächsten Raum würde sie aufatmen, würde feststellen, dass ihr Verstand einwandfrei funktionierte.

Sie musste sich unbedingt beeilen. Trotzdem machte sie ihre Arbeit, so gründlich sie konnte, wischte und saugte nicht mit runden Ecken. Der Rücken zwickte und zwickte, Kerstin ließ sich keine Zeit, um auf gesunde Körperhaltungen zu achten.

Nächster Raum. Teppich? Kein Teppich. Keine Möbel. Es gab schlicht nichts. Sollte hier auch grüner, abgescheuerter Teppich verlegt werden? Faszinierend und schockierend zugleich, wie das Nichts den Raum verkleinerte. Es machte nicht mehr den Eindruck, als wenn dort vier Schreibtische und Schränke drin gestanden hätten. War es das, wovon Erika so geheimnisvoll gesprochen hatte? Meinte sie, dass hier ständig renoviert wurde? Wenn man es als renovieren überhaupt bezeichnen konnte, einen alten abgewetzten Teppich durch einen anderen alten abgewetzten Teppich auszutauschen. Aber warum gab es keinerlei Spuren?

Kerstin stand zu lange, überlegte zu lange. Heute dauerte alles zu lange. Diesen Raum würde sie nicht reinigen, nicht einmal staubsaugen. Wofür denn auch?

Sie schloss die Tür wieder ab und begab sich zum nächsten Büro. In diesem war tatsächlich alles beim Alten. Hier würde sie Zeit aufholen.

An einem Bildschirm pappte ein gelbes Post-it mit roter Aufschrift: AN DIE PUTZFRAU! Darunter ein Pfeil zu einem nächsten Post-it: PUTZEN SIE DIESMAL DAS TELEFON! ES KLEBT!

Diesmal? Was sollte das heißen? Kerstin wusste genau, dass sie alle Telefone gereinigt hatte. Das sollte sie laut Kunde machen, das tat sie auch. Keines ließ sie aus!

Sie betrachtete den Hörer: Vollgeschmiert. War dieser Mensch nicht in der Lage, sich die Hände zu waschen? Wahrscheinlich hatte er irgendetwas Zuckriges gegessen. Kerstin war davon überzeugt, dass es ein Mann sein musste, dem dieser Platz gehörte. Einer Frau traute sie diese Klebrigkeiten nicht zu.

Kerstin reinigte flink den Hörer, die Schnur und die Schale, schnappte sich dann einen Stift aus dem Behälter, zog das Post-it zum bequemeren Beschreiben ab und notierte: WASCHEN SIE SICH GRÜNDLICHER DIE HÄNDE!

Auch das andere Post-it zog sie ab und strich das Wort PUTZFRAU durch. Darunter schrieb sie: REINIGUNGSKRAFT. Ihr Herz pochte. Intensiv.

›*Das gibt Ärger!*‹

Von ihrem Wagemut war Kerstin ganz beschwingt und rauschte nur so durch die restlichen Büroräume. Das Reinigen geschah fast von alleine.

»Jetzt sehe ich Sie ja schon wieder!«

Kerstin riss den Kopf herum, und sackte ein Stück in sich zusammen. Diese Bewegung war Gift für ihre Bandscheiben gewesen. Tränen schossen ihr in die Augen.

Die Frau hatte heute einen Hut auf. Zweifelhaft jedoch, ob das Gebilde wirklich als Hut bezeichnet werden konnte. Zumindest thronte etwas unsagbar Großes auf ihrem Kopf. Rot-oranger Farbverlauf. Sah aus wie eine Chipstonne aus Pappe von früher. Ob es die heute noch gab? Kerstin hatte so eine Papptonne in ihrer Kindheit als Krimskrams-Spielkiste benutzt. Dorthinein hatte sie alles befördert, was nicht zu Lego, Playmobil oder Barbie gehört hatte. Das Meiste war auch darin verborgen geblieben und bis zur Entsorgung der gesamten Tonne nicht mehr rausgewandert. Eine Zeit lang hatte sie leidenschaftlich gerne mit ausgeschnittenen Papierfiguren gespielt. Die Hosen, Blusen, Kleider und Hüte hatte sie bunt angemalt und die Figuren jeden Tag neu angezogen. Bald hatte sie ein kleines Dorf angesammelt, die Menschlein tauschten untereinander Klamotten. Irgendwann steckte Kerstin alle in eine Papiertüte und versenkte sie in der Tonne. Bis sie nach vielen Jahren in den Müll wanderten.

»Was starren Sie denn so?«

Ja, was starrte Kerstin denn so? Konnte die Frau sich das nicht vorstellen? Schließlich trug sie einen bunten Tonnenhut auf dem Kopf.

»Machen Sie sich gefälligst an die Arbeit und aus dem Staub!«

Die Frau drehte sich um, stolzierte weiter. Die Rückseite des Tonnenhuts lächelte Kerstin an. Unter dem Smiley stand: *Ein Lächeln für Sie in allen Lebenslagen.*

›*Verkneife es dir!*‹

Kerstin lachte so verdreht und gekrümmt in sich hinein, dass der Rücken wieder zischte und sie stöhnen und schnell Halt an der Wand finden musste. Der Schmerz ließ nach. Am liebsten würde sie nun gemütlich einen Moccacino am Automaten trinken, doch durch die anfängliche Desorientierung blieb ihr keine Zeit dafür. Im Grunde war es auch gut so. Denn wenn der Automat diesmal den Euro behielt, fehlte das Geld an anderer Stelle. Das waren anderthalb Tafeln Schokolade im Angebot.

»Morgen.«

»Morgen.«

»Morgen.«

»Morgen.«

»Morgen.«

»Morgen.«

Wie Perlen an einer Schnur ging ein halbes Dutzend Frauen den Flur entlang und verschwand im Besprechungsraum. Kerstin war von deren Erscheinung so verblüfft gewesen, dass sie keine einzige Frau zurückgegrüßt oder auch nur genickt hatte.

Während des Toiletteputzens rebellierte der Rücken. Blockierte, stach, zog. Bislang hatte Kerstin keine Haltung dabei finden können, die kein Gift für ihre Bandscheiben oder ihre Knie war. Sie schonte einfach immer nur die Körperstelle, die mehr wehtat. Verlagerte ihr Problem auf ein anderes, für den Moment erträglicheres.

Ein Klo bei den Männern hätte Kerstin heute am liebsten ausgelassen. Jemand hatte die komplette Klobrille und die Seitenwand mit Kacke beschmiert. Sogar die Spuren der Finger waren zu erkennen. Warum tat man so was? Warum tauchte jemand seine Finger in Scheiße und schmierte damit über Brille und

Wand? Gab ihm das einen Kick? Wen wollte dieser Mann damit ärgern?

Die Kacke war noch frisch, es musste also eben erst passiert sein. Ob das dieser Telefonschmierlappen gewesen war? Unter einem Vorwand könnte sie erneut ins Büro gehen und falls er da war, seine Hände ansehen.

›*Was für ein Blödsinn! Er hat sich bestimmt sowieso die Hände gewaschen.*‹

Dazu müsste man genau inspizieren. Auch die Fingernägel. Besonders die. Detektivisch.

›*Lass es lieber. Und mach einfach deine Arbeit.*‹

Kerstin presste den Mopp aus. Mit Achterschwung arbeitete sie sich durch den Gang, um die Ecken, platzierte den Aufsteller ACHTUNG! FRISCH GEWISCHT auf den glänzenden Flächen.

Das halbe Dutzend an der Schnur trat nach und nach aus dem Raum, ging nach und nach an Kerstin vorbei. Die Letzte rutschte aus, fluchte unverständlich, fing sich aber, sah Kerstin scharf an. Verschwand dann mit den anderen fünf in einem anderen Raum. Im Nichts.

›*Du hättest dort zumindest staubsaugen sollen.*‹

Freitagvormittag

VON REIBERSTETT

Die Köchin wirbelte in der Küche hin und her. Sämtliche Arbeitsflächen waren belegt: Etageren mit Törtchen, Silbertabletts mit aufwendig garnierten Schnittchen, Gläschen mit Fruchtsalat, Teller mit Häppchen.

»Stehen Sie mir hier doch nicht im Weg!«

Kerstin war wie in Trance, wie hypnotisiert von diesen Köstlichkeiten, von den Düften. Sie trottete zum Hauswirtschaftsraum und zog sich dort ihren rosa Sack und die schwarzen Lackschuhe an. Die Blasen vom letzten Dienstag waren einigermaßen verheilt, heute hatte Kerstin direkt Pflaster über die blassrosa Haut geklebt. Lieber hätte sie ihre Turnschuhe anbehalten. Die waren eingelaufen, die waren zuverlässig, die drückten nicht. Dass sie hier diesem alten Hausmädchenklischee entsprechen sollte, konnte Kerstin nicht nachvollziehen.

›*Denk an die Bezahlung und beschwer dich nicht.*‹

Zumindest wollte Frau von Reiberstett nichts Ungehöriges von ihr. Kerstin würde mehr Pflaster einpacken und bald ein Päckchen von den teuren Markenblasenpflastern kaufen, die halfen vielleicht noch besser.

Als Kerstin im Oberschoss fertig war und die Treppe hinunterging, hörte sie aus dem Esszimmer Stimmen.

›*Drei oder vier?*‹

Nicht ganz sicher. Sie musste durch das Esszimmer gehen, um zum Wohnzimmer zu gelangen.

»Ich verstehe nicht, warum ihr keinen Spa-Bereich habt einbauen lassen. Ich könnte mich ohne unseren Whirlpool unmöglich entspannen.«

»Also ich hasse schwimmen und gehe ungern in die Sauna. Thomas mag das auch nicht. Wäre wahrscheinlich auch egal, er ist ja eh kaum hier. Der beheizte Wintergarten war mir wichtiger.«

»Ach du mit diesem unsäglichen Dschungel. Dieses ganze Gestrüpp darin. Wie du das einer Sauna vorziehen kannst. Die ist auch gut für die Gesundheit. Weißt du, wie lange ich schon keine Erkältung mehr hatte?!«

Frau von Reiberstett zuckte mit den Schultern.

Kerstin ging am Tisch vorbei.

»Wie arbeitet sie eigentlich?«

»Wer?«

»Das ist doch eine Neue, oder nicht?«

»Ich bin zufrieden mit Frau Wischnewski.«

Kerstin hatte den Raum beinahe durchquert.

»Polinnen können hervorragend putzen. Das hört man ja regelmäßig. Vielleicht sollte ich mir auch eine Polin anschaffen. Meine Bulgarin ist aber ebenfalls äußerst fleißig. Und sie wohnt bei uns. Das war mir wichtig. Ich brauche mein Personal um mich herum.«

»Ich bin keine Polin.«

»Wie bitte?« Die Frauen hatten sich erschrocken umgedreht. Zwei tuschelten. »Darf sie reden?«, fragte eine leise.

»Natürlich darf sie reden«, sagte Frau von Reiberstett.

»Ich bin keine Polin.«

»Aber Ihr Name klingt so. Oder ist das gar nicht Ihr Mädchenname?«

»Doch, ist es.«

»Dann sind Ihre Eltern aus Polen?«

»Nein, meine verstorbenen Eltern wurden beide in Deutschland geboren.«

»Dann war es trotzdem Schicksal, dass Sie Reinigungsfee geworden sind.« Die Frau prostete ihr mit einem Sektglas zu und zwinkerte.

Kerstin war diese ganzen Wörter für ihre Berufsbezeichnung dermaßen leid: Reinigungsfee, Putzfee, Putzfrau, Putze, Perle. Warum taten sich die Menschen mit einer vernünftige Bezeichnung so schwer? Sie sagte zu einem Mathematiklehrer auch nicht Vorrechner oder zu einer Postbotin Briefeinschmeißerin oder zu einem Dachdecker Ziegelpuzzler. Fühlten sich die Leute dabei besonders originell? Wieso konnten sie ihr nicht ein kleines bisschen zeigen, dass ihre Arbeit wichtig war? Dass eben diese Leute hier nicht ohne Reinigungskraft oder Haushaltshilfe auskommen wollten. Es vielleicht auch gar nicht konnten. Obwohl diese Damen hier bestimmt anlernbar und grundsätzlich zum Putzen imstande wären. Dagegen gab es Menschen, die tatsächlich nicht eigenständig für die Reinigung ihrer Wohnung sorgen konnten, wie Frau Schmidtmeier.

»Frau Wischnewski!« Die Frau sagte das schrill. »Stehen Sie nicht so herum.«

›*Entschuldige dich einfach und fertig.*‹

Sie wusste nicht, wofür sie sich entschuldigen sollte.

›*Tu es einfach, vertrau mir.*‹

»Entschuldigung. Ich war in Gedanken.«

»Frau von Reiberstett bezahlt Sie sicherlich nicht fürs Denken!«

Kerstin verließ die Schwelle von Esszimmer zu Wohnzimmer und begann mit dem Entstauben des Wandregals. Sie konnte ihre Ohren vor den Gesprächen im Nebenraum nicht verschließen.

»Wischnewski.« Eine kicherte. »Einen besseren Namen hätte sie als Putzfrau ja kaum haben können. Na vielleicht doch: Putzki. Oder Putzperlski.« Gelächter. Klirrende Gläser.

Kerstin spürte den Puls in ihren Ohren.

»Einen erlesenen Schuhgeschmack hat sie aber. Das muss man ihr lassen.«

»Die Schuhe habe ich gekauft.«

»Wie bitte? Du kaufst deiner Putzfrau Schuhe?«

»Es war ein Notfall. Außerdem habe ich ihr ja auch die Arbeitskleidung besorgt, warum dann nicht ebenfalls die Schuhe? Und wie ihr seht: Jetzt sieht sie wenigstens adrett aus.«

»Macht sie eigentlich auch die Wäsche? Oder macht das die Köchin?«

»Ich wasche selbst.«

»Himmel, warum tust du dir das denn an?«

»Weil ich es so will.«

»Du bist wirklich unglaublich! Was sagt denn Thomas dazu?«

»Was soll er denn dazu sagen?«

»Na, mein Gatte würde es niemals gestatten, dass ich die Wäsche mache.«

»Meiner würde das auch nicht zulassen.«

Kerstin war ebenfalls mal mit einem Partner liiert gewesen, der Dinge nicht zulassen wollte. Der sie am liebsten nicht mehr alleine rausließ, der sie kontrollierte, ihr Handy checkte, sie ständig auf der Arbeit anrief. Ihr Chef machte irgendwann einen Riesenaufstand, weil sie jede Stunde ans Handy ging. Und später probte Mike einen Riesenaufstand, weil er nicht akzeptieren wollte, dass sie nicht mehr dauernd verfügbar war. Er wurde immer anstrengender, immer fordernder. Sie machte Schluss, er akzeptierte das nicht und lauerte ihr auf. Er war aber nie handgreiflich geworden – er redete und diskutierte, jammerte und weinte und jaulte bloß. Wie ein Straßenhund, den man nicht mehr loswurde. Dieser Zustand dauerte zwei Wochen an, bis plötzlich eine Frau gestikulierend neben ihm stand, als Kerstin von der Arbeit nach Hause kam. Er wartete wieder vor ihrem Wohnhaus, hielt eine Rose in der Hand. Kerstin sprang zurück, lauschte. Eigentlich hätte sie gar nicht lauschen müssen, denn durch die Körperform der Frau war sofort klar, worum es ging, warum sie so aufgebracht war und er sie ständig mit gehobenen Händen abzuweisen versuchte. Die Frau hatte einen kugelrunden Bauch. Sie wollte die Rose greifen, doch Mike hielt den Arm nach hinten. Die Frau stampfte. Mike senkte den Kopf. Dann reichte er ihr die Rose und verließ mit der Frau den Hinterhof.

Etwa sieben Jahre war das her. Vor einiger Zeit hatte Kerstin ihn mit dieser Frau und drei Kindern im Lidl gesehen. Um nicht erkannt zu werden, stand sie sehr lange am Kühlregal bei den Wochenangeboten und schaute sich sogar den widerlichen, eingeschweißten Tintenfisch an.

Etwas grunzte. Röchelte. Knurrte. Irgendwie war Richard III. schon niedlich, wie er so dalag mit seinem Knautschgesicht, den Stirnfalten und den kurzen Beinchen. Aber seine wulstigen Krallen, die waren besonders fies. Und damit war der kurze Hauch Tierfreundschaft wieder verflogen.

Die Frauen hatten derweil das Gespräch eingestellt. Vielleicht aßen sie nun in Ruhe, Geschirrgeklimper war zumindest noch zu hören. Oder die Köchin räumte gerade den Tisch ab. Aus diesem Winkel des Wohnzimmers konnte Kerstin das nicht erkennen.

Gleich würde sie den Mops aufwecken. Gleich würde er wieder den Staubsauger attackieren. Doch diesmal war Kerstin vorbereitet.

Als er die Augen öffnete und den Staubsauger fixierte, zog Kerstin einen Beutel Leckerchen aus der Schürzentasche. Sie raschelte damit und sofort war er wie hypnotisiert. Ein Stückchen auf die Decke gelegt. Schnuppern und schnappen. Er hechelte – und lächelte? Stellte seine Vorderbeine auf. Kerstin bewegte den Staubsauger, warf Richard ein weiteres Leckerchen zu, das neben ihm auf der Couch landete. Direkt hechtete er hin. Kerstin drückte mit dem Fuß den Schalter und warf dem Hund zeitgleich mehrere Leckerchen entgegen. So schnell wie möglich versuchte Kerstin zu saugen. Ein paar Sekunden hatte sie noch. Röcheln. Sie sah den Hund an, der Hund sah sie an, der Hund sah den Staubsauger an. Die Schnauze zuckte. Kerstin warf nach, staubsaugte flink ein paar weitere Meter. Das Spielchen funktionierte bis zur letzten Ecke und sie war überrascht, wie präzise sie die

Leckerchen mittlerweile werfen konnte. Zumindest landeten sie immer auf dem Sofa und der Hund preschte darauf hin und her.

Zufrieden stellte Kerstin den Staubsauger aus und vernahm sofort ein seltsames Geräusch. Etwas pfiff. Ganz leise. Es kam vom Mops. Aus dem Mops. Als Kerstin sich ihm näherte, entdeckte sie, dass ein Stückchen in seinem Nasenloch gelandet war. Seine Zunge glitt ständig darüber, bekam den dicken Krümel aber nicht heraus. Und er pfiff. Dann versuchte er es mit der Pfote und schüttelte sich, doch der Krümel blieb stecken.

›Hol das Ding raus! Wenn die Reiberstett das sieht, bist du den Job los. Sie hat extra darauf hingewiesen, ihm nichts zu geben!‹

Kerstin wusste nicht, wie eng die Beziehung zu dem Hund tatsächlich war. Eigentlich hatte Kerstin Frau von Reiberstett noch nie länger als ein paar Sekunden mit dem Hund zusammen gesehen. Er hielt sich, wenn Kerstin hier reinigte, immer nur im Wohnzimmer auf, meistens auf der Couch oder der Chaiselongue. Manchmal hockte er auch vor dem Terrassenfenster und beguckte sich die Meisen in den Bäumen.

Kerstin setzte sich neben den Hund, streichelte ihn an der Seite. Sie hatte mal gelesen, dass man Hunden niemals direkt über den Kopf streicheln sollte, denn viele mochten das wohl nicht. Da sie bereits in mehreren Haushalten, die Hunde hielten, gearbeitet hatte, hatte sie sich mit dem Thema beschäftigt, um mit keinem Tier aneinanderzugeraten.

Der Mops saß und pfiff. Wie sollte sie dieses kleine Ding bloß aus der Nase bekommen? Eine Pinzette hatte sie weder zur Hand noch wusste sie, wo sich in diesem Haus eine solche befand. Wie nur? Wie?

Dann fiel Kerstin ein, wie es funktionieren könnte. Sie ging zum Staubsauger, entkoppelte das Rohr und steckte die Fugendüse auf, trug das Gerät vorsichtig in Richtung Couch.

Der Mops blieb ruhig.

Sie setzte sich wieder, platzierte ihren Fuß auf dem Schalter.

Dann streichelte sie den Hund an der Brust, denn sie hatte gelesen, dass viele Hunde das mitunter am liebsten mochten. Tatsächlich kniff er entspannt die Augen zu. Und pfiff.

Mit der linken Hand griff Kerstin nach der Fugendüse. Allen Mut nahm sie zusammen, drückte die Düse an die Nase, trat auf den Schalter und packte mit der rechten Hand den Hund im Nacken.

Das Tier jaulte auf, Kerstin trat schnell wieder auf den Sauger, zog die Düse weg. Der Hund zitterte, fuhr mit der Pfote über die Schnauze. Röchelte. Aber er pfiff nicht mehr. Kerstin beugte sich zur Seite und inspizierte die Nase. Frei. Der Krümel war weg.

»Warum zittert Richard denn so?« Frau von Reiberstett stand plötzlich neben der Couch.

»Ähm, er hat sich wieder so über den Staubsauger aufgeregt, da habe ich ihm in Ruhe erklärt, dass er keine Angst davor haben muss.«

»Das haben Sie ihm erklärt?«

»Ja, genau.« Kerstin streichelte ihn.

»Und weil er es so gut verstanden hat, zittert er nun?«

»Das ist noch von der Aufregung. Jetzt geht es ihm besser.«

»Aha. Frau Wischnewski, eigentlich wollte ich mich nur kurz für das Verhalten von meinen Gästen entschuldigen. Es sind keine schlechten Seelen, sie meinen es nicht so harsch. Machen Sie gerne Schluss für heute. Natürlich bezahle ich Ihnen die Stunde trotzdem.«

»Wenn Sie meinen.«

Frau von Reiberstett hob Richard hoch, drückte ihn an sich und einen Schmatzer auf seinen Kopf, setzte ihn dann auf seine Chaiselongue, wo er direkt zur Seite kippte und die Augen schloss.

Als Kerstin sich umgezogen und den Hauswirtschaftsraum verlassen hatte, trank Richard gerade aus seinem Wassernapf. Er hörte gar nicht mehr auf, trank, bis der Napf geleert war. Dann setzte er sich, blickte zu Kerstin hoch und hechelte.

Rumoren.

Rumpeln.

Es sah aus, als würde der Hund die Wangen einziehen. Er würgte – wie ein unterdrücktes Husten hörte es sich an. Viermal, fünfmal rumpelte dieses erstickte Husten in seinem Hals, bis er das Maul öffnete und ein Breibrocken aus ihm herauskam. Platschte auf den Fliesenboden vor Kerstins Füße.

Richard würgte erneut und ein kleinerer Brocken platschte neben den anderen. Er beschnupperte seinen Auswurf, machte Sitz und hechelte.

Kerstin sprang zur Küchenrolle hinüber, wickelte flink mehrere Lagen um ihren Arm, wickelte im Zurückspringen wieder ab und versuchte alles auf einmal zu erwischen. Gerade als sie bis auf ein Bröckchen, das wieder hinausgeplumpst war, alles im Küchenkrepp untergebracht hatte, kam Frau von Reiberstett in die Küche. Kerstin trat reflexartig auf den Rest am Boden, um ihn zu verdecken.

»Sie sind ja noch da.«

»Ja, ich wollte mich noch von Richard verabschieden. Wir haben uns ja heute angefreundet.«

»Ah, das ist schön. Ich wollte ihm gerade sein Fleisch aus dem Kühlschrank holen.«

Kerstin versteckte das Küchenkrepp mit einer Hand hinter ihrem Rücken, schob den Fuß langsam in Richtung Napf, in der Hoffnung, der Kotzbrocken könne daneben einfach verschwinden. Als sie den Fuß ein Stückchen anhob, war natürlich eine Matschspur zurückgeblieben.

»Ist noch was?«

»Nein, nein. Richard hat bestimmt einen ganz leeren Magen.«

Frau von Reiberstett wandte sich dem Kühlschrank zu und damit von Kerstin ab.

Jetzt! Sie musste es mit dem Taschentuch aus der Hosentasche versuchen. Es war ein Balanceakt, das vollgeladene Küchenkrepp nicht zu verlieren, sich zu bücken und gleichzeitig flink den restlichen Matsch aufzuwischen. Da Kerstin aber versiert war, benötigte sie bloß eine Handbewegung und hatte den Streifen auf dem Boden entfernt. Schnell zurück in die Hosentasche.

»Ich gehe dann jetzt«, sagte Kerstin.

»Ja, tun Sie das, Frau Wischnewski. Bis Dienstag dann.«

Kerstin schleppte das Krepp mit ins Auto. Sie würde es unterwegs entsorgen. Ohne Spuren.

Montagvormittag

FAMILIE FLÄCK

Als Kerstin gerade aus dem Obergeschoss hinunterkam, saß die Familie am Esstisch. Die Drillingsgesichter waren grün beschmiert, Thea saß mit verschränkten Armen und finsterer Miene vor einem gefüllten Teller.

»Frau Putz, magst du Spinat?«, fragte Thea.

Frau Putz? Das schien sich jetzt einzuschleifen. Aber aus Theas Mund klang es merkwürdigerweise freundlich, sogar wertschätzend. »Ja, recht gerne sogar.«

»Ihr seid alle komisch!«

»Misch den Spinat doch mit dem Kartoffelpüree«, sagte Frau Fläck.

»Ich will das nicht essen! Der Kartoffelpüree stinkt!«

»*Das* Püree. Und hier stinkt gar nix. Höchstens deine Laune.«

Thea schob den Teller weiter von sich. »Ich will Pudding!«

»Dann iss vorher etwas von deinem Mittagessen.«

»Nee! Das ist ekelig!«

Katharina hatte Spinat früher auch verabscheut. Irgendwann in der Pubertät war dann der Tag gekommen, an dem sie ihn plötzlich mochte und davon gar nicht mehr genug bekommen konnte. Sie hätte am liebsten fünf Tage die Woche Spinat mit Kartoffelpüree und Fischstäbchen gegessen. An den anderen Tagen Lasagne. Aber nur die aus der Tiefkühlung.

Thea stand vom Tisch auf.

»Wo willst du denn jetzt hin?«

»Zu meinem Tornister. Da ist noch meine Brotdose drin. Ich hab in der Schule nix gegessen.«

»Daher also die schlechte Laune.«

Thea guckte ihre Mutter böse an, streckte ihr die Zunge raus, zog dann die Dose aus dem Tornister und stampfte, stampfte, stampfte zurück zum Tisch. Es knallte, sie klappte die Dose auf und rümpfte die Nase. »Uähh, schon wieder dieses Vollkornbrot.«

»Thea!«

»Teddy! Ich heiße Teddy!«

»Hör jetzt auf mit dem Unfug!«

Es platschte. Und kicherte. Ein Drilling hatte seinen Teller ausgeleert. Wie ein Kuhfladen lag auf dem Boden nun der Spinat-Kartoffel-Matsch.

»Wir brauchen dringend ein Schwein«, sagte Thea. Beziehungsweise Teddy.

Frau Fläck riss ein Stück Küchenkrepp von der Rolle und fischte nach dem grüngelben Haufen. Kerstin schluckte, als sie sah, wie Reste in einer undichten Parkettfuge zurückblieben.

Es platschte. Und platschte.

»Warum müsst ihr immer alles nachmachen?« In Frau Fläcks Stimme schwang Verzweiflung mit.

»Weil sie doof sind.«

»Thea! Es reicht jetzt!«

»Teddy, hab ich gesagt. Es reicht mir jetzt *mit dir!*« Teddy stand auf, schnappte sich Brotdose und Trinkglas, lief zur Treppe und stapfte nach oben. Extra kräftig. Die Nachbarn freuten sich wahrscheinlich.

»Tut mir leid, dass Sie das hier mitbekommen müssen, Frau Wischnewski.«

»Ich kenne das. Habe ja selbst eine Tochter.«

»Ist sie auch so schwierig wie Thea?«

»Wir hatten unsere Themen. Aber mittlerweile ist sie erwachsen.«

»Wie alt ist ihre Tochter?«

»Dreiundzwanzig.«

»Oh, bis dahin ist es für mich noch ein weiter Weg. Vor allem wenn ich mir hier diese kleinen Monsterchen ansehe.« Sie knuffte einen Drilling liebevoll in die Seite.

Frau Fläck verteilte Schüsselchen mit Vanillepudding.

Offenbar hatte die große Schwester das gerochen oder gehört. Aus dem Nichts stand sie plötzlich wieder am Tisch und setzte sich an ihren Platz.

Ein Handy klingelte. Frau Fläck stand auf.

»Das ist doch nicht dein Ernst! Ich habe mich darauf verlassen. Jetzt muss ich schon wieder absagen. Warte, ich gehe eben nach oben.«

Teddy verdrehte die Augen, während Frau Fläck die Treppe hochging.

»Na super, Papa kommt wieder erst in der Nacht nach Hause. Oder morgen.«

Was sollte Kerstin dazu sagen? Sollte sie etwas dazu sagen?

›*Nein, das geht dich nichts an.*‹

»Papa, tommt. Papa!«, rief ein Drilling.

»Nee, Papa kommt nicht. Habt ihr wieder nicht verstanden. War ja klar.« Teddy stöhnte.

»Papa!« Die Kleine stellte sich im Hochstuhl auf, klatschte vergnügt in die Händchen. Wackelig kletterte sie erst auf die Ablage am Stuhl, dann auf den Esstisch.

»He Maja, das darfst du nicht! Komm sofort da runter!«, rief Teddy.

Erst durch Teddys Ausruf wurde Kerstin klar, dass sie die einzige Erwachsene im Raum war und im Stillen die Verantwortung für die Kinder übertragen bekommen hatte. Was sollte das? Sie wollte das nicht. Keinesfalls!

›*Kerstin, benimm dich wie eine Erwachsene! Tu etwas!*‹

Widerwillig näherte sie sich dem auf dem Tisch umhertaumelnden Kind. Streckte die Arme nach ihm aus.

»Komm mal her, Maja.«

Maja schüttelte den Kopf, die beiden anderen Drillinge kicherten.

»Komm, ich helfe dir runter, Maja.«

Maja schüttelte wieder den Kopf. Eine Puddingschüssel polterte auf den Boden. Ein Trinkbecher fiel um, woraufhin sich eine kleine Pfütze auf dem Tisch bildete und sofort die Aufmerksamkeit des Kleinkindes auf sich zog. Zack, stand Maja in der Pfütze. Es spritzte kurz, dann hatten die Socken schon die meiste Flüssigkeit aufgesogen und die Kleine schien sich darüber zu wundern, dass das Wasser so schnell verschwunden war. Sie ließ sich auf den Hintern plumpsen, verfehlte nur knapp den Spinattopf und zog sich die Socken von den Füßen. Eine Socke versuchte sie in Teddys Richtung zu schleudern, schaffte aber nur eine kurze Entfernung. In den Spinattopf.

»Iiiiihhh! Maja, du bist so ekelig!«

»Komm, ich heb dich jetzt vom Tisch«, sagte Kerstin, griff Maja unter die Arme und zuckte sofort wieder zurück, als sie zu schreien anfing und immer wieder »Nein! Nein! Nein!« rief. In der Aufstehbewegung stieß sie an die Lampe über dem Esstisch. Ein Wunder, dass das nicht schon vorher passiert war. Jetzt drangen zusätzlich zum Geschrei auch noch Tränen aus dem kleinen Gesicht.

»Nicht schlimm, nicht schlimm«, versuchte Kerstin das Mädchen zu beruhigen. Natürlich half das kein Stück.

»Hör auf zu heulen!«, rief Teddy.

»Uuuuuääääähhhhh!«

Nun schrien alle Kinder durcheinander. Teddy mit Worten, die Drillinge in Tönen.

Kerstin wusste nicht, wie sie diese Situation lösen sollte. Sie war komplett überfordert. Als junge Mutter hatte sie dieses Gefühl fast dauerhaft gehabt. Dazu ständige Zweifel an sich selbst, an der Welt, daran, ob es sich jemals bessern würde. Ob sie in ihrem Leben noch einmal ohne dieses dauerhaft drückende Verantwortungsgefühl existieren dürfte, ob sie eines Tages einfach mal nicht mehr zuständig wäre. Der Vater war abgehauen, Kerstins Eltern lebten nicht mehr, andere Verwandte hatte sie nur noch über Ecken und denen hätte sie niemals ihr Kind anvertraut. Zweimal hatte sie eine Babysitterin beauftragt, die beim dritten Mal aber keinen Bock mehr hatte. Danach versuchte Kerstin es noch einmal bei der jungen Nachbarsfrau, die mit Katharina bei jeder Begegnung im Hausflur herumschäkerte. Doch die lehnte ab, sie möge eigentlich keine Kinder und sei bloß höflich. »Ich mag Kinder eigentlich nicht«, sprach sie es tatsächlich aus. Wie konnte sich ein Mensch so verstellen? Am enttäuschtesten war Kerstin wahrscheinlich von der eigenen Menschenkenntnis. Dass sie sich dermaßen irren konnte. Viele Menschen behaupteten, eine gute Menschenkenntnis zu besitzen, in Wirklichkeit handelte es sich um nichts weiter als Spekulation. Ab diesem Zeitpunkt wusste Kerstin, dass sie nichts wusste. Und das war zumindest ein Ausgangspunkt, von dem aus es nicht weiter nach unten gehen konnte. Erwartungshaltungen niedrig halten, das wurde ihre Devise.

»Ich hasse euch so sehr!«, rief Teddy und rannte an der gerade heranhastenden Mutter vorbei.

Die beachtete Teddy kaum, schnappte sich erst das Kind vom Tisch, schnappte sich das zweitlauteste aus dem Hochstuhl, küsste sie jeweils auf die Stirn und wiegte sie hin und her, indem sie sich im Halbkreis drehte. Ihre Arme und ihr Rücken mussten unglaublich trainiert sein, dachte Kerstin. Ob sie auch manchmal Bandscheibenprobleme bekam?

Kleinkind drei schrie nun noch lauter und riss die Arme hoch. Wie ungerecht ein Leben als Drilling schien. Einer war immer zu viel.

Kerstin wagte kaum, sich zu bewegen. Sie konnte dieses Szenario unmöglich verlassen, um oben zu reinigen. Vor allem weil sie oben ja bereits fertig war. Ansprechen konnte sie Frau Fläck gerade aber ebenso wenig.

Die beiden Kinder wurden auf das Sofa verfrachtet, zügig wurde das dritte aus dem Hochstuhl geholt. Dass es tatsächlich so lange sitzen geblieben und nicht aus dem Stuhl geklettert war! Frau Fläck wusste wahrscheinlich genau, in welcher Reihenfolge sie mit den Kleinen arbeiten musste. Stirn küssen, wiegen, aufs Sofa setzen. Drilling eins und zwei hatten sich schon wieder beruhigt. Maja konnte Kerstin am roten Strich auf der Stirn erkennen, den sie eben von der Lampe kassiert hatte. Und die nackten Füße entblößten Maja. Beim nächsten Mal wäre Kerstin wieder ahnungslos.

»So, jetzt zu Ihnen.« Offenbar hatte auch Frau Fläck geweint. »Wären Sie so gut und würden mir beim Tischabräumen helfen? Dann sind wir hier schneller durch und Sie können Ihre Arbeit machen.«

»Ja klar.«

Während Kerstin beim Abräumen half, kugelten die Drillinge auf dem Sofa über- und untereinander her, zwei versuchten Maja an den Füßen zu kitzeln. Frau Fläck stützte sich in der Küche auf der Arbeitsplatte ab, verharrte, starrte augenscheinlich ins Leere.

»Es ist wirklich kompliziert derzeit. Mein Mann bekommt ständig neue Termine aufgedrückt und er hat nicht den Mumm, einfach mal Nein zu sagen. Er meint immer, dass das hier ja nicht so schwierig sein kann, dass die Kinder sich irgendwie selbst beschäftigen würden, dass Thea ja schon groß sei und helfen könne. Und wenn ich nicht zurecht käme, solle ich seine Mutter anrufen. – Sie machen sich keine Vorstellung, wie anstrengend meine Schwiegermutter ist. Sie weiß alles besser, räumt hier einfach alles um, wie es ihr gefällt, und will die Kinder ständig zur Bestrafung auf die Treppe setzen oder ihnen sogar Essen verwehren. Ich kann das nicht.«

Kerstin wollte eigentlich weder zuhören noch reden.

›*Versuch irgendetwas Hilfreiches zu sagen. Sie hat gerade nur dich. Gib dir einen Ruck!*‹

»Es tut mir leid, dass Sie in einer so schwierigen Situation sind. Ich sehe ja, wie viel Ihre Kinder fordern. Ich musste bloß ein einziges Kind alleine großziehen und war dabei oft sehr verzweifelt.«

Ein Mädchen kreischte laut auf.

Frau Fläck rührte sich kein Stück, sondern bebte und schluchzte.

›*Weiter.*‹

»Können die Mädchen vielleicht zu einer Tagesmutter oder in eine Kita?«

»Dieses Thema ist eine einzige Katastrophe! Ich hab das alles versucht. Ein oder zwei Kinder könnten untergebracht werden, aber niemand nimmt alle drei Kinder. Ich habe es sogar in den Nachbarorten versucht. Zwei Kitas hätten Plätze gehabt, die eine von acht bis zwölf und die andere von neun bis vierzehn Uhr. Aber dann säße ich den halben Tag im Auto und würde überhaupt nicht zum Arbeiten kommen. Das ist für uns einfach nicht umsetzbar! Das viel gepriesene Recht auf einen Kitaplatz hin oder her.«

Sie schniefte.

»Mamaaaaa!« Ein Mädchen kam angerannt, trommelte auf Frau Fläcks Bein herum.

»Ich kann nicht mehr«, flüsterte sie kaum hörbar.

Kerstin wollte helfen – Kerstin wollte fliehen.

Sie umarmen – sie wegstoßen.

Ihr über den Kopf streicheln – ihr eine Ohrfeige verpassen.

Stattdessen räumte sie schweigend die Reste vom Tisch, wischte ihn ab, wusch das Spültuch gründlich aus – der Spinat klebte hartnäckig.

Es knisterte. Frau Fläck hatte sich Tabletten aus einem Blister gedrückt, warf sie nacheinander in den Mund und spülte mit einem Schluck Wasser nach. »Wir sind dann jetzt oben«, sagte sie und verschwand mit den drei ihr hinterhertapsenden Kindern.

Die Meerschweinchen quiekten. Das taten sie jetzt jedes Mal, wenn jemand die Treppe hinaufging.

Nun war Kerstin alleine im Erdgeschoss. Frau Fläck mühte sich hörbar ab, die Drillinge im Badezimmer wieder sauber zu bekommen. Alle brüllten durcheinander.

Bevor Kerstin sich um die Parkettfugen kümmern würde, musste sie die Möbeloberflächen reinigen. Von oben nach unten. So, wie es sich gehörte, so, wie es Sinn ergab.

Nach und nach wurde es dunkler im Erdgeschoss, der Himmel zog sich zu und sandte kaum noch Licht durch die Fenster. Wenige Minuten später prasselten dicke Tropfen auf die Steinterrasse.

Mit einem Ruck zog Teddy die Terrassentür auf, schlüpfte in ihre Crocs und sprang nach draußen. In ihren Händen hielt sie ein Meerschweinchen, mit dem sie Pirouetten drehte. Umgehend durchnässten ihre Haare und Klamotten. Sie hüpfte und tanzte, drehte und drehte sich. Die Augen des Meerschweins waren breit weiß umrandet, es streckte die Hinterfüße steif von sich, die Zehen weit gespreizt.

Teddy sprang wieder ins Haus, drückte Kerstin das klitschnasse und verängstigte Meerschwein in die Hand, stiefelte wieder nach draußen und verschwand hinter dem Schuppen.

Das Herz des Schweinchens pocherte wie verrückt. Es war das erste Mal, dass Kerstin ein Meerschweinchen in den Händen hielt. Hoffentlich kam Teddy gleich wieder und würde ihr das pelzige Tier abnehmen. Wo sollte sie es schließlich gerade hinschaffen? Die einzig sinnvolle Möglichkeit war, es nach oben in den Käfig zu den anderen Meerschweinchen zu bringen. Aber das würde zum einen wieder Zeit kosten und zum anderen wusste sie nicht, wie sie mit Meerschwein die Treppenschutzgitter öffnen und schließen sollte. Sie war mit diesen Dingern immer noch zu ungeübt und benötigte beide Hände.

›Es ist nur ein harmloses Meerschweinchen, entspann dich. Hauptsache, du lässt es nicht fallen.‹

Kerstin verstärkte ihren Griff, verabscheute und mochte gleichzeitig, was sie da spürte. Fell, Wärme, Macht.

Endlich kehrte Teddy zurück, hatte augenscheinlich beide Hände voll. Sie schüttelte die Crocs von den Füßen und präsentierte Kerstin ihren Fund: Schnirkelschnecken. Eine lugte mutig aus ihrem Häuschen heraus.

Katharina hatte ihr im Schulalter – Kerstin wusste nicht mehr, in welcher Klasse sie gewesen war – wochenlang von Schnirkelschnecken erzählt. Überall hatte ihre Tochter plötzlich Schnecken gesehen oder sehen wollen. Leuchtende Augen, wenn sie eine Schnecke entdeckte, die aus ihrem Häuschen schaute. Leuchtende Augen beim Malen von Schnecken. Kerstin hatte Dutzende Bilder behalten.

»Sind die nicht süß?«

»Ja, sehr süß. Kannst du bitte wieder das Meerschweinchen nehmen?«

»Gleich. Ich muss den Schnecken erst ein Zuhause bauen.«

»Bitte bring zuerst das Meerschwein nach oben. Ich muss arbeiten. Außerdem hat es Angst.«

»Du stehst heute doch eh nur rum.«

Das hatte gesessen. Ein Schulkind, das Kerstin Faulheit vorwarf, das nicht sah, was Kerstin tat, wie wichtig ihre Arbeit war. Vor allem für ihre Familie.

»Ich muss gleich wirklich mal mit deiner Mutter reden.«

»Die hat eh keine Zeit. Muss arbeiten oder rennt meinen doofen Schwestern hinterher.«

»Sie wird mir schon zuhören.«

»Mach doch. Ist mir eh egal, was sie sagt.«

Das Meerschweinchen wimmerte.

»Hör mal! Dem Tierchen geht es schlecht. Bring es zu seinen Freunden.«

»Freundinnen! Wie oft soll ich dir das noch sagen, Frau Putz? Freundinnen!«

›Ruhig bleiben, Kerstin. Teddy hat es nicht leicht.‹

»Das spielt doch keine Rolle!«

»Sie sind Mädchen und möchten auch Mädchen sein. Natürlich spielt das eine Rolle, wer man ist und wer man sein möchte.« So sprach doch keine Siebenjährige. Woher kam das? Irgendwas stimmte doch nicht mit ihr.

»Aber du willst nicht nur ein Mädchen sein, sondern auch ein Junge. Wie passt das zusammen? Woher hast du eigentlich diese ganzen Gedanken?«

»Erstens: Ich bin ein Mensch und kann Sachen selbst entscheiden, die Meerschweinchen nicht. Zweitens: Ich habe ein Gehirn.«

Kerstin blieb dabei: Dieses Kind war extrem speziell.

Teddy stapfte in die Küche, holte eine große Salatschüssel, legte die Schnecken vorsichtig hinein, nahm Kerstin das Meerschweinchen ab und polterte nach oben.

Nachdem Kerstin sich die Hände gewaschen hatte, wischte sie den Boden. Sie wischte hastig, musste schließlich gleich los zu Frau Schmidtmeier.

In einer Schwungbewegung schubste sie versehentlich die auf dem Couchtisch stehende Schüssel um und alle Schnecken purzelten auf den Boden. Manche unter die Couch.

Kerstin wollte schreien. Kreischen. Brüllen, so laut sie konnte.

Sie sammelte die Häuschen wieder auf und hoffte inständig, dass sie auch alle unter der Couch gefunden hatte.

Als sie den Putzeimer zur Seite stellte, knackte es.

»Neeeeeiiiiin! Du hast die Schnecke getötet! Du bist so doooooof!«

Dass Teddy schon wieder nach unten gekommen war, hatte Kerstin nicht mitbekommen.

Ja, sie hatte getötet. Nein, sie hatte kein schlechtes Gewissen. Eine Schnecke, es war bloß eine verdammte Schnecke und Teddy hatte sowieso noch genügend davon in ihrer Schüssel.

Teddy schnappte sich die Salatschüssel. »Mörderin!«

Kerstin würde gleich nur noch einen kurzen Abschiedsgruß nach oben rufen. Von Mensch und Tier hatte sie hier heute genug.

Montagnachmittag

FRAU SCHMIDTMEIER

Gurren.

Kerstin stöhnte. Nach den tierischen Vorfällen bei den Fläcks hatte sie gar keine Lust auf weiteres Viehzeugs.

Wie viele Tauben fanden auf einer schmalen Außenfensterbank Platz? Zehn? Zwölf? Wie sie sich hier zusammenquetschten.

Als Kerstin sich dem Fenster näherte, schreckten die Tauben auf und flogen davon.

Bis auf eine. Diese blieb sitzen und starrte Kerstin einäugig an. Das zweite Auge war eine klumpige Narbe. Die Taube kippte und drehte den Kopf auf und ab, hin und her. Es machte den Eindruck, als würde sie Kerstin genau inspizieren.

Wenn man die Gelegenheit bekam, ein Taubennest genau zu betrachten, ahnte man, dass Tauben Platzkünstlerinnen, dass sie Minimalistinnen waren. Ein Dutzend Zweige genügte scheinbar, um einen Nistplatz zu errichten. Saß die Taube dann darin, war vom Nest allerdings nicht mehr viel zu erkennen. Trotz aller Baukunst: kleine dreckige Schmarotzer!

Die Fensterbank war über und über mit Vogelkot beschmiert. Kerstin wusste, dass sie sich schleunigst darum kümmern musste. Vogelkot war aggressiv und je länger er an Ort und Stelle blieb, desto schwieriger war er zu entfernen. Zunächst würde sie den groben Stücken mit einem Handfeger zu Leibe rücken. Das Problem war nur, dass die Außenfensterbank seit langer Zeit nicht mehr gestrichen wurde. Riebe sie zu arg über den Stein, würde die Farbe abblättern.

Der Vermieter hatte offenbar schon ewig keine Renovierungsarbeiten an diesem Haus mehr durchführen lassen.

Selbst an dem Haus, in dem Kerstin wohnte – und sie hatte eigentlich das Gefühl, es schlechter getroffen zu haben als Frau Schmidtmeier –, wurde das ein oder andere angepackt. Es hatte eine Außendämmung bekommen und somit auch neuen Putz und einen neuen Anstrich. Ob man ein Haus unbedingt lachsfarben streichen musste, blieb dahingestellt. Was Kerstin an der Modernisierung allerdings weniger gefiel, war der Mietaufschlag. Wie ekelhaft wahr dieses Wort das bezeichnete, was es verursachte: einen Schlag.

Ob der Vermieter von Frau Schmidtmeier dachte, dass die alten Menschen hier ohnehin keine Modernisierung mehr benötigten? Perlen vor die Säue? Wahrscheinlich war es ihm egal.

Tatsächlich beschwerte sich Frau Schmidtmeier nie über solche Angelegenheiten, zumindest nicht Kerstin gegenüber. Sie beklagte sich höchstens über schlechten Fernsehempfang, wenn im Winter manchmal die Satellitenschüssel zugeschneit war, oder wenn sie den lokalen Radiosender in der Küche nicht mehr ohne Rauschen empfangen konnte. Insgesamt war Frau Schmidtmeier eine überaus genügsame Person. Kerstin bewunderte das ein wenig.

Frau Schmidtmeier saß in ihrem Fernsehsessel und knackte Erfrischungsstäbchen. Stück für Stück legte sie die angebissenen Schokoladenstangen zurück in die Packung, nachdem sie sie ausnuckelt hatte.

»Sitzen die Tauben oft hier, Frau Schmidtmeier? Ich habe sie vorher noch nie gesehen.«

Frau Schmidtmeier nickte, nuckelte und sagte: »Seit Ostern.«

»Seit Ostern?« Zum einen hatte Kerstin die Tauben auf der Fensterbank noch nie bemerkt, zum anderen sah der Kot nicht so aus, als hätten die Vögel hier schon ein halbes Jahr verbracht.

»Die eine Taube will von Ihrem Fenstersims ja gar nicht mehr weg. Sie scheint es hier zu mögen.«

»Luise hat ein Auge auf mich.«

»Luise?«

»Ja, meine einäugige Großtante mütterlicherseits. Tolle Frau, tolle Frau. Sitzt doch da.«

»Die Taube ist Luise?«

Frau Schmidtmeier drehte sich zu Kerstin um. »Frau Wischnewski, davon rede ich ja die ganze Zeit. Das da ist ganz klar meine Großtante Luise.«

Kerstin wusste nicht so recht, ob das wieder ein Schmidtmeierscher Streich war oder ob sie das tatsächlich ernst meinte. Leider tendierte sie zu Letzterem.

»Jetzt halten Sie mich für verrückt, oder?«

»Nein, natürlich nicht.«

»Meine Großtante ist an Ostern verstorben. Zweiundachtzig Jahre ist sie geworden. Fünfundzwanzig Jahre älter als ich.«

In welchem Jahr meinte Frau Schmidtmeier zu leben? Was meinte sie, wie alt sie selbst war?

»Frau Schmidtmeier, welches Jahr haben wir?«

»Jetzt hören Sie aber auf! Sie tun gerade so, als sei ich senil. Es ist 1999. Das wissen Sie doch wohl selbst.« Dann wäre Kerstin vierundzwanzig Jahre alt und hochschwanger. Dahin wollte sie nicht mehr zurück.

»Feiern Sie zum Jahreswechsel denn eine große Party? Ist diesmal ja etwas ganz Besonderes.« Was sollte Kerstin anderes tun, als darauf einzugehen?

»Darüber muss ich mit Hubertus noch sprechen. Ich glaube, die Faulhabers wollen in den Partykeller einladen. Dolles Ding! Ausgestattet wie eine Kneipe. Aber beim letzten Mal ging es dort etwas drunter und drüber, weil Hermann der Gisela im betrunkenen Kopf an den Busen gefasst hat. Richtig zugepackt hatte der. Mit beiden Händen. Da war was los, kann ich Ihnen sagen.«

»So was macht man aber auch nicht.«

»Ist Ihnen so etwas schon einmal passiert?«

»Ja, leider. Zwar weniger energisch, aber so nebenbei und scheinbar versehentlich mehrfach. Ich schätze, dass das vielen Frauen im Leben passiert.«

Die Taube pickte ans Fenster. Wollte Luise zustimmen? Sagen, dass das bei ihr auch vorgekommen war? Dass Mann ihr an die Brust gefasst hatte. Als Mensch oder als Taube?

»Ich schaue jetzt *Mord ist ihr Hobby*. Trinken wir gleich einen Tee zusammen?«

Kerstin nickte. Machte sich ans Werk.

Im Schlafzimmer wischte sie gerade Staub, als es an der angelehnten Tür klopfte, die sogleich aufging.

»Guten Tag, Sie müssen Frau Wischnewski sein. Richtig?«

»Ähm, ja. Und wer sind Sie?«

»Kesselflicker. Ich bin die Pflegefachkraft.«

»Pflegefachkraft?«

»Richtig, Frau Lüdebrink-Schmidtmeier hat mich beauftragt. Ihre Mutter braucht mehr Unterstützung als nur eine Putzfrau.«

Nur eine Putzfrau. Frau Schmidtmeier hatte Kerstin nie das Gefühl gegeben, ein Nur zu sein. Frau Schmidtmeier hatte Kerstin im Laufe der Jahre regelrecht geknackt. Sie hatten einander persönliche Dinge anvertraut, aus der Vergangenheit, von Schmerz und Trauer berichtet. Auch wenn das drastisch weniger geworden war. Doch jetzt kam eine Fremde und sagte, dass sie ein Nur sei?

»Ich kümmere mich um Frau Schmidtmeier. Sie können in Ruhe putzen. Übrigens komme ich jeden Tag.« Die Frau schloss die Zimmertür hinter sich.

Auf der einen Seite konnte Kerstin froh sein, dass ab jetzt jemand täglich bei Frau Schmidtmeier vorbeischauen und sie unterstützen würde, sie selbst kam ja nur zweimal pro Woche. Die Tochter von Frau Schmidtmeier ließ sich nur blicken, um Lebensmitteleinkäufe abzuladen und die Wäsche mitzunehmen. Auf der anderen Seite wirkte diese Kesselflickerin nicht unbedingt sympathisch und würde Frau Schmidtmeier niemals so gut verstehen wie Kerstin.

Stumm reinigte Kerstin weiter. Währenddessen spürte sie wehmütig ihren gemeinsamen Stunden nach, wenn sie beim Tee gesessen und geklönt und manchmal sehr laut gelacht hatten. In den letzten Monaten hatte sich die Situation allerdings geändert, das wusste Kerstin ganz genau. Frau Schmidtmeiers Lücken häuften und vergrößerten sich. Und der Vorfall mit der Toilette wäre vor ein, zwei Jahren so noch nicht denkbar gewesen. Menschen wurden älter, Menschen veränderten sich. So war der Lauf der Dinge. Aber mussten sie sich unbedingt jetzt ändern? In dieser Deutlichkeit? Kerstin hatte sich heute auf die Zeit bei Frau Schmidtmeier gefreut. Gerade nach dem anstrengenden Mittag bei der Familie Fläck.

Einen Tee würden sie an diesem Tag wahrscheinlich nicht mehr miteinander trinken. Obwohl Frau Schmidtmeier ja selbst danach gefragt hatte. Das Nur hatte Kerstin dermaßen verunsichert, dass sie nicht mehr wusste, ob ein gemeinsamer Tee angemessen wäre. Ob die Pflegekraft sich regelrecht dazwischendrängen würde. Aber die Kesselflickerin hätte sicherlich keine Zeit für einen Tee, in der Branche gab es zum Teil noch mehr Zeitdruck als im Reinigungsgewerbe. Zumindest war das Kerstins Eindruck und das, was sie aufgeschnappt hatte.

Ihre Arbeit hatte Kerstin nun erledigt und sie war fest entschlossen, mit Frau Schmidtmeier einen Tee zu trinken. Denn diesmal hatte sie sogar ein paar Beutel Pfefferminztee von zu Hause mitgebracht und müsste nicht auf muffige Hagebutte zurückgreifen.

Als sie ins Wohnzimmer trat, saßen die Kesselflickerin und Frau Schmidtmeier zusammen bei Tee und Keksen auf dem Sofa.

Frau Schmidtmeier kicherte vergnügt.

›Hauptsache, es geht ihr gut …‹

Montagabend

TWINGO

Der Twingo hustete nicht einmal, egal wie oft Kerstin die Zündung betätigte. Hier stand der alte Freund, ohne Bewegung, ohne Worte. Und Kerstins Gefühle pendelten zwischen Wut und Traurigkeit, kamen nirgendwo an, hielten sich nirgendwo fest, ließen nichts hinaus. Also saß sie da, sah dem Nieselregen zu, der einen feuchten Film auf die Windschutzscheibe pinselte.

Im Versicherungsbüro hatte sie eben die Reste einer Feier beseitigen müssen. Der Chef hatte ihr das per WhatsApp kurz vor ihrem Eintreffen angekündigt, ihr gesagt, sie würde eine nette Aufwandsentschädigung am Eingang finden. Als sie zum Gebäude gegangen war, waren noch zwei giggelnde Frauen aus der Tür gestolpert. Kerstin war froh über das leere Büro. Mit alkoholisierten Fremden konnte sie nicht umgehen.

Den blauen Umschlag entdeckte sie direkt, öffnete ihn aber erst, nachdem sie fertig war, nachdem sie die mit Sektresten verklebten Tische gereinigt, die leeren Gin-Flaschen entsorgt und die Pinkelspuren neben der Toilette beseitigt hatte. Aufgeregt öffnete sie den Umschlag, hoffte, dass der Kunde großzügig ein, zwei Scheine hineingelegt hätte. Vielleicht blaue oder vielleicht sogar einen orangefarbenen. Zwei? Oder einen Wellnessgutschein. So was hatte sie bisher noch nie bekommen. Stattdessen befanden sich darin jedoch ein Rabattgutschein für eine kürzlich neu eröffnete Waschstraße sowie ein Gutschein für eine Gepäckversicherung für die nächste Flugreise.

Enttäuscht war sie eigentlich nicht, denn ihre Hoffnung war eben nicht mehr als eine Hoffnung gewesen. Ein Hauch von Optimismus, flüsternd. Dann war da aber der deutlich kräftigere Verstand, der mit beiden Beinen auf dem Boden stand und das Flüstern übertönte. Laut und oft. Kerstin stellte sich ihren Verstand nicht männlich vor, er war eine Sie, eine robuste Frau mit hochgekrempelten Ärmeln.

Noch einmal betätigte Kerstin die Zündung. Es tat sich nichts. Mittlerweile platschte der Regen in dicken Tropfen auf die Scheibe.

Wenn sie im ADAC oder irgendeinem anderen Autoclub Mitglied gewesen wäre, hätte sie jemanden rufen können, um das Auto zu checken, es möglicherweise sogar kurzfristig in Ordnung zu bringen oder zumindest abzuschleppen. So musste sie sich etwas anderes überlegen.

Sollte sie das Auto stehen lassen – sie konnte es ja schlecht schieben – und den Bus nehmen? Ein Taxi kam nicht infrage. Zu teuer. Und ihr nicht so recht geheuer.

Also mit dem Bus. Aber in dem mittlerweile prasselnden Regen wollte sie diesen vertrauten und schützenden Raum hier nicht verlassen.

Kerstins Magen knurrte. Auf dem Weg zu Frau Schmidtmeier hatte sie zwei Schinkenbrote gegessen. Von denen waren in der Brotdose nur noch Krümel übrig.

Aber der unsägliche Geschenkkorb musste doch immer noch im Auto sein!

Sie griff hinter den Beifahrersitz. Tatsächlich verbarg der Korb sich unter einem Pulli, den sie schon seit Ewigkeiten mit herumfuhr.

Entenleberpaté. Getrüffelte Wildleberpaté. Im Ernst? Ein Weißwein. Ein Rotwein. Eine Flasche Sekt. Alle trocken. Ein was? Pfirsich gold. Alkoholfrei. Was war das? Den Angaben auf dem Etikett zufolge, handelte es sich um einen Pfirsichsirup mit Blattgold.

Wer zum Teufel schmiss Gold in einen Sirup? Wer zum Teufel verprasste Geld auf diese maximal unsinnigste Weise? Und wer wollte so etwas tatsächlich trinken?

»Sind denn alle komplett bescheuert?«

Ein weiterer Griff in den Korb: eine Blechdose. Sie öffnete den Deckel, hob das Papierchen an und fand eine einzige dicke Praline mit silbernen Zuckerkristallen verziert. Der Geruch war ungewöhnlich scharf, aber auch angenehm schokoladig.

Einfache Rechenaufgabe: Kerstin liebte Schokolade, Kerstin hatte Hunger, also biss sie in die Praline.

Und spuckte sie sofort wieder zurück in die Dose.

»Ist das widerwärtig!« Im Mund hatte es eine Explosion aus Schärfe, Erde und Alkohol gegeben. Vielleicht war dieses Ding gar nicht zum Verzehr gedacht. Aber dann hätte das doch auf dem Deckel stehen müssen. Und was hätte man denn bitte sonst mit einer Praline tun sollen als essen?

Kerstin musste sich dringend den Mund durchspülen, das beißende Gefühl auf der Zunge loswerden. Sie schmatzte. Die Wasserflasche war leer, im Versicherungsbüro hatte sie sie nicht mehr nachgefüllt, da sie ja eh nach Hause gefahren wäre. Das Wasser dort trank sie nur, wenn es absolut nötig war. Es schmeckte dermaßen nach Chlor, dass es nicht gerade vertrauenserweckend war.

Der Weißwein hatte einen Schraubverschluss. Genauso der Sirup. Wenn sie beide gleichzeitig …

Die Kombination entfernte die Pralinenreste zuverlässig aus allen Winkeln des Mundes. Vorsichtshalber gurgelte Kerstin kurz mit dem Pfirsich-Wein-Gemisch.

Nie wieder würde sie auf gut Glück Pralinen essen!

Es regnete nicht mehr.

Wie lange saß sie schon hier?

Das Handy offenbarte, dass es nun fast drei Stunden waren.

Kerstins Finger waren klebrig, Wischbewegungen auf dem Display kaum möglich. Sie leckte die Finger ab, griff noch einmal nach der Weißweinflasche. Leer.

Ihr wurde etwas schwummrig, als sie die Flasche in den Fußraum der Beifahrerseite gleiten ließ. Hatte sie zwischenzeitlich geschlafen? Wo war die Zeit hin?

Sie zog den Reißverschluss fest unters Kinn, griff nach ihrer Handtasche, kippte den Türöffner und entschied, es mit der Zündung doch noch ein einziges Mal zu versuchen, bevor sie aussteigen würde.

Ein Dreh. Husten.

Zweiter Dreh. Brummen. Der digitale Tacho zeigte Zahlen. Der Freund war wieder wach!

Kerstin kicherte. »Na herzlichen Dank, du alte Möhre! Ich hol dich dann morgen ab.«

Sie musste nun zu Fuß nach Hause zu gehen, Busse fuhren um diese Uhrzeit nicht mehr.

Sirup und Sekt würde sie mitnehmen.

Für den Notfall.

Montagnacht

VOGELBEERWEG

Vor dem Badezimmerspiegel kratzte sie das Blattgold von ihrem Schneidezahn.

Dienstagmorgen

VON REIBERSTETT

Die Nacht war zu kurz gewesen.

Die Ibu hatte gewirkt.

Der Bus war pünktlich gewesen.

Der Twingo war angesprungen.

Ihr Körper machte irgendwie mit, die Bewegungen funktionierten automatisch.

Glücklicherweise wollte heute niemand mit ihr reden. Alles, was sie im Hause Reiberstett von sich gab, waren »Guten Morgen« und später ein leises »Tschüss«.

Zu ihrer zweiten Reinigungsstelle musste sie nicht hin, die Kundin hatte Urlaub und wollte Kerstin nicht vor Ort haben. Sie hatte sich sehr direkt ausgedrückt. Zumindest wurde Kerstin trotzdem bezahlt.

Von nun an hasste Kerstin: Pralinen, Weißwein und Pfirsichsirup.

Mittwochnachmittag

KÜNSTLERATELIER

Er hatte nur die Hälfte des Rechnungsbetrags von vor zwei Wochen bezahlt. In der Überweisung hatte gestanden: ›Minderung wegen Nichteinhaltung von Absprachen‹. Erika hatte also recht behalten. Kerstin wollte ab sofort besser aufpassen. So ein Malheur wie der Durchzug würde ihr nicht mehr passieren. Aber selbst die Hälfte der Rechnung war noch fast das Doppelte von dem, was der Durchschnittslohn in ihrer Branche war.

Ihr war mulmig zumute, als sie in den Twingo stieg, als sie losfuhr, als er mehr Geräusche als sonst von sich gab. Nach seiner Verweigerung in der letzten Woche hatte er doch wieder zuverlässig funktioniert, nicht einmal gehustet. Es ratterte, knirschte. Die Mulmigkeit verwandelte sich in Angst. Angst davor, dass der Twingo es bald nicht mehr schaffen, dass er sie unwiederbringlich verlassen würde. Sie konnte sich kein neues Auto leisten, nicht mal den günstigsten Gebrauchten. Wenn es einen solchen überhaupt geben würde. Der Markt sei leer gefegt, hatte letztens im Anzeigenblättchen gestanden. Und ein Neuwagen? Haha, guter Witz. In diesem Leben würde sie sich kein neues Auto mehr leisten können, in diesem Leben würde ihr niemand einen Kredit dafür bewilligen. Wenn der Twingo schlappmachte, würde sie mit den Öffentlichen fahren müssen, inklusive ihrer Arbeitsmaterialien. Was eigentlich unmöglich war. Wie sollte sie bitte Reinigungswagen und Staubsauger mit dem Bus transportieren? Wahrscheinlich müsste sie die Aufträge, bei denen sie ihr eigenes Equipment mitbringen musste, absagen. Dann würde sie alle Zeiten der anderen Auftraggeber anpassen müssen. Und darauf hoffen, dass sie sich darauf einließen. Oder hinschmeißen und einen Job als Angestellte suchen.

›Luftholen, Kerstin, atmen. Noch fährt der Twingo.‹

Möglicherweise würden die Geräusche einfach von selbst verschwinden, wie auch das Problem der letzten Woche einfach verschwunden war. Kerstin schaltete das Radio auf CD um und drehte auf. DJ Bobos *Somebody dance with me*. Die *Best of 93* hellte oft ihre Stimmung auf. Die beste Doppel-CD aller Zeiten.

Als sie eintrat, stank es bestialisch. Natürlich tat es das. Seit vorletzter Woche stapelte sich hier schließlich der Müll. Und es war zwischenzeitlich warm und schwül gewesen. Der Oktober hatte erschreckende Rekordtemperaturen gebracht. Perfekte Wachstumsbedingungen für Schimmel und Bakterien. Bescheidene Lebensbedingungen für Kerstin und andere.

Aus ihrer Tasche zog sie eine Atemschutzmaske, bog den Nasenbügel in die passende Position, streifte Band und Band um Ohr und Ohr.

Sie wurde beobachtet. Dutzende, vielleicht sogar Hunderte Augen starrten sie an. Jeder Stapel, jedes Gebilde konnte gucken. Die größte Skulptur neben dem Fenster war von oben bis unten übersät von Augen. Aufgemalte Augen, eingeritzte Augen, aufgeklebte Augen. Sie waren dermaßen überzeugend gestaltet, dass Kerstin glaubte, die Gebilde würden sich gleich in Bewegung setzen.

Einige der kleineren Objekte hatten aufgerissene Münder, herausgestreckte Zungen, riesige Nasen, mehrere Nasen und Ohren. Aus den Gebilden auf dem Arbeitstisch quollen die Münder regelrecht hervor.

Aus allem, auf allem: Schimmel.

Bei jedem Atemzug schmiegte sich die Maske kurzzeitig an Kerstins Nase, um dann von ihrem Atem wieder aufgeblasen zu werden. Die Sporen würden sich nicht in ihre Lunge verirren.

Kerstin faltete den Brief auseinander:

Bitte putzen Sie heute nur die Fenster. Ohne Durchzug! Ansonsten nutzen Sie die Zeit und betrachten Sie meine Kunst. Sie befindet sich in einem sensiblen, fragilen Prozess und wird nie wieder so aussehen, wie in diesem Moment. Schauen Sie sich die fantastischen Farben des Schimmels an. Eine Maske haben Sie, oder? Sie sollten hier heute nicht zu tief einatmen.

Unwillkürlich musste sie an ihre Zeit mit Baby denken, als ständig in ihrem Haushalt etwas schimmelte. Erst Jahre später hatte sie begriffen, dass sie monatelang in Wochenbettdepressionen gesteckt hatte. Jemand hatte ihr mal gesagt, dass sie sich hätte Hilfe holen sollen. Als ob ihr jemand wirklich geholfen hätte. Gewollt, gekonnt, wie auch immer. Aber irgendwie hatten sie es geschafft. Sie und Katharina. Kerstin hatte stillen können. Anfangs war es eine Qual gewesen, sie hatte geheult, geflucht und gezweifelt. Hatte Katharina angeschrien und die hatte zurückgebrüllt. Von einem Rhythmus war keine Spur mehr gewesen, alles richtete sich nach dem Hunger und Schlaf des Kindes. Kerstin selbst war nur noch Haut und Knochen gewesen. Der Haushalt ein Spiegel ihres dahin vegetierenden Inneren. Die Erinnerung an diese Zeit war eine zähe schwarze Masse, die in einem Winkel ihrer Seele festklebte und sich weder buntfärben noch entfernen ließ. Es gab Flecken, mit denen man leben musste.

Sie vermisste ihre Tochter.

Kerstin fand nichts Schönes am Schimmel. Was der Künstler mit *fantastisch* meinte, konnte sie sich nicht erklären. Für sie blieb er abstoßend.

Wie lange sollte sie diese Gebilde ansehen? Was erwartete er von ihr?

Sie versuchte es mit einer Haltung, die sie im Fernsehen gesehen hatte, wenn Leute in eine Galerie oder ein Museum gingen und Kunst anschauten: rechte Hand ans Gesicht, Zeigefinger geknickt über den Mund, Daumen an der Wange. Linker Arm stützt rechten Arm. Außerdem die Stirn in Falten gelegt und die Augen gekniffen. So musste doch die Erkenntnis kommen.

Sie kniff die Augen weiter zusammen, bis nur noch winzige Schlitze übrig waren, die von ihren Wimpern verschleiert wurden. Dadurch, dass ihre eigenen Augen in dieser Haltung zitterten, begannen auch die Augen der Gebilde zu vibrieren. Sie ließ ihre Augen nach links und rechts schnellen, immer rasanter hin und her. Beinahe wie in einem Daumenkino schienen sich die Gestalten zu bewegen. Eine ganz winzige auf dem Boden, eine mit besonders langer Nase, bewegte sich anders als die anderen. Sie brach aus der Komposition heraus, entfernte sich von den ursprünglichen Nachbarn, die ihrerseits an Ort und Stelle blieben. Dann huschte sie Richtung Fenster.

Kerstin wurde schwindelig, sie öffnete die Augen wieder komplett und ließ die Arme sinken. Aber der schimmelnde Tetrapack huschte weiter hin und her. Seine Freunde waren wieder erstarrt. Die lange Nase wippte auf und ab, blieb dann am Tischbein hängen. Der Tetrapack kippte und heraus kam: eine Maus.

Dass hier über kurz oder lang Ungeziefer einziehen müsste, hätte sie ahnen können. Oder war auch das Teil der Kunst? War das Absicht? So wie die Fliegen? Die Maus jedoch war quickfidel.

Es war Zeit zu gehen. Sollte er ihr gerne wieder Geld dafür abziehen, dass sie seine Kunst nicht lange genug angeschaut, dass ihr der Sinn hinter dem Ganzen verborgen blieb. Für den Moment war sie einfach froh, dass sie früher nach Hause konnte.

Mittwochabend

VOGELBEERWEG

Der Künstler antwortete auf Kerstins Nachricht, dass er Mäuse im Atelier habe, innerhalb weniger Sekunden: *So bleibt meine Kunst in Bewegung.* Was hatte sie auch erwartet? Etwa: *Herzlichen Dank, werteste Frau Wischnewski, Sie haben mich und meine Kunst gerettet. Ich stehe auf ewig in Ihrer Schuld!* Natürlich hatte er seltsam reagiert. Er schuf ja auch seltsame Kunst.

Die Schokolade war aus, die Schublade leer. Der Discounter baute derzeit um, der nächste Supermarkt war zu weit weg und ohnehin zu teuer. Heute hätte Kerstin wahrscheinlich noch einmal zu einer solch unsäglichen Giftpraline aus dem Präsentkorb gegriffen, um bloß kurzzeitig den Schokoladengeschmack auf der Zunge und in der Nase zu haben.

Stattdessen mischte sie Kakaopulver mit heißem Wasser und sortierte dann ihre Zuckertütchen, denn bald war die Vereinssitzung, wo sie als zweite Vorsitzende gewählt werden sollte.

Donnerstagmorgen

BÜROETAGE

Die unfreundliche Frau hatte diesmal keinen Hut auf. Sie stellte einen Karton auf die Arbeitsplatte neben die Mikrowelle, riss ratschend den Deckel ab.

Kerstin erkannte die Zuckertütchen sofort. Sie hatte kürzlich ein Foto von dieser Sorte im Forum gesehen. Es war eine limitierte Sonderedition.

»Was starren Sie denn schon wieder so?«

»Trinken Sie Ihren Kaffee gerne mit Zucker?«

»Tee. Ich trinke Tee.«

»Trinken Sie Ihren Tee gerne mit Zucker?«

»Nein.«

»Aber warum –«

»Hören Sie auf, dumme Fragen zu stellen, und machen Sie gefälligst Ihre Arbeit. Sie sind schon wieder zu langsam und irgendwann ist meine Geduld wirklich am Ende. Dann bleibt mir nichts mehr anderes übrig, als Sie zu melden.« Sie stolzierte davon.

Nicht nur diese Frau war wieder biestig, auch auf den Post-its im Büro standen erneut Vorwürfe und Kritik. Kerstin hatte das Papier diesmal einfach zerknüllt und in den Müll geworfen. Heute Morgen war sie einfach zu müde, um Schlachten zu schlagen.

Kerstin zog ein Tütchen aus dem Karton, knetete die Körnchen, bis sie sich ins Papier hineindrückten und eine Art Gravur hinterließen. Sie liebte dieses Gefühl an den Fingerspitzen und das reibende Geräusch in den Ohren. Dann steckte sie das

Tütchen zurück in den Karton, zog zwei andere heraus, umwickelte sie jeweils mit einem kleinem Stück Küchenkrepp und steckte sie dann links und rechts in die Hosentaschen.

›*Lass dich nicht erwischen. Die Frau hat dich ohnehin auf dem Kieker.*‹

Es war eine Sonderedition. Ein Tütchen würde sie tauschen oder verkaufen. Auf dem Marktplatz im Forum wäre das kein Problem. Außerdem wäre dieser seltene Schatz ein toller Einstand als zweite Vorsitzende. Die anderen würden Augen machen ...

Freitagvormittag

VON REIBERSTETT

»Sie sind jetzt für ein paar Stunden alleine in unserem Haus. Bitte gehen Sie verantwortungsvoll mit dieser Tatsache um, Frau Wischnewski. Für den Notfall haben Sie ja meine Handynummer. Und rufen Sie bitte nur im äußersten Notfall an.« Frau von Reiberstett zog die Tür hinter sich zu. Sie traf sich heute mit ihren Freundinnen.

Die Köchin hatte einen Tag frei, sie musste zur Trauerfeier ihrer Tante. Herr von Reiberstett war bislang noch nie da gewesen, wenn Kerstin arbeitete. Nur von Fotos wusste sie überhaupt, wie er aussah.

Kerstin zog sich um und reinigte nach und nach alle Räume, die heute auf dem Plan standen. Als sie den Boden im Westflur wischte, bemerkte sie, dass die Milchglastür einen Spalt offen stand.

Sie erinnerte sich an den kurzen Blick ins Grün vor ein paar Wochen. Und wie es gerochen hatte. Sie ging näher. Roch erneut die feuchte Erde, süßlich, fruchtig, säuerlich, herb und etwas modrig. Kerstin wollte – zögerte. Sollte sie? Wann käme Frau von Reiberstett zurück? Sie wollte den ganzen Tag auswärts verbringen, hatte sie gesagt. Der ganze Tag bedeutete ja bis zum Abend. Also.

»Hallo, ist jemand da?«, rief Kerstin. Es war mit ziemlicher Sicherheit niemand im Haus, aber Fragen kostete – weiß man ja. Dann öffnete sie die Tür.

In was sie hier eingetreten war, konnte sie kaum erfassen. Das war schier ein Dschungel, ein gigantischer Dschungel. Kerstin hatte noch nie so viele unterschiedliche Grüntöne gesehen.

Ihre Brille beschlug. Nun konnte sich das Schürzchen an ihrer Dienstkleidung wenigstens einmal nützlich machen.

Sie folgte einem schmalen Weg, berührte winzig kleine und riesig große Blätter. Gezackte Blätter, eingeschnittene Blätter, ovale Blätter, längliche Blätter. Einen Farn, der Kerstin überragte. In den Beeten steckten am Fuß der jeweiligen Pflanze Namensschildchen. Goethepflanze – Pavonia strictiflora. Dieser angestaubte Dichter war wirklich überall. Nicht mal vor der Pflanzenwelt machte man Halt? Hatte er diese Pflanze selbst entdeckt? Oder hatte irgendein Wissenschaftler die Pflanze gesehen und sich direkt gedacht: Hey, das ist doch eine Goethepflanze. Oder hatte sich bei ihm einschleimen wollen. Lieber, guter Herr Goethe, ich habe diese edle Pflanze nach Ihnen benannt. Jetzt schreiben Sie gefälligst meinen Namen in Ihre belämmerten Gedichte hinein.

›So was wird der Mensch wohl nicht gesagt haben.‹

Trotzdem belämmert. Sie ging weiter und weiter, gelangte immer noch nicht ans Ende. Smaragdblume – Deherainia smaragdina. Solch ein Name war eher nach Kerstins Geschmack. Obwohl diese lateinischen Bezeichnungen seltsam waren. Mussten die immer aus zwei Teilen bestehen? Vielleicht würde sie das später mal recherchieren, jetzt steckte ihr Handy in ihrer Tasche im Hauswirtschaftsraum. Und der lag an der anderen Seite des Gebäudes. Obwohl sie das gar nicht mehr so genau sagen konnte, so tief, wie sie in diesen Dschungel hineingewandert war. Wie aus dem Nichts tauchte plötzlich eine Wendeltreppe vor ihr auf. Wirkte, als wäre sie mindestens einhundert Jahre alt. Das Geländer war teilweise von Kletterpflanzen berankt. Man konnte das obere Ende der Treppe nur erahnen.

Die Treppe vibrierte, als Kerstin die ersten Stufen erklomm. Langsam stieg sie höher. Es wackelte.

Sie musste jetzt in etwa vier Metern Höhe sein, und die Treppe wendelte weiter.

Kerstin wandelte höher. Es wackelte.

›*Steig lieber wieder runter!*‹

Höher.

Geduckt unter Ranken hindurch.

Höher. Was für ein erhabenes Gefühl das war, in Höhe mancher Baumkronen zu sein. Als hätte Kerstin etwas Besonderes erreicht, eine Erkenntnis gewonnen, die am Boden nicht zu gewinnen war. Es wackelte nun so sehr, dass alle Muskeln angespannt werden mussten, um gegenzuhalten.

Sechs Meter?

Höher.

Sieben?

›*Steig sofort runter!*‹

Höher. Das Blätterdach brach auf, der Himmel blickte grau durch die Scheiben hindurch. Es sah nicht nach Regen aus.

Ein einfacher Holzhocker stand auf der Miniplattform, in der die Treppe schließlich endete. Kerstin streckte trotz aller Anspannung den Arm nach oben und berührte die Glasscheibe. Feucht und warm. Als sie die Hand wieder zurückzog, blieb ein Abdruck auf der Scheibe zurück.

Der Hocker war tatsächlich recht bequem. Kerstin strich über ein gigantisches Blatt, das über das Geländer hing. Erst vorsichtig, dann kratzte sie daran. Es fühlte sich an wie Hartplastik. Sie klopfte das Blatt ab, als könnte es seine Echtheit durch ein Geräusch versichern. Dann zog sie das Blatt weiter zu sich heran, um daran zu riechen. Es knackte.

Ihr wurde schwummerig. Herz, Magen und Darm konnten sich nicht einigen, wer am stärksten zog und rumorte. Es war nicht ihre Absicht gewesen, einer Pflanze zu schaden oder irgendetwas anderes zu beschädigen. Aber so was passierte ihr ständig.

›*Davor soll ich dich ja eigentlich bewahren. Du musst halt auch mal auf mich hören.*‹

Aber sie wollte diese Stimme nicht ständig hören. Hielt sich oftmals selbst für durchgeknallt, weil eine Großeschwesterstimme sie begleitete. In ihrem Kopf. Und sogar manchmal dermaßen präsent, dass sie sie vor sich sah. Dass sie der Stimme eine Gestalt gab. Dass Kerstin ihrer tief verwurzelten Sehnsucht Ton und Aussehen verpasste. Dem sehnsüchtigen Wunsch, dass ihre große Schwester Katrin nicht mit ihren winzigen Knochen in der Erde des Friedhofs begraben war, sondern ihr beistand. Mit ihr aufgewachsen wäre. Mit ihrer zwei Jahre jüngeren Schwester Kerstin. Sie hätten einander geliebt und gehasst. Sie hätten miteinander gespielt, hätten sich an den Haaren gezogen, hätten sich angeschrien, hätten sich in den Armen gelegen. Hätten sich gegen die Eltern verschworen.

Doch Katrin war an ihrem zweiten Lebenstag am Plötzlichen Kindstod gestorben. Ihre Mutter hatte Kerstin davon erst spät erzählt, da war sie schon fast erwachsen gewesen. Angeblich aus Rücksicht. Kerstins Erschütterung hielt sich über Tage, Wochen. Sie stürzte sich kopfüber in ein Loch, wo sie ihre ältere Schwester beweinte und einen Schmerz über einen nie in ihrem Leben dagewesenen Menschen spürte, der sich so ganz anders präsentierte, als jeder bislang erlebte. Ohne Mutter und ohne Vater kletterte sie eines Tages aus dem Loch wieder hinaus und deckte es provisorisch ab – mit Wut, mit Haut, mit einer nichtssagenden Decke.

Das Thema war zu Hause erst wieder auf den Tisch gekommen, als Kerstin abgetrieben hatte. Gerade achtzehn Jahre alt. Für sie selbst war es keine große Sache. Ihre Mutter jedoch bezeichnete sie als Mörderin, spuckte ihr Tag für Tag ihre Verachtung entgegen, ohne den Mund aufzumachen. Der Auszug schien die einzige Lösung. Das Verlassen der Schule, Hinschmeißen des Abis, in Vollzeit Geld verdienen, mit dem, was sie schon ein paar Jahre als Schülerinnenjob gemacht hatte. Reinigen.

Sie hatten sich niemals ausgesprochen. Jahrelang. Nur sporadisch gesehen, nur Small-Talk gehalten, zum Geburtstag kurz gratuliert. Dann hatte es eines Tages in der Fabrik gebrannt. Ohne Ausweg für ihre Eltern. Aus. Weg.

Pock.

Kerstin schleuderte das Blatt quiekend von sich. Irgendein Insekt war darauf gelandet. Nicht sicher, was es genau und ob es gefährlich war, musste es trotzdem einfach fort. Bloß die überdurchschnittlichen Dimensionen dieses Viehs hatte sie wahrgenommen.

Durch die entstandene Lücke konnte man auf die Reiberstett'sche Villa hinuntersehen. Man konnte durch die Scheiben des Wohnbereiches blicken, sah Richards Chaiselongue. Frau von Reiberstett hatte Richard mitgenommen, wie auch die Kaschmirdecke, die immer auf diesem Platz lag. Mittlerweile hatte Kerstin die Decke dreimal mit der Pinzette bearbeitet. Frau von Reiberstett zahlte ihr gutes Geld dafür, also tat sie sich diese Sisyphusarbeit an.

Huschte da gerade eine Gestalt durch den Wohnbereich? Nur schemenhaft hatte Kerstin sie wahrnehmen können, denn die Fensterscheibe spiegelte. Doch. Wirklich. Da war jemand. War das Herr von Reiberstett? Oder die Köchin? Frau von Reiberstett konnte es nicht sein, sie lief in ihren High Heels ganz anders und ohne diese Dinger hatte Kerstin sie bislang noch nie gesehen. Stopfte die Gestalt da gerade einen Rucksack?

›Ein Einbrecher!‹

Ach was. Wer brach denn am helllichten Tag irgendwo ein? Bestimmt war das Herr von Reiberstett, der etwas für seine nächste Reise brauchte.

›Und eine Vase einpackt?‹

Scheiße!

Die Polizei. Kerstin musste die Polizei rufen. Aber ihr Handy war weit weg und soweit sie das mitbekommen hatte, gab es in diesem Haus keinen Festnetzanschluss. Zumindest hatte sie nie ein Telefon entstaubt. Einfach hier abwarten konnte sie allerdings auch nicht. Sie musste doch etwas tun!

›*Was meinst du denn, was dieser Einbrecher mit dir macht, wenn er dich bemerkt?*‹

Er rennt weg.

›*Dein Ernst? Du bist eine Frau, steckst in einem rosa Kleidchen und Lackschühchen. Und sonderlich groß bist du auch nicht. Der Typ wird vor dir sicherlich nicht einfach die Biege machen.*‹

Nein! Das würde ihr ewig nachlaufen, wenn sie nichts unternahm. So schnell und geräuschlos sie konnte, stieg sie die Treppe hinunter.

Der Weg zurück zum Haus kam ihr kilometerlang vor. Vielleicht lag es daran, dass sie einmal im Kreis gelaufen war, der kleine Pfad durch die Beete hatte sich doch nicht als Abkürzung herausgestellt.

An der Tür traute sie sich kaum zu atmen und fürchtete sich vor dem Klackern, das ihre Lackschuhsohlen auf den Fliesen von sich geben würden.

Sie schloss die Tür hinter sich, schmiegte sich an die Flurwand und zog ihre Schuhe aus.

Stimmen. Tiefe Stimmen. Es mussten zwei Männer sein, ihre Worte waren aber nicht zu verstehen. Noch waren sie zu weit entfernt.

Sie wanderte mit dem Rücken an der Wand den Flur entlang.

Um die Ecke, langsam weiter, weiter, weiter.

›*Stopp! Hörst du denn nicht, dass einer ganz nah ist?*‹

Die Großeschwesterstimme war dermaßen laut geworden, dass Kerstin die Schläfen schmerzten.

»Heb je de sieraden?«, rief der eine, der nur wenige Meter entfernt in der Bibliothek zu Gange war.

»Ik vond een bos in de slaapkamer.« Kam es von weiter weg.

Die sprachen doch Holländisch, oder nicht?

»Er is niets in de boekenkamer.«

Der Mann kam näher.

›*Versteck dich, Kerstin!*‹

Adrenalin schoss durch ihren Körper, ließ sie zwei große Sprünge vollführen, die gegenüberliegende Tür erreichen und im Bruchteil einer Sekunde im Badezimmer verschwinden.

Klirren.

»Idioot, waarom moet je de vaas neergooien?«

»Plezier!«

Sie standen vorm Badezimmer. Kerstins Puls peitschte durch ihren Körper, das Blut rauschte in den Ohren.

»We stelen spoorlos. Onthoud dat eindelijk!« Er kratzte an der Tür.

Kerstin hockte sich zwischen Bidet und Dusche, wusste, dass das kein gutes Versteck war, dass die Typen sie direkt entdecken würden, wenn sie hereinkamen. Hoffentlich waren sie schon woanders im Haus pinkeln. Oder ganz woanders.

Hoffentlich, hoffentlich, hoffentlich.

»Laten we weggaan.« Er hämmerte mit der Faust an die Tür.

Kerstin presste die Augenlider zusammen und die Handflächen so stark an die Ohren, dass es sich wie ein Vakuum anfühlte. Der Herzschlag schien direkt von den Ohren in die Augen zu pumpen, zeigte sich in hellem, schnell rhythmischem Flackern.

Warum war sie nicht einfach auf der Wendeltreppe geblieben? Hätte die Aussicht auf das Blätterdach genossen und Freundschaft mit dem Insektenvieh geschlossen, falls es wieder aufgetaucht wäre. Warum hatte sie angenommen, sie könnte irgendetwas gegen die Einbrecher ausrichten? Auch gegen einen hätte sie nichts tun können. Nichts.

Puls, Puls, Puls, Puls, Puls.

›Ke–in.‹

Puls, Puls, Puls, Puls.

›Kerst–.‹

Puls, Puls, Puls.

›Kerstin.‹

Sie löste den Händedruck. Öffnete die Augen. Ihr Gesicht war ganz feucht. Offenbar hatte sie geweint, ohne es mitzubekommen.

Vorsichtig richtete sie sich auf, Rücken und Knie brauchten ihre Zeit.

Stille? Ob die Einbrecher weg waren?

Die Polizei traf etwa eine Viertelstunde später ein, nachdem Kerstin Frau von Reiberstett angerufen hatte. Genervt hatte diese reagiert, gemeint, dass sie wirklich gespannt sei, was für ein Notfall eingetreten sein könne, der Kerstins Stören rechtfertigte. Als Kerstin fertig berichtet hatte, war Frau von Reiberstetts Tonfall ein gänzlich anderer, ein besorgter gewesen. Worum sie sich mehr sorgte – ihr Hab und Gut oder Kerstin –, hatte sie nicht verraten. Aber Kerstin spürte, was ihr wichtiger war. Um den Anruf bei der Polizei hatte Frau von Reiberstett sich von unterwegs gekümmert.

Die Polizistin wollte alles ganz genau und haarklein wissen, machte sich seitenweise Notizen. Stellte die gleichen Fragen wieder und wieder, nur in anderer Reihenfolge, anders formuliert.

Die andere lief seit einer Weile durch das Haus. Dann kam sie wieder, rief ihre Kollegin heran, besprach etwas mit ihr. Schließlich kamen beide zu Kerstin, die auf der Couch saß und fröstelte, die schuhlosen Füße aneinanderrieb.

»Jetzt noch einmal von vorne, Frau Wischnewski. Das passt doch alles nicht zusammen. Es gibt keinerlei Einbruchsspuren von außen. Haben Sie eine Tür offen gelassen? Einen Schlüssel stecken lassen? Auf eine andere Weise Gelegenheit zum Einbruch geboten? Vielleicht ein weit geöffnetes Fenster.«

Kerstin schüttelte den Kopf, wollte nicht mehr reden.

Es klackerte und röchelte.

»Ach wie gut, die Polizei ist bereits da. Von Reiberstett, guten Tag. Ich bin die Eigentümerin.«

Es wurden Hände geschüttelt. »Danke, dass Sie sich die Mühe gemacht haben, Frau von Reiberstett. Kennen Sie diese Frau?« Ein Zeigefinger in Richtung Kerstin.

»Wie bitte? Selbstverständlich, das ist Frau Wischnewski, meine Putzfee.«

»Reinigungskraft«, murmelte Kerstin.

»Was haben Sie gesagt?«, fragte die Polizistin.

»Ach nichts.«

»Frau von Reiberstett, es wäre am besten, wenn Frau Wischnewski nun Feierabend macht. Dann können wir in Ruhe über den Vorfall sprechen.«

Hatte die Polizistin gerade Frau von Reiberstett zugezwinkert?

»Das wird wohl das Beste sein, ja. Frau Wischnewski, ruhen Sie sich aus. Richards Decke können Sie beim nächsten Mal mitnehmen.«

Wie auf Kommando sprang der Mops auf die Chaiselongue und wirkte ganz aufgeregt.

Gerade schulterte Kerstin ihre Tasche und durchquerte die Küche, als sie die Polizistin sprechen hörte: »Wissen Sie eigentlich, wie oft das vorkommt, das Putzfrauen klauen? Sogar systematisch?«

Kerstin zog die Tür ins Schloss und eilte die Auffahrt hinab. Drehte sich am Ende noch einmal um: Es war nichts von dem Gewächshaus zu erkennen. Eigentlich hätte es die Villa deutlich überragen müssen. Egal wie oft sie schließlich noch in den Rückspiegel sah, es erschien keine Glaskuppel.

Samstagvormittag

VOGELBEERWEG

Mit einem Kater war sie am Morgen aufgewacht. Nach dem Vorfall bei den von Reiberstetts war Kerstin schnurstracks zum Supermarkt gefahren und in der Süßwarenabteilung eskaliert. Wenigstens hatte ihr Verstand sie zum Korb anstatt zum Einkaufswagen greifen lassen, aber wie viele Schokoladentafeln in einen Supermarktkorb passen ... Sie hatte einfach zugelangt, nicht auf Angebote und Preise geachtet.

Jetzt fühlte sie sich elend, hatte immer noch Kopfschmerzen, der Magen war flau. Schokokater. Heute musste sie mit gesundem Essen dagegensetzen, um den Körper zu besänftigen. Einen kleinen Apfel bekäme sie vielleicht runter. Ohne Schale, denn die blieb meist fies zwischen den Zähnen hängen. Egal wie behutsam man abbiss, egal wie vorsichtig man kaute, mindestens ein Zahnzwischenraum wurde dekoriert. Im schlechtesten Fall hing die Schale so fest, dass das Herausfriemeln in blutendendes Zahnfleisch mündete. Elmo mochte Apfelschale möglicherweise. Was aß Elmo eigentlich? Ob er wieder hinter dem Wohnzimmerschrank steckte?

Der Käfer hatte sich am Abend zuvor als hervorragender Zuhörer entpuppt, war von einer Kiste gesprungen, geflogen, über den Teppich auf Kerstin zugelaufen, hatte mit den Fühlern gewackelt und sich eine Viertelstunde nicht mehr von der Stelle bewegt. Von ihrem grässlichen Arbeitstag hatte sie ihm erzählt, davon, dass die Polizei ihr einen fingierten Einbruch zutraute, und von ihrer Angst, dass sie sich bald melden und sie in Handschellen abführen könnten.

Mord? Der Gärtner war's. Einbruch? Die Putzfrau war's.

Nachdem der Käfer so geduldig zugehört hatte, hatte er sich einen Namen verdient. Die Wahl fiel auf: Elmo.

Der Sparschäler war stumpf, sodass Kerstin zum Küchenmesser griff. Ein kantiger, nur noch halb so großer Apfel war das ziemlich unbefriedigende Ergebnis. Wer zur Hölle konnte mit einem Küchenmesser ein Lebensmittel sparsam und ansehnlich schälen?

Sie viertelte den Apfel, entfernte den Strunk und war zumindest zuversichtlich, dass sie ihn komplett aufessen würde. Ein Stückchen Schale steckte Kerstin in einen Eierbecher, stellte ihn auf das Regalbrett neben dem Schrank, hinter dem Elmo gestern wieder verschwunden war.

Es war nun Zeit, um die Zuckertütchen zu katalogisieren. Als zweite Vorsitzende hätte sie schließlich bald eine Vorbildfunktion und müsste jederzeit eine Antwort auf die Frage haben, ob sie Tütchen A, dreiundneunzig oder Gamma habe.

Als das Handy klingelte, erschreckte sie sich dermaßen, dass sie sich fast übergeben hätte. Denn das war bestimmt nicht Katharina, sondern die Polizei. Jetzt war sie dran, ihr Stündchen hatte geschlagen. Oder wie sagte man das? Zumindest kündigte die Polizei ihr Kommen vorher an, stand nicht einfach vor der Tür oder stürmte sie gar. Wie die Hausverwaltung reagieren würde, wenn ihre Tür aus den Angeln getreten wäre. Sie würden sie rausschmeißen. All ihre Sammlungen hinterher. Obwohl das ja keine Rolle mehr spielte, wenn sie eh im Gefängnis säße.

Besser nicht ans Handy gehen.

Aber das Klingeln hörte nicht auf.

Diese Nummer kannte sie nicht. Rief die Polizei mit der 110 an? Wahrscheinlich nicht. Kerstin hatte einen Knoten im Kopf.

Sie wischte.

»Guten Tag, wie schön, dass ich Sie erreiche.« Das klang nach einer sehr freundlichen Polizistin. »Ich melde mich aus Zinnsheim.« Das war die Nachbarstadt, aber um einiges kleiner als Bellberg. Weder die von Reiberstetts noch Kerstin lebten in Zinnsheim, warum also rief die Zinnsheimer Polizei bei ihr an? Hatte ihr vermeintliches Vergehen schon die Runde gemacht und ihr Fall wurde von einem übergreifenden Team bearbeitet?

»Hören Sie?«

Kerstin hatte nur noch ihre Gedanken gehört. »Entschuldigung. Nehmen Sie mich zu Hause fest oder soll ich freiwillig irgendwo hinkommen?«

»Wie bitte?«

»Na ja, mir wäre das hier bei mir zu Hause wirklich unangenehm. Die Nachbarn und die Hausverwaltung, wissen Sie?«

»Sie sind eine Verbrecherin ...« Unklar, ob Frage oder Aussage.

»Nein, ich bin unschuldig. Ich habe doch bloß meine Arbeit gemacht.«

»Welche Arbeit denn?«

»Ich reinige. Aber das habe ich Ihren Kolleginnen doch bereits erzählt.«

»Hä? – Hören Sie, ich bin Callcenter-Agentin und habe Sie eben gefragt, ob Sie an einer Umfrage über Wein teilnehmen würden.«

Lachen?

Weinen?

Kreischen?

Kerstin legte auf.

Sortierte.

237 Stück waren nun katalogisiert. Alles geordnet, alles bereit.

Das Handy schon wieder. Diesmal schepperte die Aufregung nicht bis in den Magen, sie vibrierte bloß ein bisschen in den Knien. »Ja, hallo?« Und in ihrer Stimme.

»Spreche ich mit Kerstin Wischnewski?«

»Ja. Mit wem spreche ich?«

»Mit Adelheid Schnürpsiever. Ich bin die Ehefrau von Heribert Schnürpsiever, dem ersten Vorsitzenden des Zuckersammlerklubs. Er kann leider nicht selbst an den Apparat, ist so heiser, dass man ihn kaum versteht. Dass die Stimme nach einer durchzechten Nacht von dannen zieht, geschieht ihm nur recht. – Hörst du, Heribert? Geschieht dir ganz recht! Lässt du dir vom Werner das nächste Mal nicht ständig den Klaren nachgießen.«

»Was wollen Sie denn?«

»Ach ja, Verzeihung. Heribert hat mir einen Zettel geschrieben. Also, ich lese vor: ›Liebe Kerstin, unser zweiter Vorsitzender, Knut Zasellamper, hat sich dazu entschieden, weiterhin auf dem Posten zu bleiben. Er habe sich geirrt. Da er so viel für den Club getan hat, wie du dir ja sicherlich vorstellen kannst, gilt seine Wahl als sicher. Es tut mir außerordentlich leid, liebe Kerstin. Aber wenn du möchtest, kannst du dich gerne auf den Posten der stellvertretenden Kassenprüferin bewerben.‹ – So, bin fertig mit dem Vorlesen. Haben Sie gehört?«

»Ja, habe ich gehört.«

»Ach, Heribert, jetzt hör doch mit diesem Gefuchtel auf. Ich versteh schon, was du meinst, nach einundfünfzig Jahren Ehe. – Also, hören Sie bitte? Bewerben Sie sich denn als stellvertretende Kassenprüferin? Das soll ich noch mal nachfragen.«

»Danke nein. Mir reicht es schon, dass ich als Selbstständige so oft Rechnungen schreiben muss.«

»Sie möchte nicht, Heribert. – Nein. – Nein. Sie möchte nicht. – Hören Sie?«

»Mhm.«

»Ich lege jetzt auf. Auf Wiederhören.«

Stille.

Montagvormittag

FAMILIE FLÄCK

»Du siehst nicht gut aus, Frau Putz«, sagte Teddy, als sie ihren Tornister auf den Boden schmiss.

»Ich schlafe im Moment nicht so gut, aber sonst ist alles in Ordnung.« Warum erzählte sie einem Kind so etwas?

»Dann musst du früher ins Bett gehen. Sagt Mama zumindest immer.«

»Ja, vielleicht sollte ich das. Warum bist du denn schon so früh zu Hause?«

»Meine Lehrerin ist krank und die von der 2 b ist auch krank. Und die von der 4 a auch. Es mussten alle Eltern angerufen werden, damit die Kinder nach Hause dürfen. – Lena muss noch in der Schule bleiben. Lenas Mutter arbeitet nämlich im Krankenhaus und kann da meistens nicht ans Telefon gehen. Jetzt muss Lena mal wieder bei der Hausmeisterin sitzen. Ich mag die nicht, die ist böse.«

»Niemand ist böse.«

»Doch, Frau Putz. Die ist wirklich böse. Sie hasst Kinder. Und allen Erwachsenen ist das egal. Bestimmt darf Lena nicht mal aufs Klo.«

»Das kann ich mir nicht vorstellen.«

»Siehst du, Frau Putz. Allen Erwachsenen ist das egal.«

Teddy stapfte die Treppe hinauf. Die Meerschweinchen quiekten.

»Frau Wischnewski, gleich kommt eine Babysitterin zur Probe. Es wäre mir lieb, wenn Sie gelegentlich die Ohren spitzen würden.«

Kerstin nickte, obwohl ihr nicht danach war. Jetzt sollte sie schon andere Menschen kontrollieren?

Die Stimme klang jung, warm und vertraut. Bestimmt war diese Babysitterin eine gute Wahl, auch wenn Kerstin sie noch nicht sehen konnte, da sie gerade das Bad im Obergeschoss reinigte. Aber sagte eine vertrauenserweckende Stimme nicht mehr aus als das äußere Erscheinungsbild? Klar, man sollte gepflegt sein, daran gab es nichts zu rütteln, aber Körpermaße, Haarfarbe, Kleidungsstil, was sollten die schon über die Kompetenz eines Menschen aussagen? Kerstin hatte selbst oft genug das Gefühl gehabt, nach ihrem Äußeren beurteilt zu werden. Sie war nicht die Schlankste, nicht die Größte, nicht die Hübscheste, hatte dünnes, straßenköterblondes Haar und trug eine Brille, die ihre sowieso schon recht kleinen Augen noch winziger wirken ließ. Verdammte Kurzsichtigkeit. An diese Umstände hatte sie sich jedoch gewöhnt, kam mittlerweile mit sich zurecht. Aber gelegentlich verhielten sich Menschen, die sie zum ersten Mal sahen, seltsam, unangenehm, unverschämt. Einmal war sie wegen ihres Aussehens so offen angegangen worden, dass der Kunde ihr ins Gesicht gesagt hatte, dass sie zu dick und zu hässlich sei, um bei ihm zu arbeiten. Dass er sich eigentlich niemals hätte vorstellen können, eine Putzfrau wegen ihres Erscheinungsbildes direkt wieder rauszuschmeißen, aber das – er hatte den Zeigefinger auf sie gerichtet, sie von oben bis unten gemustert – könne er nicht.

Kerstin hatte geschwankt zwischen abgrundtiefer Beschämung und rotglühender Kampfbereitschaft.

Sie hatte sich eingeigelt, geweint, Schokolade in sich hineingedrückt.

Sie hatte Mut gefasst, gelacht und in einen Apfel gebissen.

Eingependelt hatte es sich irgendwo dazwischen, die Erinnerung an dieses Arschloch war gut in einer Schublade verstaut und meldete sich nur noch sehr selten.

»Frau Wischnewski?«

Sie kippte das Wasser weg und lugte aus dem Badezimmer. »Ja?«

»Wären Sie so gut und kommen einmal runter? Ich möchte Sie kurz mit der Babysitterin bekanntmachen.«

Mittlerweile hatte Kerstin die Treppenschutzgitter routiniert im Griff, musste kaum noch darüber nachdenken. Neugierig stieg sie die Treppe hinunter.

»Hallo, Kerstin.«

»Sie kennen sich?«

Ja, sie kannten sich. Und Kerstin hätte beinahe jede Person erwartet, aber nicht diese. »Was machst du denn hier?«

»Was meinen Sie denn, Frau Wischnewski? Sie wissen doch, was Frau Olgowa hier macht. Babysitten.«

»Ich bin bloß überrascht.«

»Das sieht man dir an.«

Dingdong, Dingdong.

»Dingdong, dingdong.« Ein Drilling beherrschte die perfekte Imitation der Türklingel. Glücklicherweise klebte nicht direkt wieder eine Zunge am Glas. So schnell, wie Frau Fläck öffnete, hätte das Mädchen auch keine Chance gehabt.

Kerstins Beine setzten sich einfach in Bewegung, ein Fuß blieb am Treppenschutzgitter hängen und sie knallte lautstark auf die Stufen. Stöhnte auf. Die Stimmen hinter sich ignorierte sie, rappelte sich auf, mit schmerzenden Knien und Händen und voller Adrenalin kraxelte sie weiter nach oben, zurück ins Badezimmer. Wo sie ja auch eigentlich noch nicht ganz fertig gewesen war. Keuchen.

Jetzt saß sie mit wild pochendem Herzen auf dem Wannenrand. Da sie die Badezimmertür hinter sich geschlossen hatte, konnte sie diesmal nicht genau verstehen, was unten gesprochen wurde, es waren bloß Fetzen.

Dann fiel die Haustür ins Schloss.

Minutenlang herrschte Stille.

Es klopfte.

»Frau Wischnewski, geht es Ihnen gut? Darf ich fragen, warum Sie vor der Polizistin geflüchtet sind?«

Kerstin zuckte mit den Schultern.

»Das war bloß eine neue Polizistin, die in Theas Schule bei der Verkehrserziehung unterstützen wird. Sie hat mir einige Broschüren als Unterrichtsmaterial mitgebracht, weil die Klassenlehrerin krank ist.«

»Warum bringt sie die denn nicht direkt zur Schule?« Kerstin traute der Sache nicht.

»Weil dort Krankheitschaos herrscht und ich als Klassenpflegschaftsvorsitzende manchmal mehr unterstützen muss, als mir lieb ist.«

»Mehr wollte sie nicht?«

»Warum fragen Sie das denn, Frau Wischnewski? Ich bin etwas verwundert über Ihr Verhalten. Sie sahen ja schon bei Ihrer Ankunft nicht gut aus. Vielleicht sollten Sie heute etwas früher Feierabend machen.«

Kerstin nickte nur, sie wollte sich nicht weiter verstricken. Sie war froh, dass sie Ramona doch nicht überwachen musste, denn bei einer ehemaligen Kollegin wäre das noch weitaus unangenehmer geworden als bei einer Fremden.

Montagnachmittag

FRAU SCHMIDTMEIER

Die Taube saß auf dem Couchtisch. In einem Osterkörbchen. Im November.

Frau Schmidtmeier fütterte sie mit Cornichons.

Kerstin konnte sich gar nicht entscheiden, was an dem Anblick sie am meisten irritierte.

Höchst zufrieden sah Frau Schmidtmeier aus, pulte Stückchen um Stückchen vom Gürkchen und aß dann den letzten Rest selbst.

Cornichon. Für Cornichon. Die Taube schluckte gierig.

»So, jetzt isses aber genug, Luise. Du mit deiner ewigen Leidenschaft für saure Gurken. Die letzten beiden sind für mich.«

Aufplusternd und kopfschüttelnd schien die Taube darauf zu reagieren, aber was das nun genau bedeuten sollte?

Kerstin hatte sich von dem Schauspiel nicht lösen können, hatte zehn Minuten einfach dagestanden und die beiden beobachtet.

»Also, Frau Schmidtmeier, so geht das aber nicht!« Die Kesselflickerin rauschte an Kerstin vorbei, ergriff das Osterkörbchen, öffnete das Fenster und kippte die Taube aus ihrem Nest.

Energiegeladen wie selten fuhr Frau Schmidtmeier aus ihrem Sessel hoch, taumelte auf die Pflegekraft zu und verpasste ihr eine Ohrfeige.

»Junges Fräulein! Sie haben mir meine Großtante Luise entrissen, haben ihr Bettchen zerstört! – Halten Sie sich ruhig die

Wange. Und am besten auch direkt die andere, damit es nicht noch einmal schallert!«

»Das war eine dreckige Taube und nicht ihre Tante!«

»Ich habe auch nie behauptet, dass das meine Tante sei! Luise ist meine Großtante. Hören Sie denn nie zu? – Verschwinden Sie hier, aber sofort!« Obwohl sie einen ganzen Kopf kleiner war, wirkte die zarte Frau Schmidtmeier riesengroß und übermächtig. Kerstin fühlte sich an die Szene aus Herr der Ringe erinnert, als Gandalf sich vor Bilbo Beutlin aufbaute und mit düsterer Stimme sprach und der ganze Raum seine Maße veränderte.

»Ich wollte Sie bloß vor übertragbaren Krankheiten beschützen. Schließlich bin ich für Ihre Pflege verantwortlich.« Die Kesselflickerin hielt sich wie geraten beide Wangen.

»Krankheiten, Krankheiten. Alles, was ich noch zu hören bekomme, sind Krankheiten. Sie, meine Tochter, die Ärzte. – Sie stecken doch alle unter einer Decke! Warten Sie nur ab, bis Hubertus nach Hause kommt. Dann zieht er Ihnen die Ohren lang!«

»Ihr Mann ist tot!«

Es schallerte. Diesmal auf eine Hand.

»Unterstehen Sie sich!«

»Sie sind verwirrt, Frau Schmidtmeier. Dement. *Krank!*«

Jetzt wurde geschubst. Aber die Kesselflickerin bewegte sich kaum einen Millimeter, denn sie wog wahrscheinlich locker doppelt so viel wie Frau Schmidtmeier.

»Verlassen Sie meine Wohnung!«

»Wissen Sie was? Das tue ich! Soll sich doch die da um Sie kümmern.«

Kerstin erschrak und ihr wurde wieder bewusst, dass sie nicht bloß Zuschauerin eines spannenden Filmes, sondern mitten im Geschehen war.

Nun rauschte die Kesselflickerin wieder an ihr vorbei, durch den Flur.

Bumm.

Das hatten sicherlich alle Parteien im Haus mitbekommen.

»Frau Wischnewski, ich habe einen ganz trockenen Mund. Könnten Sie mir bitte ein Glas Wasser bringen?«

Als Kerstin mit dem Glas ins Wohnzimmer ging, schlief Frau Schmidtmeier in ihrem Sessel und Luise hockte aufgeplustert auf der Fensterbank.

Dienstagmorgen

VON REIBERSTETT

Wo waren die Lackschuhe? Normalerweise war im Hauswirtschaftsraum alles kleinlich geordnet, alles hatte seinen Platz.

Wie ein rauschender Platzregen kam die Erkenntnis: Kerstin hatte am Freitag die Schuhe ausgezogen, nachdem sie aus dem Dschungel getreten war und zu laute Geräusche durch die Sohlen befürchtet hatte. Ob die Polizei ihre Schuhe als Beweismittel mitgenommen hatte?

Oder standen sie vielleicht sogar noch da?

Kerstin trat in die Küche und musste ihre Schuhe nicht mehr suchen. Frau von Reiberstett hielt sie ihr entgegen, runzelte die Stirn.

»Sagen Sie mir mal bitte, wie ich Ihnen noch vertrauen soll, Frau Wischnewski?« Sie stellte die Schuhe neben sich auf den Boden. »Glauben Sie etwa, dass ich nicht bemerkt habe, dass Sie in meinem Garten waren? Dass Sie die Wendeltreppe hochgestiegen sind und eine Hand an die Scheibe gedrückt haben? – Warum bitte haben Sie mir und der Polizei das verschwiegen? Wollten Sie doch etwas vertuschen? Oder war das alles nur purer Zufall?« Das *U* zog sie in die Länge. »Können Sie jetzt bitte Tacheles reden, Frau Wischnewski? Ansonsten kann ich Ihnen die Schuhe wirklich nicht zurückgeben und Sie hier weiterhin arbeiten lassen. Und ich rufe sofort die Beamtinnen an.«

»Ja, ich war in Ihrem Garten. Aber mit der Arbeit war ich schon fertig gewesen, wirklich.«

»Gerne würde ich sagen: ›Na wenigstens etwas‹, aber das wäre gelogen. Was bitte wollten sie dort?«

»Atmen. Ich hatte vor ein paar Wochen die Gerüche bemerkt, als Sie durch die Tür gekommen waren. Hatte das Grün gesehen. Eigentlich wollte ich bloß kurz reingehen und direkt wieder raus. Aber dann konnte ich mich einfach nicht mehr lösen und bin immer weiter gegangen. Wie automatisch. Die Nähe zu diesen tropischen Pflanzen – ich hatte das Gefühl, ich wäre in eine andere Welt geraten. Ich konnte nicht anders.«

»Und nicht ein einziges Mal haben Sie sich innerhalb Ihrer letzten Sätze dafür entschuldigt, oder? Dafür, dass Sie in meine Privatsphäre eingedrungen sind.«

»Tut mir leid. Mir war nicht klar, dass Sie den Dschungel als Privatsphäre ansehen.«

»Was ich in meinem Haus als Privatsphäre bezeichne, das liegt ganz bei mir, Frau Wischnewski. – Wie passt das bitte nun mit Ihrer Aussage von Freitag zusammen? Dass Sie im Flur die Einbrecher gehört haben.«

»Das war nicht gelogen. Ich habe sie wirklich gehört. Aber ich hatte sie vorher auch schon gesehen. Durch die Glaskuppel konnte ich das Wohnzimmer sehen und dachte zuerst, dass Ihr Mann vielleicht im Haus sei.«

Frau von Reiberstett lachte leise mit sarkastischem Unterton. »Mein Mann, ah ja. Der ist seit einem Monat unterwegs und kommt erst in zwei Wochen zurück. Aber gut, das konnten Sie nicht wissen. – Weiter.«

Kerstin nickte. »Ich war total unsicher, was ich machen sollte. Da oben auf der Treppe konnte ich ja nicht bleiben, ich musste doch etwas tun. Dann bin ich runter und raus. Ohne Plan. Mir war erst auch gar nicht klar, dass das zwei Männer waren. – Na ja, den Rest kennen Sie. Ich habe nicht gelogen, nur die Sache mit dem Dschungel, ich meine mit dem Garten, hab ich verschwiegen. Natürlich wusste ich, dass ich da nicht reinsollte. Manchmal geht's mit mir durch.«

»Das habe ich wohl bemerkt. Schwören Sie, dass Sie nichts, aber auch rein gar nichts mit dem Einbruch zu tun haben?«

Kerstin nickte energisch, hob zwei Finger wie in Kindheitszeiten, senkte sie schnell wieder, weil es ihr sofort peinlich wurde. »Ehrenwort.«

»Gut.« Frau von Reiberstett hob die Schuhe auf, drückte sie Kerstin in die Hände, legte dann beide Hände auf Kerstins Schultern und sah ihr fest in die Augen. »Ich glaube Ihnen. Gehen Sie an die Arbeit.«

Den Platzregen aus ihren Augen konnte Kerstin gerade noch verhindern, drückte und schluckte Tränen und Anspannung herunter und hinfort.

Sie hätte Lack und Sack vermisst.

Und das gute Geld.

Mittwochvormittag

FAMILIE FLÄCK

»Warum bist du zu Hause?«

»Ich bin krank.« Teddy zeichnete Gänsefüßchen in die Luft.

»Du siehst gar nicht krank aus.«

»Nee, bin ich auch nicht. Mama hat gesagt, dass ich krank bin. Sie hat gesagt, dass ich in der Schule im Moment eh nix lerne, weil es keinen richtigen Unterricht gibt. Wir malen da nur Bilder oder machen Blödsinn.«

»Macht ihr denn tatsächlich Blödsinn?«

»Also ich bastel ja nur die Munition. Andere schießen die.«

»Ihr schießt?«

»Papierkügelchen durch Strohhalme. Gestern hab ich dreihundert Stück gemacht. Das fand der Timmi mega und hat dann noch schneller geschossen. Der Lia in die Kapuze. Ganz viele. Das sah sooo lustig aus. Lia hatte erst mal nix gemerkt.«

»Und jetzt schießt du wieder mit anderer Munition, oder?«

Teddy tippte auf dem iPad herum. Es war stumm geschaltet.

»Ja. Boah, mit Ton wär das echt besser. Hat mir Mama aber verboten, weil sie arbeiten muss.« Wieder Gänsefüßchen.

»Warum jetzt die Gänsefüßchen?«

»Weil die entweder mit Papa oder mit Oma am Telefon streitet oder hinter meinen doofen Schwestern herrennt.«

»Wo ist denn die neue Babysitterin?«

»Auch krank. Alle sind krank. Mama schnieft auch. Bist du auch krank?«

Kerstin schüttelte den Kopf. »Ich geh jetzt hoch und fange mit dem Reinigen an.«

»Erschreck dich nicht.«

»Vor dem Chaos?«

»Nein, vor Pumpernickel.«

Als die erwartete Erklärung nicht folgte, fragte Kerstin dann doch: »Wer oder was ist Pumpernickel?«

»Mein Hamster. Papa hat ihn mir gestern Abend mitgebracht. Pumpernickel ist aber ein bisschen komisch. Der knabbert immer ganz laut am Gitter und faucht dabei. Ich konnte kaum schlafen. Mama musste den Käfig heute Nacht in den Flur tragen.«

»Ein fauchender Hamster?« Kerstin kannte sich mit Tieren überhaupt nicht aus, aber dass ein Hamster fauchte, kam ihr erfunden vor.

»Warte ab, Frau Putz. Der macht das gleich bestimmt wieder.«

Das Erste, was Kerstin im Dachgeschoss sah, war, dass niemand die Einstreu weggesaugt hatte, und dass sich die Flöckchen überall verteilt hatten.

In Teddys Zimmer roch es scharf nach Urin. Die drei Meerschweinchen hockten jeweils in einer Ecke ihres Käfigs, umringt von dunkelbraunen Kötteln. Auch der Futternapf war voller Köttel. Naserümpfend musste Kerstin an ihre eigene Mutter denken, an deren Abneigung gegenüber Haustieren. Wie recht sie doch gehabt hatte. Das hier war für nichts und niemanden sinnvoll.

Als Kerstin den Staubsauger einschaltete, rannten die Meerschweinchen wie wild zwischen den Ecken hin und her – der Käfig rappelte –, um schließlich in einem Drei-Meerschwein-Knäuel zu erstarren.

Den Kot wegzusaugen war unbegreiflich zufriedenstellend. So wunderbar das zarte Flupp, wenn der Aufsatz einen Köttel erwischt hatte. Zudem konnte Kerstin hier sofort sehen, wie gut ihre Arbeit funktionierte. Es dauerte nicht lange, bis die Leistung des Staubsaugers nachließ und damit anzeigte, dass der Beutel voll war.

Nachdem sie den alten Beutel entsorgt und einen neuen geholt hatte, preschten die Meerschweinchen wieder durch den Käfig, eins stieß sich so heftig den Kopf, dass das Geräusch sogar Kerstin wehtat. Bekamen Meerschweinchen Beulen? Blaue Flecken?

Gerade hatte Kerstin den Staubsauger wieder eingeschaltet, da huschte etwas unter Teddys Bett. Kleiner als ein Meerschweinchen.

Sie trat auf den Schalter, das Geräusch erlosch. Kniete sich auf den Boden und erkannte im Halbdunkel: den Hamster. Starrend. Funkelten seine Augen?

Chrrrrrr.

Teddy hatte recht. Das Tier fauchte.

Großeschwesterstimme? Wo war sie denn in letzter Zeit nur hin? Jetzt wäre ihr Rat nötig gewesen.

Chrrrrrr.

Das Tier fauchte.

Kerstin stand auf und überlegte. Sollte sie einfach weiter ihrer Arbeit nachgehen und dieses Problem nicht als ihr eigenes betrachten? Sie griff nach dem Staubsaugerrohr, zog es aus der Verankerung – und steckte es direkt wieder hinein. Falls dieser Hamster die Drillinge biss, nur weil sie nichts unternommen hatte, würde sie sich das nicht verzeihen. Gegen zwei Einbrecher hatte sie nichts ausrichten könnten, aber einen winzigen Fellball wieder hinter Gitter zu verfrachten, sollte doch wohl möglich sein.

Aber wie genau das anstellen?

Zuerst schloss Kerstin die Zimmertür, dann schaute sie sich um. Hinter der Kommode steckte ein Schaumstoffschwert. Wenn sie ihren Arm damit verlängerte, müsste sie an den Hamster drankommen. Und sie würde ihn damit nicht verletzen.

Gedacht, gemacht: Kerstin ging auf die Knie, schob langsam die Schwertspitze in Richtung Hamster, der sich keinen Millimeter vom Fleck bewegte. Beinahe wirkte es so, als empfände er diese Berührung als Streicheleinheit. Kerstin versuchte fester zu schieben, aber er rührte sich nicht. Wie festgeklebt.

Irgendetwas Besseres musste es zwischen den Spielsachen geben.

Eine Plüschschlange. Würde den Hamster im Leben nicht rausscheuchen. Der Zauberstab war zu kurz, das Fernrohr ebenso. Da, der Kunststoffgreifer – vermutlich Beilage einer Kinderzeitschrift gewesen. Er knackte, als Kerstin den Hebel betätigte und sie legte ihn schnell wieder zur Seite.

Nach wenigen Minuten hatte Kerstin erfolgsversprechende Werkzeuge gefunden und nebeneinandergelegt: ein beinahe kahler Spielzeugbesen, ein kariertes Steckenpferd mit etwa zwanzig Haargummis in der Mähne, eine Plastikgitarre mit zwei Saiten.

Doch der Plan war noch nicht ausgereift. Wo sollte der Hamster hin, sobald er unter dem Bett hervorkam? Er würde sich bloß die nächste Nische suchen.

Kerstin hob den Hamsterkäfig von der Kommode, stellte ihn wenige Schritte vom Bett entfernt auf, zog die größten Bücher aus dem Regal und baute zwei Mauern zwischen Käfig und Bett.

Der Hamster saß immer noch an der gleichen Stelle, starrte Kerstin immer noch auf die gleiche Weise in die Augen.

Mit der Gitarre funktionierte es nicht. Sie ließ sich gerade so hin und her bewegen, aber nur schlecht steuern.

Der Hamster fauchte.

Steckenpferd. Da der Kopf nicht in den Zwischenraum passte und der Winkel des Steckens zu groß war, reichte es nicht bis zum Hamster.

Der Besen war für den Moment die letzte Chance. Dann würde Kerstin aufgeben. Sie hatte hier ohnehin schon zu viel Zeit verloren und noch einige Arbeitsschritte vor sich. Der dusselige Hamster musste doch irgendwie zu bewegen sein.

Kerstin fuchtelte mit dem Besen hin und her. Sicherheitshalber hatte sie die Bürstenseite hineingesteckt, damit sie ihn nicht verletzte. Nach der Nummer mit der platten Schnecke würde Teddy nicht noch ein verletztes oder gar totes Tier verzeihen.

Stochern.

Fauchen.
Stochern.
Starren.
Stochern.
»Frau Wischnewski, was machen Sie denn da?«
Kerstin ließ den Besen los, zog den Arm heraus, fuhr herum. Auf Knien.
Mit einem Drilling auf dem Arm und einem an der Hand stand Frau Fläck im Türrahmen und betrachtete Kerstins Werk.
»Der Hamster ist unter dem Bett.«
Frau Fläck setzte das Kind ab, ging auf Kerstin zu, bückte sich, sah unter das Bett. Nun kam noch das dritte Mädchen hinzu. Alle quetschten sich in vorhandene und erst durch sie entstehende Lücken – die Bücher plumpsten um – und spähten gemeinsam mit Kerstin und Frau Fläck unter das Bett.
»Hamta is da!«
»Hamta da, ja.«
»Hamta Täfis dehen.«
»Richtig, der Hamster muss zurück in den Käfig.« Jetzt fuchtelte Frau Fläck mit dem Besen.
Fauchen.
»Mädchen, ihr geht mal besser ein Stück weiter weg. Der Hamster scheint sehr ängstlich zu sein. Ich möchte nicht, dass er euch aus Versehen knappst.«
Zwei standen auf.
»Maja, du auch. Geh zu deinen Schwestern.«
Maja schüttelte den Kopf.
»Steh jetzt auf und geh rüber.«
»Hamta sehn.«
»Das geht gerade nicht. Frau Wischnewski und ich müssen den Hamster irgendwie in den Käfig zurückbringen.«
»Maja mat das.«
»Nein, das machen die Erwachsenen. Du gehst bitte rüber.«
Kopfschütteln.

Frau Fläck stand auf, packte Maja, die prompt anfing, in schrillstem Ton zu schreien. Zappelte, trat, schlug um sich.

Die Mutter trug und ertrug. Stoisch. Ließ sich treten und schlagen, anbrüllen. Kratzen?

»Ich bin gleich wieder da.«

Aus dem Elternschlafzimmer war zu hören, wie Frau Fläck versuchte, ihr kleines Mädchen zu beruhigen.

Kerstin hatte damals in solchen Situationen eine kurze Zündschnur gehabt. Wenn Katharina sich so verhalten hatte, war sie selbst schnell ins Schreien verfallen. War wütend, verzweifelt, hilflos gewesen. Wie sie aus diesen Situationen herausgekommen war, konnte Kerstin gar nicht mehr exakt nachvollziehen. Vielleicht eine Art Selbstschutz, dass ihr Unterbewusstsein einen Schleier über solche Erinnerungen gelegt hatte. Vielleicht war das zwischen Eltern und Kindern notwendig. Zumindest wusste Kerstin, dass es niemals eine ausrutschende Hand gegeben hatte.

Die anderen beiden Drillinge spielten in einer Ecke mit Autos, fuhren einander über Arme und Beine – giggelten dabei.

Frau Fläck kam zurück. Ohne Kind. »Ich habe Maja mein Schmuckkästchen gegeben. Damit ist sie eine Weile beschäftigt. Später werde ich mich dafür zwar verfluchen, aber jetzt müssen wir uns um den Hamster kümmern.«

Kerstin nickte.

Gemeinsam bauten sie die Büchermauern wieder auf. Mit dem Besen wurschtelte Kerstin erneut unter dem Bett herum.

Es krachte.

Zwei weinten.

Es schmerzte.

Eine wimmerte.

Zwischen den Drillingen lag eine kaputte Tischlampe.

In Kerstins Unterarm steckten Nagezähne.

Immer noch Mittwochvormittag

TWINGO

Die Wunde brannte. Hätte der Hamster noch fester zugebissen, wäre Kerstin nun um ein Stück Fleisch ärmer gewesen.

Frau Fläck hatte ihr Wundspray und Pflaster in die Hand gedrückt, verkniffen beim Versorgen der Wunde zugesehen und Kerstin dann mit einer Tafel Rosine-Nuss zur Haustür begleitet. Sie würde am Abend selbst putzen – ihr Mann plante, früh genug Feierabend zu machen, um die Kinder zu übernehmen. Das ginge schon irgendwie, außerdem täte ihr die Sache mit dem Hamster unglaublich leid.

Im Auto stopfte Kerstin sich hastig nach und nach die Tafel Schokolade in den Mund – erwartete Entspannung.

Kaute.

Schluckte.

Kaute.

Die Nüsse – die Lücke.

Der Schmerz im Oberkiefer überstrahlte den im Unterarm.

Dienstagabend

VOGELBEERWEG

Es sei höchste Eisenbahn für eine Brücke, hatte die Zahnärztin am späten Nachmittag während des Herumstocherns in Kerstins Mund gesagt. Höchste Eisenbahn. Kerstin war zumindest froh, dass ihre Ärztin nie um den heißen Haferbrei herumredete oder mit Fachbegriffen um sich warf.

Rund um ihre Nasennebenhöhlenoperation vor einigen Jahren hatte sie Wörter um Wörter um Sätze um die Ohren geschmissen bekommen, die sie nicht verstand. Selten hatte sie sich dermaßen dumm und klein gefühlt wie in diesem Krankenhaus. Aber sie wollte es sich nicht anmerken lassen, sich keine Blöße geben. Denn man lieferte seinen Körper ja ohnehin schon fremden Menschen aus und zeigte Schwäche. So erging es nicht nur ihr, sondern auch anderen Patientinnen auf ihrem Zimmer. Es ergab sich eine Zusammenarbeit: Die eine kannte diesen, die andere jenen Begriff und konnte erklären – oder man riet gemeinsam, erst ohne, dann mit Internet. Aber niemand hatte jedes unterschriebene Formular oder jeden ärztlichen Bericht verstanden. Wie üblich.

Von ihrer Zahnärztin hatte Kerstin einen Kostenvoranschlag mit Möglichkeit zur Ratenzahlung bekommen. Auch auf diesem Schrieb verstand sie nicht alles auf Anhieb, konnte sich viele Dinge aber erschließen oder im Internet recherchieren.

Wenn sie die Reinigungsaufträge behielt – es war ohnehin schier ein Wunder, wie pünktlich alle bezahlten –, könnte sie eine zahnfarbene Brücke wählen. Eine, die nicht auffiel. Dann wäre es mit Ratenzahlung zu schaffen.

Wenn nicht, wäre sie blank. Im Mund, auf dem Konto. Wahrscheinlich müsste sie aufstocken. Noch wahrscheinlicher würde auch das nicht reichen. Denn im echten Leben ging man nicht zurück auf Los und zog viertausend Mark ein. Viel eher landete man auf der schick bebauten Schlossallee und war ruiniert. Obwohl ... Kerstin dort ja weder leben noch Urlaub machen, sondern reinigen würde.

Ein Leben ganz ohne Geld. Einfach leben, ohne dass Geld existierte.

Vielleicht wäre das die Idee.

Vielleicht wäre das aber auch gar nicht möglich.

Vielleicht war es aber auch an der Zeit, mit dem Grübeln aufzuhören, Katharina einen Gruß zu schicken und durch die Fernsehkanäle zu zappen bis die Augen zufielen.

Mittwochnachmittag

KÜNSTLERATELIER

Die Fahrt zum Schloss war an diesem Tag wieder ein Graus gewesen. Viel länger als geplant hatte sie gedauert, weil es fast durchgängig geschüttet hatte. Der Twingo war selten über dreißig gekommen. Sie freute sich schon wieder darauf, wenn der Künstler ihr die Rechnung kürzte. Diesmal würde sie allerdings nicht klein beigeben. Diesmal war das Wetter schuld und nicht ihre eigene Dämlichkeit. Und gegen das Wetter konnte niemand etwas ausrichten. Höhere Gewalt, eine ganz andere Macht. Das musste auch dieser sogenannte Künstler einsehen.

Trotzdem rannte sie die Strecke vom Auto zum Schloss. Nicht dass es einen Unterschied gemacht hätte, aber vielleicht bekam er ihr Bemühen um Pünktlichkeit mit und drückte ein Auge zu.

Seit ihrem ersten Tag hatte es aus dem Lautsprecher nicht mehr als ein »Hallo« oder »Tschüss« gegeben. Die Türen wurden ihr einfach zügig geöffnet. Man kannte einander nun.

Heute sollte sie mit einem feuchten Lappen den Boden wischen. Keinesfalls dürfte der Besen verwendet, Staub aufgewirbelt oder das Fenster geöffnet werden. Und heute sei es noch wichtiger als zuvor, dass sie die Skulpturen nicht anfasste.

Kerstin ging zum Spind, holte das Arbeitsmaterial heraus, wollte gerade zum Waschbecken los – erstarrte dann aber in ihrer Position. Glotzen. Was anderes konnte sie in diesem Moment nicht. In Geschichten rieben sich Figuren in diesen Situationen ihre Augen oder zwickten sich in den Arm.

Kerstin war peinlich berührt, angewidert, schämte sich fremd. In keinem Fall brauchte sich der Künstler Sorgen darum zu machen, dass sie hier irgendwas anfassen würde. Niemals würde sie *das* anfassen! Vor allem musste *er* das ja alles angefasst haben, hatte die Skulpturen mit seinen eigenen Händen geformt. Hatte er das alles aus seiner Fantasie heraus erstellt? Oder hatte er etwa Modelle?

Kerstin spürte ihre Wangen. Heiß. Und kribbelnd.

Wenn sie überhaupt noch eine Chance auf Begleichen der Rechnung haben sollte, musste sie unbedingt anfangen.

Eigentlich wollte sie nicht genau hinsehen. Eigentlich dachte sie, dass ihre heißen Wangen Ergebnis von Fremdscham und Ekel seien. Doch dieses flatterige Gefühl, das sich in ihrem Bauchraum herumtrieb, keinen festen Platz fand, mal hier, mal dort rieb, war aufregend.

Und an…

Und je genauer sie sich die Formen, Größen und Strukturen ansah, desto mehr preschte dieses er-, an-, aufregende Gefühl zwischen ihren Organen umher. Oder jagte es in den Organen? Trieb es überall hindurch?

Kerstin rieb sich den Bauch.

Endlich zwang sie sich dazu, den Boden zu wischen. Dies gestaltete sich recht langwierig, denn ständig musste sie das Wasser wechseln.

Wischen – Wasser – wisch, wisch – Wasser – wisch, wi… – Wa…

Der Boden strotzte vor Fett und Klebrigkeit, der Schmutzwasserstrahl, der sich ins Waschbecken ergoss, ähnelte dem von billigem Automatenkakao. (Natürlich kein Vergleich zum Moccacino ihres Lieblingsautomaten.)

Irgendwann hatte sie aufgehört zu zählen, wie oft sie das Wasser schon gewechselt hatte. Zwei der Lappen konnte man nur noch entsorgen, das klebrige Fett wäre kaum noch rauszuwaschen. Natürlich gab es für beinahe alles Lösungen – auch für Fettprobleme –, aber oftmals rechtfertigte das nicht den Aufwand.

Kerstin hatte ihre Arbeit für heute erledigt. Hätte das Atelier verlassen und direkt nach Hause fahren können.

Stattdessen faltete sie die Hände hinter dem Rücken und ging von Skulptur zu Skulptur. Erst jetzt erkannte sie, dass winzige Papierschildchen in deren Nähe angebracht waren. ANNA, FRAUKE, CASSANDRA, MARTIN, KAI, HANS-GÜNTHER. Hatte der Künstler ein Faible dafür, all seine Skulpturen mit Namen zu versehen?

Kerstin wollte dem nächsten Gedanken am liebsten keinen weiteren Raum geben, wollte sich das nicht vorstellen. Wollte sich nicht vorstellen, dass diese Menschen – reale Personen –vielleicht tatsächlich Modell gestanden hatten. Mit diesen Körperteilen.

Nicht Kopf, nicht Arm, nicht Bein.

Nicht Hand, nicht Fuß.

Mit dem, was für gewöhnlich am verborgensten blieb. Ausschließlich mit dem.

Wie hatte er Menschen zu so etwas überreden können?

Wahrscheinlich war es ein Haufen Geld gewesen. Mit Geld überzeugte er schließlich auch Kerstin davon, alle zwei Wochen seine im Brief formulierten Befehle auszuführen, exakt nur das zu tun, was er verlangte. Egal, was sie davon hielt. Und dafür zahlte er ›ungeheuer gut‹, wie Erika es vor etwa zwei Monaten ausgedrückt hatte.

Kerstin legte den Kopf schräg. Mancherlei Formen waren wirklich bizarr. So sahen die Menschen dort tatsächlich aus? Und so? Und sie selbst?

Erst nach etwa einem Dutzend Skulpturen begriff sie, mit welchem Material hier gearbeitet worden war. Dass alle Skulpturen aus Schokolade bestanden.

Kerstins Fragenanzahl explodierte, sie hatte das Gefühl, dass die Fragezeichen regelrecht um ihren Kopf herumschwirrten. Dass andere sie tatsächlich sehen können würden. Die Fragezeichen und ihr Bauchgefühl. Das Bauchgefühl, dass kein Ekel war. Das trieb und rieb.

Sie wanderte weiter.

Von Skulptur zu Skulptur.

Erika.

Schwarz auf weiß stand da: Erika.

Jetzt war es doch Ekel. Ganz eindeutig.

Nie wieder. Nie wieder würde sie Schokolade essen können.

Donnerstagfrüh

BÜROETAGE

Kerstin hatte vor der Arbeit versucht, Katharina zu erreichen. Da sie ohnehin früh aufstehen musste, hatte es sich angeboten, es um diese Uhrzeit bei ihr zu probieren, möglicherweise war ihre Tochter auf der anderen Seite des großen Teiches noch wach, ging ran, hatte endlich Zeit für ein kurzes Gespräch. Nach dem fünften Mal gab Kerstin auf, quatschte ihr dann eine Sprachnachricht drauf. Wie so oft innerhalb der letzten Wochen. Katharina reagierte bloß mit Emojis – Herzchen, Daumen hoch, Daumen hoch, Herzchen. Kerstin wusste demnach zwar, dass sie noch lebte, bekam jedoch sonst nicht mehr viel von ihr mit.

So war der Lauf der Dinge. Natürlich. Katharina schuldete ihrer Mutter nichts. Kerstin war es immer wichtig gewesen, ihrer Tochter nicht die Last aufzubürden, dass sie ihr gegenüber in irgendeiner Weise verpflichtet wäre. Dass das Kind eine Bringschuld habe. Automatisch mit seiner Geburt mitbrächte. Wegen mir bist du auf der Welt, ich habe dich geboren, die Strapazen auf mich genommen – sei gefälligst dankbar. Aber wer war denn diejenige mit der Entscheidungsmacht? Kein Kind auf der Welt konnte sagen: Och nö, ich hab keinen Bock auf den Stress mit dem Leben. Macht euren Scheiß allein. Auch Kerstin hatte diese Wahl nicht gehabt. Und doch war ihre Mutter dieser Generationenverpflichtung nachgekommen. Permanent hatte sie Kerstin spüren lassen, dass sie dankbar sein musste, dass sie sich nicht beschweren durfte. Niemals.

Kerstin lehnte mit einem Moccacino an der Wand. Der Automat hatte kein Wort gesagt.

Jetzt wunderte sie sich schon darüber, dass Automaten nicht mit ihr redeten.

Der Automat redete nicht mehr mit ihr.

Ihre Großeschwesterstimme redete nicht mehr mit ihr.

Katharina redete nicht mehr mit ihr.

Und Elmo war verschwunden.

Nachdem Kerstin den Becher geleert hatte, wanderte sie mit ihrem Reinigungswagen zu den Toiletten. Stellte die Bürsten in die Schüsseln, während der Reiniger einwirkte.

»Holen Sie gefälligst die Bürsten aus den Klos! Wie soll ich denn da drauf gehen?«

Nun redete also doch jemand mit ihr. Aber auf diese Person hätte sie gut verzichten können.

»Warten Sie kurz, dann kümmere ich mich zuerst um die Toilette ganz links.«

»Warten Sie kurz, warten Sie kurz! Was meinen Sie denn bitte, wie lange ich warten kann? Jetzt machen Sie schon!« Die Stimme der Frau trieb in unangenehme Höhen. Vielleicht hatte sie ja eine Blasenentzündung?

Kerstin reinigte die Toilette im Schnelldurchlauf, hatte das Gefühl, die Frau würde ihr gleich in den Nacken beißen. Als Kerstin die Spülung gedrückt hatte und gerade zum Hinausgehen ansetzte, quetschte sich die Frau an ihr vorbei und verpasste ihr mit der Tür einen kräftigen Schubs.

Verriegelung.

Reißverschluss.

Keine Blasenentzündung. Womöglich etwas Falsches gegessen. Viel Falsches gegessen.

»Haben Sie ein Raumspray dabei?«, fragte die Frau, nachdem sie sich die Hände gewaschen hatte und nun Kerstins Reinigungswagen inspizierte.

»Nein, so was wirkt ohnehin nicht.«

»Selbstverständlich wirkt so etwas. Dann riecht es angenehmer.«

»Dann stinkt es intensiver.«

»Nach Rosen darf es riechen.«

»Aber nach Ihren Blümchen nicht?«

Die Frau plusterte die Backen auf. »Jetzt werden Sie mal nicht frech. Sie sind schließlich für diese Räumlichkeiten hier verantwortlich. Auf einer Damentoilette riecht es nicht nach ... nach ...«

»Kacke?«

»Wer hat Sie eigentlich eingestellt? Ich muss unbedingt mit dem Chef reden. So geht das nicht.«

Es war nicht das erste Mal, dass jemand mit Kerstin so redete. Als sie noch jünger und angestellt gewesen war, hatte sie nie den Mund aufgemacht, sich immer weggeduckt. Mit Knicks. Sich nach Möglichkeit schnellstens unsichtbar gemacht.

»Ich bin selbstständig. Und ich mache meine Arbeit gewissenhaft. Für das Übertünchen von Kackegeruch bin ich nicht zuständig.«

»Wissen Sie eigentlich, wie das ist, wenn die anderen merken, dass ich hier nicht nur uriniere?«

Kerstin war kurz davor, einfach loszuprusten und die Frau lauthals auszulachen, merkte aber, dass diese offenbar ein wirkliches Problem hatte. Also schüttelte Kerstin bloß den Kopf.

»Dann gibt es hier tagelang Gerede. Was meinen Sie denn, warum ich immer so früh hier bin? Meine Kolleginnen sind die Hölle. – Ach, warum erzähle ich Ihnen das eigentlich?«

Und sie rauschte ab.

Da Kerstins Durst mittlerweile kaum auszuhalten war – die Wasserflasche leer –, machte sie sich erneut auf zur Teeküche, bevor sie das Gebäude für heute endlich verlassen würde. Kurz bevor sie durch die Tür treten wollte, bremste sie ab, denn es waren mindestens zwei Personen in der Teeküche, die da miteinander sprachen.

»Hast du gesehen, was die heute wieder für Klamotten anhat? Sich mit Ende dreißig noch anzuziehen wie ein Teenie. Das ist doch nur peinlich.«

»Ein pinkes Croptop hätte ich nicht mal als Jugendliche getragen, und die schlägt damit auf der Arbeit auf. Zum Fremdschämen ist das.«

»Und dann ist die wieder in den Parfumtopf gefallen. Die stinkt nach dem Zeug auf fünf Kilometer. So was von ekelhaft.«

»Jammer du mal. Du musst wenigstens nicht mit der in einem Besprechungsraum hocken. Um zehn ist Jour fixe und mir ist jetzt schon kotzübel.«

»Am meisten tut mir Claudia leid, die den ganzen Tag mit der zusammen im Büro sitzen muss. Letztens hatte die wohl ordentlich Knobi in der Mittagspause gegessen. Das ganze Büro muss gleichzeitig nach dem Ekelparfum und Knoblauch gestunken haben.«

Die Mikrowelle wurde eingeschaltet.

»Was war das denn?«

Kerstin war die Wasserflasche runtergefallen. Aus dem Nichts. Wie man manchmal Dinge fallen ließ, ohne Fremdeinwirkung, ohne dass man sich selbst bewegt hätte, ohne dass man wusste, wie das überhaupt passieren konnte. Der Körper ruckelte kurz und zack – bums.

Die Flasche kullerte einen Meter über den Flur, Kerstin hechtete hinterher, schnappte.

Nun hatten sich die beiden Frauen mit Bechern in den Händen vor Kerstin aufgebaut und stachen zu. Diese Blicke schmerzten dermaßen, dass Kerstin nicht mehr gerade stehen konnte, dass sie taumelte. Sie fing sich an der Wand ab.

»Haben Sie etwa gelauscht?« Die Frau zischte.

Kerstin schüttelte den Kopf.

»Sie haben doch ganz sicher gelauscht«, sagte die andere und zischte zischender und stach noch härter zu.

Leere. Als hätten sie ins Fleisch gebissen wie Zecken und wären gerade dabei, Kerstins Blut auszusaugen, ihr jegliche Konzentration zu rauben, sie zu leeren.

»Jutta, wir müssen an die Arbeit. Spielt keine Rolle, was die Putze gehört hat, der glaubt doch eh niemand.«

Leere füllte sich mit einem Virus. Er durchdrang seine Wirtin bis in die Zehen- und die Fingerspitzen.

Nistete sich ein.

Donnerstagabend

VOGELBEERWEG

Der Hamsterbiss verheilte gut. Die Sorge, dass er sich entzünden würde, war glücklicherweise unbegründet gewesen. Allerdings meldete sich gelegentlich der stechende Schmerz zurück – die Zähne fuhren wieder und wieder ins Fleisch –, besonders am Abend, wenn Kerstin körperlich völlig erschöpft war. Heute hätte sie sich gewünscht, dass dieser Schmerz noch intensiver gewesen wäre. Intensiv genug, um den Schmerz vom Morgen zu übertünchen. Niemand hatte dieses Gefühl in einer solchen Intensität bisher bloß mit Blicken bei ihr verursachen können wie diese Frauen. Nicht einmal ihre Mutter – und die hatte bissige Blicke perfekt beherrscht. Zumindest Kerstin gegenüber. Selbst das kleinste Fünkchen Selbstzweifel hatte sie in ihrer Tochter zu einem Brand heranwachsen lassen. Wahrscheinlich konnte das jede Mutter. Ob Kerstin das jemals bei Katharina verursacht hatte, wusste sie nicht. Vielleicht sollte sie sich irgendwann einmal trauen, danach zu fragen. Auch wenn sie Angst vor dem Ergebnis hatte.

Auf ihre Sprachnachricht hatte Kerstin wieder ein Herzchen bekommen. Nichts weiter.

Kerstin legte das Handy zur Seite und machte sich bettfertig. Im Abendprogramm lief nichts, was ihr gefiel, sie zappte mehrmals durch alle Kanäle, dann ließ sie einfach den größtmöglichen Mist laufen, den sie finden konnte, um nicht viel denken zu müssen und sich so weit abzulenken, dass sie irgendwann einschlafen würde.

Gerade pries die Werbung eine brandneue Schokoladensorte an, als es an der Tür klingelte. Wann hatte diese Klingel zuletzt jemand betätigt? Das musste Wochen her gewesen sein, als Frau Prüsselsteiner sich morgens um sieben Uhr ein Glas Bockwürstchen borgen wollte. Für ihren Sohn, den Nesthocker.

Kerstin schlurfte zur Gegensprechanlage, konnte dort nur heraushören, dass es sich um eine jüngere Frau handelte. Die Anlage rauschte und zerhackte mittlerweile jeden Ton, den sie transportieren sollte.

Falls es ein Mensch war, auf den sie keine Lust hatte, würde sie die Wohnungstür direkt zuschlagen.

»Kerstin?«

Sie kannte diese Stimme. Um die Treppenhausecke reckte sich ein Kopf nach oben. Kerstin trat zwei Schritte zurück und schloss die Tür. Auf diesen Besuch hatte sie keine Lust. Auch nicht an der Tür.

Es klopfte. »Jetzt mach schon auf.«

Ob man es von außen sah, wenn man durch den Spion blickte? Eine einäugige Zyklopentür.

»Kerstin, hör doch mit dem Scheiß auf. Ich weiß, es ist spät, aber ich muss dir was Wichtiges erzählen. Per Nachricht oder Anruf wollte ich das echt nicht.«

Eigentlich wünschte Kerstin sich nur noch in die Federn, kaum eine Nachricht konnte so wichtig sein, dass sie dringender war als ihr Schlaf. Trotzdem öffnete sie einen Spalt.

»Dann erzähl.«

»Lässt du mich bitte rein? Ich will das nicht im Treppenhaus erzählen.«

»Ich hab schon geschlafen.« Eine klitzekleine Lüge, aber das war ihr Ramona gegenüber ziemlich egal.

»Sorry, aber jetzt bist du ja wach. Lass mich bitte kurz rein.«

»Ruhe da unten!« Jemand brüllte durchs Treppenhaus.

»Ja nice. Da hast du's«, sagte Ramona.

Zähneknirschend ließ Kerstin Ramona in den Wohnungsflur

und versperrte ihr direkt den Weg, damit sie nicht weiter in die Wohnung hineingehen konnte.

»Können wir uns nicht setzen? Kerstin, warum machst du so einen Aufstand?«

Nun verschränkte Kerstin die Arme, doch Ramona drückte sich im Hauch eines Augenblickes an ihr vorbei.

»Alter. Okay. Wow.«

Kurz hatte Kerstin versucht, Ramona am Arm zu packen und zurückzuziehen, doch sie griff ins Leere.

»Meinst du, dass du wirklich den richtigen Job hast?« Ramona drehte sich einmal um die eigene Achse. »Das ist beeindruckend, Kerstin. Krass!«

Normalerweise ließ Kerstin niemanden in ihre Wohnung, Treffen fanden bei anderen Menschen oder im Park oder vielleicht auch mal in einem Café statt, aber nicht bei ihr zu Hause. Das hier war ihr privater Raum. Ihr Rückzugsort. Der Platz, an dem sie entscheiden, an dem sie tun und lassen konnte, was sie wollte. Wo ihr niemand zu sagen hatte, was wann wie wo aufgeräumt werden, was wann wie wo gereinigt werden sollte.

»Was willst du, Ramona?«

»Meine Mutter würde sagen, dass hier ne Bombe eingeschlagen hat. Echt. – Kann ich mich irgendwo hinsetzen?«

Mit einer Handgeste zeigte Kerstin, wo Ramona ihren Hintern platzieren konnte. Sie sollte es sich keinesfalls zu bequem machen.

Kerstin blieb stehen.

»Okay, ich mach's kurz: Erika ist gestorben.«

Jetzt brauchte Kerstin doch einen Stuhl.

»Die war wohl echt krank und keiner hat's gemerkt. Dir hatte sie auch nix gesagt, oder?«

»Nein.« Kerstin reckte ihren Kopf nach Elmo, doch der war nirgends zu sehen. »Sie meinte, dass ihr der Rücken wehtäte und dass sie Ruhe bräuchte. – Woher weißt du das eigentlich?«

»War ein ganz dummer Zufall. Sie hatte vor zwei, drei Monaten mal davon gesprochen, mir vielleicht ein paar Aufträge zu verschaffen. Ich wollte es ja eigentlich mit der Babysitterei versuchen, vor allem weil ich da zum Teil mehr verdient habe, aber die Kids gehen mir tierisch auf die Nerven. Echt anstrengend. Da ich aber dringend Kohle brauchte und sie mir auf meine Nachrichten nicht geantwortet hat, hab ich bei Erika vorbeigeschaut. Vor der Haustür unterhielten sich zwei Nachbarinnen über sie. Hab einfach gefragt.«

»Und woher wussten die das alles?«

»Ach komm, viele Nachbarinnen sind doch so. Die wissen einfach alles. Haben Augen und Ohren überall. Und labern dann auch gerne drüber.«

»Hier ist das nicht so. Die meisten Leute in diesem Haus wissen wahrscheinlich nicht mal, dass ich existiere.« Geschweige denn, dass sie sich darum scheren würden, wenn Kerstin schwer krank werden oder das Zeitliche segnen würde. Wahrscheinlich würde ihre Leiche wochenlang vor sich hin verrotten und erst eine riesige Schar Fliegen und bestialischer Gestank würden die Leute in diesem Haus aufmerksam machen, dass es eine Seele weniger gab.

»Ich hab's heute einfach nicht mehr ausgehalten, musste mit jemandem darüber sprechen. Und da dachte ich halt an dich.«

»Ich hatte angenommen, sie sei wieder an der Ostsee. Da war sie nämlich, als wir das letzte Mal miteinander telefoniert hatten. Na ja, zumindest hatte sie das behauptet.«

»Doch, doch, sie war wohl dort. Ihr letzter Urlaub. – Ob sie gewusst hat, dass das ihr letzter Urlaub sein würde?« Ramona erinnerte an einen geschlagenen Hund.

Dass Erika so kurz angebunden gewesen war, hatte Kerstin unmöglich gefunden und aufgeregt. Kerstin hatte sich bei ihr beschwert, dass sie nicht mehr über die Verhältnisse im Büro erzählt und sie einfach ins kalte Wasser geworfen hatte. Hätte sie gewusst, dass dies die letzter Unterhaltung gewesen war …

»Ramona, ich muss gleich unbedingt mal telefonieren.«

»Wegen Erika?«

»Nein, nur ganz entfernt deshalb. Dafür bräuchte ich aber bitte gleich meine Ruhe.«

»Gehen wir zu Erikas Beerdigung?«

»Woher sollen wir denn wissen, wann und wo die ist? Weißt du was von den Nachbarinnen?«

»Nein, aber ich schau mal, ob ich was rausfinden kann.«

Ramona stand auf, ging durch den Flur. Kerstin folgte.

»Woher wusstest du eigentlich, wo ich wohne?«

»Ich hab ziemlich schlau bei Frau Fläck nachgefragt. Bitte dreh ihr keinen Strick draus, ich hab sie halt ausgetrickst. – Kerstin?« Ramona legte ihr eine Hand auf die Schulter. Es lag eine sanfte Milde in ihren Gesichtszügen, die Kerstin umgehend beruhigte.

»Soll ich dir in den nächsten Tagen mal beim Aufräumen helfen? Hier sieht es aus, als bräuchte es mehr als nur zwei Hände.«

Kerstin schluckte.

Zuckte mit den Schultern.

Nickte.

Freitagfrüh

TWINGO

Katharina war wieder nicht ans Handy gegangen, hatte auf Nachrichten wieder nur mit Emojis reagiert. Kerstin hatte ein solch drängendes Gefühl danach, mit ihr zu sprechen, ihre Stimme hören zu können, dass es sie fast zerriss. Doch sie war nicht dazu in der Lage, einfach in die USA zu fliegen und an ihrer Tür zu klingeln.

Aushalten und abwarten. Aushalten und abwarten.

Es machte sie schier verrückt.

Freitagmorgen

VON REIBERSTETT

»Frau Wischnewski, kommen Sie mal bitte?« Frau von Reiberstett flötete aus dem Eingangsbereich. Das Waschbecken reinigte Kerstin kurz zu Ende, streifte dann ihre Handschuhe ab.

Beinahe wäre sie über ihre eigenen Füße gestolpert, als sie sah, wer da offenbar mit ihr reden wollte.

Grobe Satzinhalte rauschten durch Kerstins Kopf. Sie hatten die Einbrecherinnen geschnappt. Wie sie ihnen auf die Fährte gekommen waren, wollten die Polizistinnen nicht weiter erläutern, aber es wäre zunächst schwierig gewesen, da Kerstin von zwei Männern berichtet hatte. Allerdings seien es eindeutig zwei Frauen gewesen und sie hätte sich wahrscheinlich von den verhältnismäßig tiefen Stimmen täuschen lassen. Es gebe halt sehr unterschiedliche Menschen mit sehr unterschiedlichen Stimmen, das solle sie sich vielleicht für die Zukunft merken. Sie könne diese Erkenntnis sicherlich noch einmal in ihrem Leben gebrauchen, wenn auch hoffentlich nicht für den nächsten Einbruch. Haha. Schönen Tag und gut putz!

Wie eingefroren stand Kerstin da, konnte sich nicht von der Stelle rühren. Es rauschte. Eigentlich hätte sie erleichtert sein, der berühmte Stein hätte ihr vom Herzen fallen müssen. Ein Problem war gelöst und doch löste sich. Nichts.

Wortlos und kurz und warm umarmte Frau von Reiberstett Kerstin. »Ich wusste, dass Sie es nicht gewesen sein konnten.« Dann klackerte sie davon.

Das Mosaikfenster neben der Haustür zeigte Schlieren. Die Schlieren mussten entfernt werden. Die Schlieren mussten weg. Die Schlieren mussten –

›*Ich bin hier!*‹

Die Schlieren –

›*Kerstin!*‹

Wo war sie nur gewesen? Wieso hatte sie sie alleingelassen? Zum zweiten Mal in ihrem Leben. Und weshalb kam sie genau jetzt wieder? Warum?

›*Kopfüber hattest du mich ins Loch geschubst. Mich unter Haut und eine nichtssagende Decke gesteckt. In dem Moment, als du mit der Polizei gesprochen hattest.*‹

Die Tränen waren nicht mehr aufzuhalten. Lautlos liefen sie links und rechts neben der Nase hinab. Hatte Kerstin etwa versucht, Katrin zu schützen? Widersinnig. Nicht einen Mucks gab Kerstin von sich. Schluchzen und Zittern presste sie tief in sich hinein, niemand sollte sie hier hören, niemand sollte sie hier so sehen.

Sie schluckte.

Sie atmete.

Sie klappte ihre kleine Schürze hoch und wischte sich mit der Innenseite das Gesicht ab.

Nach dem Bad musste sie sich unbedingt um die Schlieren kümmern.

Sonntagvormittag

VOGELBEERWEG

»Kann das weg?« Ramona wedelte mit einer kopflosen Barbiepuppe.

Nach und nach verschwanden Dinge um Dinge in Tüten und Tüten.

CD-Rohlinge, Groschenromane, zerbrochene Bilderrahmen, Weintraubenumverpackungen, Joghurtbecher, Plastikflaschen, ein zerbeulter Fahrradhelm, Vasen, Dosen, Fliesen, Kinderhosen, Kinderblusen, ein platter Fußball, zerknickte Pokémonkarten, ein Dreirad (passte in keine Tüte), Wachsmalstifte, Ausmalbücher, Schulhefte, ein Kindergartenrucksack, ein Marienkäferregenschirm.

Seit Kerstins Umzug in die kleinere Wohnung vor einigen Jahren hatte sie nur noch gestapelt. Immer weiter obendraufgestellt. Dann davor. Den Wohnzimmerschrank hatte sie schon ewig nicht mehr geöffnet. Es hatte gereicht, nur an die Kommode zu gelangen, um die Schokolade griffbereit zu haben und die Zuckertütchen zu sortieren.

»Kerstin, wie konntest du so leben, ey?« Ramona hatte das halbe Dutzend Tüten nun vollgemacht.

»Mich stört das nicht.«

»Wie kann dich als Reinigungskraft dieses Chaos nicht stören?«

»Ich trenne Privates und Beruf. Außerdem ist es hier nicht dreckig, sondern nur voll.«

»Na ja, da war schon ordentlich Staub überall. Und Spinnenweben. – Was passiert denn, wenn das hier jemand rausfindet? Dich bei deinen Kunden verpfeift?«

»Hast du das etwa vor?«

»Hä? Was denkst du bitte von mir? Hätte ich sonst angeboten, dir hier zu helfen?«

Kerstin zuckte mit den Schultern, hielt eine kleine geringelte Strumpfhose hoch. Fadenscheinig und porös.

»Von wem ist die?«

»Von meiner Tochter. Die ist im Moment in den USA.«

»Wie alt ist sie denn?«

»Ungefähr so alt wie du.«

»Was? Und dann hast du noch eine Babystrumpfhose von ihr? Behält man nicht eher Fotos, Kuscheltiere und erste Schuhe oder so was als Andenken?«

»Ich weiß es nicht. Ich weiß nicht, was man so macht. Außerdem hab ich keine Nerven mehr. Am besten gehst du jetzt.«

»Wie bitte? Warum?«

»Weil ich das hier alles nicht kann. Ich will nichts mehr wegschmeißen.«

»Aber wir sind so gut vorangekommen. Und der Stapel da –«

»Bleibt, wo er ist.« Kerstin legte die Strumpfhose aufs Sofa, fuhr mit den Zeigefingern über die beiden Nähte, die die Rückseite der Strumpfhose markierten, dachte an den kleinen Windelpo, der damit herumgekrabbelt war.

»Ich helf dir jetzt wenigstens noch ein bisschen beim Reinigen.«

»Ich mach das alleine.«

Ramona stemmte die Hände in die Hüften. »Irgendwie glaub ich dir das nicht.« Sie stapfte zum Kämmerchen, öffnete die Tür, es rumpelte. »Hast du hier drin deine Reinigungsmittel?«

»Nein, nur ein paar im Bad. – Warum machst du da einfach die Tür auf?«

»Hä? Und wo hast du dann das ganze Zeug fürs Arbeiten?«

»Im Auto.«

»Das ist bei den Temperaturschwankungen aber auch nicht so geil.«

»Bist du meine Mutter? Oder meine Chefin?«

Im Kämmerchen raschelte es. Ramona drehte sich aus dem Türrahmen heraus.

»Kerstin, wie kommt das denn hierhin?«

»Wie bitte?«

»Wie kommt das hierhin?«

»Hm?«

»Hör doch auf mit dem Shit, du weißt genau, was ich meine.« Mit dem Seifenspender kam sie weiter auf Kerstin zu. »Ganz zufällig hast du einen Seifenspender mit einem niedlichen Bild von Drillingen und einer Grundschülerin drauf, die aussehen wie die Fläck-Kinder? Erzähl mir jetzt nicht, dass du das in der Drogerie hast machen lassen.«

»Das muss in meine Tasche gefallen sein.«

»Haha, really? Und ist dann irgendwie in dein Kämmerchen geraten? Erzähl mir doch nix. Ich geh jetzt echt besser. Sonst finde ich noch etwas, worüber ich nicht mehr die Klappe halten kann. Komm mal klar, Kerstin.« Ramona warf den Seifenspender aufs Sofa, wurschtelte sich bis zum Flur durch, knallte die Tür hinter sich zu.

Die Drillinge grinsten, Teddy zog eine Schnute, Kerstin griff nach dem Plastik, pumpte Luft.

Natürlich hatte sie gelogen.

Natürlich hatte sie den Seifenspender bewusst mitgenommen.

Natürlich wusste sie, dass das nicht gut war. Nicht rechtens.

›*Komplette Scheiße, Kerstin, komplette Riesenscheiße! Du musst den wieder zurückbringen.*‹

Wenn sie den Seifenspender zurückbrächte, wäre aber das Kribbeln futsch, das sie mit diesem gestohlenen Gegenstand verband. Es hatte ihr einen Kick gegeben, mehr als es Schokolade oder Alkohol je gekonnt hatten. Ein Gefühl der Macht, der

Kontrolle, des Ausbruchs aus dem engen Rahmen, in den sie Tag für Tag gepresst wurde. Sich presste. In einen Rausch war sie geraten. Schon beim ersten Mal, als sie in der Teeküche der Büroetage zwei Zuckertütchen mitgenommen hatte. Bei den von Reiberstetts war es eine Zahnbürste gewesen, beim Künstler ein kleiner, fast borstenloser Pinsel, bei Frau Schmidtmeier ein gehäkelter Glasuntersetzer.

Dass ihre Großeschwesterstimme sich nicht gemeldet hatte, war ihr nur entgegengekommen. So hatte Kerstin sich dem Rausch ganz und gar hingeben können. Und sie würde es wieder tun.

›*Einen Teufel wirst du!*‹

Die Menschen vermissten diese Gegenstände womöglich gar nicht. Oder kamen schnell über deren Verlust hinweg und dachten nicht weiter darüber nach.

Und möglicherweise ärgerten sich die blöden Büroziegen blau darüber, dass die Speisekarte des Salatlieferservices verschwunden war.

Montagvormittag

FAMILIE FLÄCK

Während der Wassereimer volllief, stellte Kerstin den Seifenspender in den Waschbeckenunterschrank. Teddy war in der Schule, die Drillinge wirbelten um die arbeitende Mutter herum. Zumindest nahm Kerstin das an, da entsprechende Geräusche aus dem Nebenzimmer drangen. Immer wieder ermahnte Frau Fläck eines der Mädchen, immer wieder wechselte sie in Erwachsenensprech zurück und besprach offenbar einen millionenschweren Auftrag. Manchmal wünschte Kerstin sich, einen Tag mit ihr tauschen zu dürfen. Nicht, was die Kinder anbetraf, um Gottes willen, sondern mit der beruflichen Frau Fläck. Wichtige Dinge in Telefonkonferenzen besprechen, E-Mail um E-Mail schreiben, im Zehnfingersystem über die Laptoptasten fliegen, auf Englisch reden, Wörter sagen wie *Jour fixe* oder *eskalieren.* Aber sie wäre dann nicht Kerstin, die Reinigungskraft, sondern Kerstin, die Wirtschaftswissenschaftlerin, diejenige mit Erfahrung und diejenige, die mit ihrem Wissen beeindrucken konnte. Und vielleicht wäre sie sogar Kerstin Wischnewski CEO. Chefin. Hineinschnuppern in ein mögliches Leben, wenn sie ihr Abi gemacht und studiert hätte.

Nach einem Tag würde sie aber von der vielen Telefoniererei und Besserwisserei wieder zur Arbeit mit Hand und Fuß und Sauger und Wischer zurücktauschen wollen, denn allzu schlecht fand sie ihren Job meistens nicht, bereute ihren Weg nur selten. Die Leute gaben ihm bloß einen negativen Anstrich und behandelten Reinigungskräfte oft beschissen.

Vielleicht hatten die Menschen bloß ein kleines bisschen recht, wenn es ums Fensterputzen ging. Kerstin beherrschte das zwar hervorragend, aber sie hasste es. Es war mehr als bloß nervig. Es war die Pest.

Fünf der zweiundzwanzig Fenster des Fläck'schen Hauses waren nun sauber. Vom Terrassenfenster hatte Kerstin etwa siebenundachtzig kleine Händchen und mindestens fünfzehn Schnuten weggewischt. Und Reste von blauen Fenstermalstiften. Wahrscheinlich würde am Ende des Tages nichts mehr von ihrer Arbeit zu sehen sein. Frau Fläck sagte nie etwas gegen die Patscherei. Ob sie einfach keine Kraft dafür hatte oder ihr die längere Sauberkeit der Fenster tatsächlich nicht wichtig war, konnte Kerstin nur raten.

Jetzt waren die Fenster im ersten Obergeschoss an der Reihe. Im Zimmer der Drillinge räumte Kerstin die Fensterbänke frei. Nach der ersten Scheibe stellte sie fest, dass das Wasser nicht einmal mehr lauwarm war. Im Bad wechselte sie das Wischwasser, wusch rasch den Lappen durch und kehrte zurück in das Kinderzimmer, wo –

Wo eines der Mädchen auf der Fensterbank stand.

Offen. Das Fenster war offen.

Wie konnte das verdammte Fenster offen sein? Hatte Kerstin tatsächlich vergessen, es zu schließen?

›Völlig egal! Hol sofort das Kind da weg!‹

Das Mädchen stand mit dem Rücken zu Kerstin und hatte sie offenbar noch nicht bemerkt. Würde sie ein lautes Geräusch machen oder etwas zu energisch sagen, bestand die Gefahr, dass das Kind sofort hinauskippte.

Es kicherte. Es taumelte. Es hielt sich am Fensterrahmen fest.

Den Kloß im Hals konnte Kerstin nicht runterschlucken. Er vergrößerte sich mit jeder zusätzlichen Sekunde.

Innerhalb von drei großen Schritten wäre sie am Fenster, könnte den einen Arm fix vor das Mädchen schieben, den anderen dahinter. Wie ein Greifarm im Spielautomat. Nur seitlich.

Und dass Kerstin feste zugreifen musste. Und dass es hier um Verlust ging und nicht um Gewinn.

›*Jetzt hol doch das Kind herunter und steh nicht so stocksteif da!*‹

Kerstin machte einen großen, lautlosen Schritt. Noch einen.

Das Mädchen taumelte, ein Füßchen rutschte ab, das andere Füßchen ...

Springen, Arme ausbreiten, Fuß aufsetzen, abfedern, fangen, anderen Fuß aufsetzen.

Mit weit aufgerissenen Augen starrte das Mädchen Kerstin an. Die Befürchtung, es würde in lautes Weinen ausbrechen, erfüllte sich nicht, stattdessen kicherte und giggelte es plötzlich aus vollem Hals.

Nach Kichern war Kerstin nicht zumute, ganz im Gegenteil wurde sie sauer und wütend. Am liebsten hätte sie das Mädchen geschüttelt, es angebrüllt, was zum Teufel ihm eingefallen war, ihr einen solchen Schrecken einzujagen.

Ihre Muskeln krampften, sie setzte das Kind ab. Schloss schnell das Fenster.

Weiterhin giggelnd stürzte das Mädchen auf den Wassereimer zu. Noch bevor es eine Hand hineinstecken konnte, packte Kerstin das Kind am Hosenbund und zog es zurück. Jetzt fing es doch an zu weinen.

»Maja, das gibt's doch nicht. Nicht ein einziges Mal kann man dich aus den Augen lassen.« Frau Fläck nahm die Kleine auf den Arm. »Es tut mir so leid, Frau Wischnewski, Kinderbetreuung sollte wirklich nicht Ihre Aufgabe sein. Die Babysitterin hat uns leider hängen lassen. Es ist wie verhext.«

»Vielleicht sollten Sie eine Pause in Ihrem Job machen?«

»Die mache ich ja gerade. In fünfzehn Minuten habe ich allerdings die nächste Telko.«

»Ich meine keine Mittagspause. Eine Pause, bis die Mädchen alle einen Kindergartenplatz haben.«

»Meinen Sie das im Ernst?«

»Wäre wahrscheinlich für alle besser.«

›*Kerstin! Misch dich nicht ein!*‹

»Frau Wischnewski, Sie überschreiten gerade eine Grenze. Bitte erledigen Sie einfach die Arbeit, für die ich Sie bezahle.«

»Ich werde nicht für Kinderbetreuung bezahlt.«

»Richtig. Und darum müssen Sie sich auch nicht kümmern. Das hatte ich bereits gesagt.«

›*Wenn du ihr jetzt erzählst, dass die Kleine fast aus dem Fenster gefallen wäre, bist du den Job los. Wegen dir war das Fenster sperrangelweit offen.*‹

Im Nebenzimmer zeterten die anderen beiden Mädchen.

Nachdem Kerstin im Elternschlafzimmer das letzte Fenster geputzt hatte, entdeckte sie auf einem Nachtschränkchen eine Packung Ohrenstöpsel. Zwar wirkte die Verpackung ungeöffnet, aber im Grunde war es Kerstin völlig egal. Kurz blickte sie sich um, ob jemand zwischenzeitlich gekommen war, dann versanken die Stöpsel in ihrer Hosentasche.

›*Wow, damit nimmst du Frau Fläck auch noch den Schlaf.*‹

Wer sagte denn, dass die Dinger von der Frau waren? Die musste doch wahrscheinlich ohnehin über den Schlaf der Mädchen wachen und ständig paratstehen. Vielleicht waren die Ohrstöpsel nur Zeichen einer verzweifelten Hoffnung. Oder der Mann trug sie, um die Kinder nachts nicht zu hören.

Teddy lief gerade auf die Haustür zu, als Kerstin öffnete. Kurz zog es im Magen wegen des Hosentascheninhalts. »Hallo« und »hallo«, dann ging Kerstin zum Auto.

Aus dem Ziehen wurde wohliges Kribbeln.

Montagnachmittag

FRAU SCHMIDTMEIER

Die Stöpsel hatte Kerstin ins Kämmerchen gelegt. Dorthin, wo der Seifenspender gelegen hatte. Selbst wenn Ramona noch einmal wiederkäme – was aber gewiss nicht der Fall war, nie wieder würde Kerstin das zulassen –, wäre an den Ohrenstöpseln nicht zu erkennen, woher sie stammten. Möglich, dass es einfach Kerstins eigene waren. Möglich, dass sie sich das so lange einreden würde, bis sie es selbst für möglich hielt.

Die Käsestulle war trocken, kaute sich schwer, wurde mehr und mehr im Mund. Kerstin stopfte sich den Rest hinein und bog ab in die Schmidtmeier'sche Straße.

Frau Schmidtmeier hatte gemalt. Einen Vogel, eine Taube. Erstaunlich gut gelungen. Was Kerstin mit diesem Gemälde anfangen sollte, war unklar. Durfte sie das Bild entfernen? Durfte sie das Bild dort lassen?

»Frau Schmidtmeier, mit welcher Farbe haben Sie das Bild gemalt?«

»Klopsensoße.«

»Sie haben mit der Soße von Königsberger Klopsen eine Taube an die Küchenwand gemalt?«

»Die Soße schmeckte widerwärtig. Aber zum Malen eignete sie sich hervorragend.«

»Warum haben Sie dafür die Wand genommen?«

»Ich hatte keine andere Leinwand.«

»Und was machen wir jetzt damit?«

Frau Schmidtmeier zuckte mit den Schultern.

»Ich befürchte, dass das schimmeln könnte.«

»Nix schimmelt. Die Taube bleibt an der Wand.«

Die Taube war ihr wirklich gelungen. Im Halbprofil schaute sie einen an, wirkte wie ein edles Wappentier.

Vielleicht hätte Kerstin fragen sollen, mit welchem Werkzeug Frau Schmidtmeier gemalt hatte. Pinsel waren hier keine zu entdecken.

Manche Fragen sollten einfach unbeantwortet bleiben. Man sollte sie nehmen, wie sie waren. Offen für Spekulationen, für Wahrscheinliches, für Fantastisches.

Montagspätnachmittag

TWINGO

Die Küsschen schauten sie an – sie schaute die Küsschen an. Kerstin hatte sie nicht im Schrank liegen lassen können, kurz vorm Verlassen der Wohnung schnell zu- und eingepackt.

Die noch recht junge Schokoladenabneigung erstreckte sich nicht auf weiße Pralinchen mit Haselnüssen und Creme. Am liebsten hätte Kerstin alle an Ort und Stelle verdrückt. Die erste ganz fix, die anderen langsamer und langsamer. Doch die Vernunft siegte, ganz ohne Großeschwesterstimme. Denn am nächsten Tag hatte Kerstin ihren Termin bei der Zahnärztin. Das Risiko, sich wieder zu verletzen, die Lücke zu beschädigen und das Vorbereiten der Brücke zu verzögern, war ihr zu hoch. Kerstin sehnte sich nach einem kompletten Gebiss, nach Kauen auf beiden Seiten. Nach einem Leben ohne Loch. Einem entspannten Kiefer.

Die Küsschen wanderten ins Handschuhfach.

Dienstagspätnachmittag

ZAHNÄRZTINNENPRAXIS

Ratenzahlung. Kerstin war sich sicher, war entschlossen: Damit würde es funktionieren, sie wollte und konnte und würde sich die zahnfarbene Brücke leisten.

Das Abdrückenehmen fühlte sich widerwärtig an. Dieser Druck, dieses drängende Zuviel im Mund, wogegen der Schluckreflex kehlig anarbeitete, um Würgen und Weiteres zu vermeiden. Die Wartezeit wirkte wie eine Ewigkeit, die weiße Wand brauchte dringend ein Gemälde mit vielen Motiven, ein Wimmelbild. Dann griff die ZFA zu und zog. Raus. Kerstins Hintern ließ wieder locker.

Draußen schüttelte Kerstin sich wie ein Hund, der frisch aus dem See gekommen war.

Ihr Handy zeigte drei verpasste Anrufe von Katharina. Sofort wischte und wählte Kerstin. Doch ihre Versuche blieben Versuche.

Donnerstagfrüh

BÜROETAGE

Sie käme erst einmal nicht mehr zurück, hatte Katharina eben gesagt. Sie käme nicht zurück. Sie käme nicht. Blieb in den USA. Käme nicht mal zu Weihnachten. Dieses Jahr. Sie kam nicht.

Kerstin hatte so oft und mit einem solch starken Druck an derselben Stelle gewischt, dass der graue Schreibtisch eine helle Stelle zeigte.

Hätte sie sie doch bloß nicht erreicht, hätte sie doch nicht mit ihr gesprochen. Dann wäre dies nicht Wirklichkeit, dann gäbe es diese Nachricht nicht. Dann wäre sie nicht existent. Dann würde diese Idee weiterhin in den USA umhertreiben und Kerstin bliebe die Hoffnung, dass Katharina bald zurück nach Deutschland käme. Mit ihrer Mutter einen Kaffee trinken würde.

›Nichts ist sie dir schuldig.‹

Auch der nächste Schreibtisch verlor Farbe. Kerstin würde Ärger bekommen.

Katharina habe jemanden kennengelernt, es sei aber noch zu frisch, um drüber zu sprechen. Und sie habe sich mittlerweile dort eingelebt, die Mentalität gefiele ihr.

Pah, was gab es dort schon für eine Mentalität außer einem aufgesetzten Lächeln, während jemand hinterrücks die Pistole zückte und abdrückte? Vom Tellerwäscher zum Millionär? Wo massig Menschen obdachlos waren, wo es keine Absicherung gab, wo nicht jeder eine Krankenversicherung bekam?

Wieder hingen Post-its mit Beschwerden über Kerstins Arbeit

am Schreibtisch. Heute würde sie reagieren. Heute würde sie antworten.

Sie überlegte.

Sie bemalte. Alle Post-its, die am Schreibtisch klebten, alle Post-its, die sie im Raum fand. Ihr Zeichentalent war zwar mager, dennoch würde dieser Mensch ihre Zeichen verstehen.

Kerstin trat ein paar Schritte zurück und überblickte ihr Werk. Grün, gelb, pink, blau. Ausgestreckte Mittelfinger in allerlei Farben. Zugegeben, manche sahen eher nach Penissen aus, aber sollte der Mensch doch darin sehen, was er wollte. Allein die Macht der circa dreihundert Zettel würde ihm die richtige Antwort geben. Geputzt hatte Kerstin darunter nicht.

Als sie das Büro verlassen wollte, kehrte sie doch noch einmal zum Schreibtisch zurück, zerbrach mehrere Bleistifte und steckte sämtliche Kugelschreiber und Fineliner ein. Sollte dieser Mensch einen zauberhaften Arbeitstag erleben.

Kerstins Hosentasche war prall gefüllt, die Kugelschreiber drückten ins Bein.

›Bring wenigstens die Stifte zurück. Den Leuten hier wird klar sein, dass du das warst.‹

Und darum ging es doch irgendwie auch. Dass Kerstin Zeichen setzte, dass sie ihre Unsichtbarkeit aufgab. Vielleicht war *aufgeben* auch das falsche Wort, denn freiwillig unsichtbar war sie nicht, bloß aus Gewohnheit. Weil das zum Job der Reinigungskraft dazugehörte, weil das verlangt wurde. Vielleicht war *aufgeben* aber auch genau das richtige Wort, denn man gab ja auch ein Paket auf, um es zu verschicken, und trennte sich dabei von einem Besitz, den man niemals haben wollte. Vielleicht war es so etwas wie Schrottwichteln. Sollte sich doch jemand anderes um den Scheiß kümmern.

Einer der Büroräume war schon wieder umgebaut worden. Links und rechts befanden sich nun zwei Glaskästen, die wie gigantische Telefonzellen wirkten. Kerstin beschloss, dass diese Kästen nicht zu ihrer Arbeit gehörten, denn gerade die

Glasscheiben bedeuteten zusätzlichen Zeitaufwand und zusätzlichen Fensterputzhass.

Trotzdem öffnete sie die Tür und trat ein. Nachdem sie die Tür geschlossen hatte, begannen Vögel zu zwitschern und Grillen zu zirpen. Ein kleiner Touchscreen leuchtete auf. Offenbar konnte man darüber die Geräusche einstellen. Meeresrauschen, Regen im Laubwald, Windspiel, Klangschalen, Katzenschnurren, Bahnhof.

Tatsächlich ertönten eine Trillerpfeife und das Anstampfen einer Dampflok beim Anwählen des letzten Vorschlags. Wozu waren diese Kästen gedacht? Zur Entspannung in Pausen? Zum gemeinsamen Besprechen? Zum einsamen Arbeiten? Das Katzenschnurren nervte Kerstin bereits nach zwei Sekunden. Meeresrauschen, das war angenehm. Das hatte sie schon lange nicht mehr gehört. Einmal war sie mit Katharina für drei Wochen auf Mutter-Kind-Kur an der Nordsee gewesen. Eine Zeit, die sie besonders deshalb als wertvoll in Erinnerung behielt, weil sie dort eine andere Mutter kennengelernt hatte, die sich in einer ähnlichen Situation befand wie Kerstin. Alleinerziehend, weitestgehend ohne familiäre Unterstützung, sich finanziell ständig irgendwie über Wasser haltend. Hätten sie nicht über vierhundert Kilometer voneinander entfernt gelebt, hätte sich vielleicht eine Freundschaft entwickeln können. Doch der Kontakt verlor sich nach der Kur schnell. Der Alltag zehrte die Kräfte auf, telefonieren funktionierte nur gelegentlich, lange Nachrichten schreiben wollte weder sie noch Kerstin. Es beschränkte sich auf eine *Frohe-Weihnachten*-Nachricht oder alle paar Jahre ein Gruß zum Geburtstag. Ob sie sich heute noch verstehen würden, war fraglich. Wahrscheinlich hätten sie sich gar nichts mehr zu sagen. Die Welt hatte sich weitergedreht.

Es war ohnehin wie ein Fluch, der Kerstin belegte. Freundschaften kamen nicht zustande oder hielten nicht. Niemand blieb über längere Zeit an ihrer Seite und sie konnte sich kaum erklären, woran das lag. Entweder meldete sie sich zu oft oder zu wenig, sie war zu redselig oder zu schweigsam, sie redete zu viel über sich oder sie redete zu viel über das Gegenüber. Oder es versuchten sich Frauen mit ihr anzufreunden, die sie kaum ertragen konnte, vor denen sie die Flucht ergriff. Das Ergebnis war immer dasselbe: Sie blieb freundschaftslos.

Die Klangschalen machten ihr klar, dass sie den Kasten dringend verlassen musste – ihre Wut kam durch diese vermeintlich beruhigenden Klänge umso intensiver zurück. Umschalten auf Meeresrauschen half da auch nicht. Am liebsten wäre sie direkt gegangen, hätte alle Brocken hingeschmissen, sich zu Hause noch mal hingelegt. Das frühe Aufstehen machte sie rammdösig.

Mit einem Moccacino hätte sie sich wach- und einen Funken Motivation aufrechterhalten können, doch mit ein paar Zwei- und Fünf-Cent-Stücken ließ sich kein Heißgetränk ziehen.

Trotz allem stapfte Kerstin zum Automaten. Der auch heute wortlos war. Mittlerweile zweifelte sie daran, ob er jemals etwas gesagt hatte, ob es nicht eine Art Halluzination gewesen war. Wie eine Durstige in der Sahara, die eine Fatamorgana sah.

Obwohl sie wusste, dass in ihren Hosentaschen keine größeren Münzen zu finden waren, drückte sie ihre Hände an den Stiften entlang und kramte erneut.

Dann bückte sie sich und schob die Hand unter den Automaten, um dort ihr Glück zu versuchen. Alles was sie herausbeförderte, waren Staub und Dreck. Sie fummelte im Münzausgabefach herum. Leer.

Möglicherweise ließ der Automat sich mit den Centstücken austricksen. Sie bugsierte zwei Cent in den Münzschlitz, die leise klimpernd wieder herauskullerten.

Fünf Cent. Kullern.

Kerstin schlug mit der flachen Hand gegen die Automatenseite. Irgendwas klackerte, aber nichts kullerte. Kerstin schlug kräftiger. Klackern. Kräftiger. Kullern. Klackern. Kullern, kullern, kullern.

Eine halbe Hand voll Ein- und Zwei-Euro-Münzen sammelte

sie vom Boden auf, stopfte sie in die Hosentasche, warf einen Euro in den Schlitz.

Und zog sich einen Moccacino.

Mit vollen Taschen und heißen Wangen lehnte Kerstin an der Wand, die mittlerweile schon zu ihrem Stammplatz geworden war.

›*Steck das Geld zurück! Schämst du dich denn gar nicht? Erst die Stifte, dann die Münzen. Du bekommst einen Heidenärger.*‹

Kerstin schloss die Augen, versuchte die Stimme zurückzudrängen, sie irgendwo zu verbuddeln.

›*Du brauchst mich, Kerstin. Lass mich dir helfen.*‹

Kerstin presste die Lider feste zusammen. Zerdrückte den leeren Plastikbecher.

›*Du wirst es bereuen, wenn ich weg bin.*‹

»Als ob du jemals wirklich da gewesen wärst. Tot! Du bist tot! Mein ganzes Leben lang. Was hab ich mir bloß dabei gedacht, eine Illusion von dir könnte irgendwie helfen?«

Links und rechts schlug Kerstin sich an die Schläfen. »Hau endlich ab! Du bist nicht real! Du bist tot, Katrin. T-O-T!«

Mit offenem Mund wurde Kerstin angeglotzt. Ein erstarrtes Kaninchen, das unfähig war zu flüchten. »Sie sind besessen! In Ihnen steckt der Teufel.« Tatsächlich guckte die Frau aus der Wäsche, als hätte sich ihr das Böse schlechthin offenbart.

›*Kerstin, du –*‹

»Verpiss dich endlich!«

Die Frau stolperte rückwärts.

»Ach, Sie meine ich doch gar nicht.« Kerstin ging einen Schritt auf die Frau zu.

Zwei gekreuzte Zeigefinger. Weit aufgerissene Augen. Rückwärtsgang. »Bleiben Sie mir fern! Ich wusste doch, dass mit Ihnen etwas nicht stimmt.«

Nichts anderes als ein schlechter Film musste das gerade sein. Diese Situation war so ungeheuer skurril, dass Kerstin laut lachen musste. Sie legte die Zeigefinger an die Stirn und fletschte die Zähne. Mehr Teufelskostüm bekam sie auf die Schnelle nicht hin.

Die Frau quiekte, drehte sich um und sprintete davon.

In Kerstin toste ein Sturm. Gedanken und Gefühle rissen aus, hoben ab, Astwerk brach, Wurzeln traten hervor. Der gesamte Körper rumorte. Ärger, Wut, Traurigkeit, Trauer? Trauer um einen in ihrem Leben nie leiblich dagewesenen Menschen, einen Menschen, dessen Seele und Charakter, dessen zartes Dasein sie sich ausgedacht hatte.

Doch die Wirklichkeit sah anders aus. Kerstin musste allein zurechtkommen – ohne große Schwester, ohne Tochter, ohne Eltern, ohne Familie. Ohne.

Wo war ihr *Mit?* Gerade war ihr einziges Mit: mit Wut. Und die wurde und wurde sie einfach nicht los, sie klebte an ihr. Wie Kletten. Wie die kleinen Bällchen, die man sofort an der Kleidung hat. Erst schüttelt man, dann klopft man sie herunter, dann pult man die Hartnäckigen einzeln ab – und schließlich befinden sich immer noch Häkchen in irgendwelchen Ritzen, an Stellen, die man selbst nicht leicht sieht. Und dann kratzen sie, sie nerven und scheinen niemals gänzlich verschwinden zu wollen.

Am liebsten hätte Kerstin die gesamte Büroetage mit Kletten übersät. Dann wären sie hier nicht mehr ständig mit Lästern beschäftigt.

Sie ging in die Teeküche, durchforstete die Schränke. Ein paar Butterkekse, Jaffa-Cakes, Kokos-Zwieback. Vielleicht würde sich ihre Wut legen, wenn der Magen nicht mehr knurrte.

Die Kekse entzogen ihrem Mundraum im Nu jegliche Feuchtigkeit, auch die latschige Orangenfüllung der Jaffa-Cakes konnte das nicht ausgleichen.

Kerstin steckte ihr Gesicht unter den Wasserhahn und füllte ihren Mund. Das Wasser schmeckte metallisch, aber nicht so schlimm wie im Versicherungsbüro.

»Was machen Sie denn hier?«

Kerstin verfehlte ihren Mund und leitete den Wasserstrahl mit ihrer Wange um. Nur im Augenwinkel erkannte sie, dass sie die Frauen knapp verfehlt hatte.

»Ich trinke.«

»Sie sollen gefälligst arbeiten und sich nicht unter unseren Wasserhahn hängen.«

Es waren die Lästermäuler.

»Gehen Sie mir nicht auf die Nerven!«

»Wie bitte?«

»Gehen Sie doch selbst an Ihre Arbeit und hören auf, andere Menschen zu belästigen.«

»So was lassen wir uns von Ihnen nicht bieten! Von der Putzfrau!«

»Oh doch! Sie schlucken das jetzt einfach. Ich werde mich gleich noch um Ihre Toilettchen kümmern und dann verschwinden. Übrigens schmecken die Kekse alle scheiße.«

Eigentlich hätte Kerstin weitere Gegenwehr erwartet, aber die beiden Frauen zogen ohne einen Mucks davon.

Die Wut prickelte in Kerstins Körper. Schien zu stärken und zu beflügeln.

Während ihrer letzten Arbeitsschritte war ihr niemand mehr über den Weg gelaufen. Gestreckt fuhr sie mit dem Fahrstuhl nach unten, spürte den Druck der Stifte und der Münzen.

Donnerstagnachmittag

FRAU SCHMIDTMEIER

Frau Schmidtmeier saß auf dem Wohnzimmerteppich und blätterte in einem Ufo-Bildband. Es war ein Mysterium, wie gelenkig und agil die alte Frau an manchen Tagen war.

»Frau Wischnewski, helfen Sie mir mal bitte.«

»Wobei denn?«

»Ich bin mir sicher, dass ich sie hier drin gesehen habe. Aber ich finde das Bild einfach nicht mehr wieder.«

»Wen meinen Sie denn mit ›sie‹? Mich?«

»Nein, ich meine die Pflegerin.« Sie sprach sehr leise.

»In dem Buch?«

»Nicht so laut, Frau Wischnewski. Wir sind etwas Größerem auf der Spur. Aber das muss noch unser Geheimnis bleiben.« Den Zeigefinger legte sie vor den Mund, machte »pssst« und blätterte weiter. Seite um Seite schlug sie um, dann hielt sie erst sich selbst und dann Kerstin ein Bild unter die Nase. »Schauen Sie mal hier«, flüsterte Frau Schmidtmeier und deutete auf einen Außerirdischen. »Ich wusste es. Das ist sie.«

»Dann brauchen Sie meine Hilfe ja nicht mehr. Ich muss mit dem Reinigen anfangen.«

»Nein, hier ist nichts dreckig. Trinken Sie mit mir heute einfach mal wieder einen Tee.«

»Wenn Ihre Tochter herausfinden würde, dass ich nicht arbeite und stattdessen mit Ihnen Tee trinke, wird sie sicherlich nicht die Rechnung zahlen. Und das Geld brauche ich.«

»Aber Sie haben doch schon öfter Tee mit mir getrunken.«

»Nachdem ich mit meiner Arbeit fertig war, ja.«

»Dann tun wir so als ob.«

»Ach Frau Schmidtmeier, wie gerne ich das tun würde. Das geht aber wirklich nicht.«

Noch einmal tippte Frau Schmidtmeier auf das Alienbild und schlug dann das Buch zu. »Es ist irrsinnig, zu putzen, wenn doch gar nichts dreckig ist. Aber natürlich wollen wir meine Tochter nicht verärgern.«

Tatsächlich war ihr Job zeitweise skurril. Sie sollte Oberflächen reinigen, auf denen kein Staubkorn zu sehen war, und sie selbst sollte dabei möglichst unsichtbar sein. Viele Menschen wollten gar nicht wissen, dass es Schmutz überhaupt gab. Sauberkeit zeigte sich ja eigentlich nur durch die Abwesenheit von Schmutz. Im Grunde war das Putzen oft nur unnötige Kosmetik. Manche Menschen desinfizierten außerdem noch alle Klobrillen und Wasserhähne und Lichtschalter und gefährdeten dadurch im ärgsten Fall ihre Gesundheit. Meinten, dass sie alles unter Kontrolle hätten, wenn sie möglichst viele scharfe, teure Reinigungs- und Desinfektionsmittel verwendeten. Was man regulär alles im Supermarkt bekam, war völlig übertrieben. Wenn es dann auch noch einen Sprühkopf hatte, fühlten sich die Menschen mächtig. Als hätten sie Waffen. Dreck war irgendwie auch immer so etwas wie Schuld, die belastete, die beschämte, und das Beschäftigen einer Reinigungskraft wirkte wohl befreiend. Man kaufte sich von Sünden frei. Schmutz hatte kein Zuhause, für Schmutz gab es keinen Ort. Man trieb ihn bloß weiter.

Dass es in Frau Schmidtmeiers Wohnung nichts zu putzen gab, stimmte allerdings nicht. Irgendwas hatte es permanent nötig. Was Kerstin ein bisschen gefiel. Denn zu putzen, wo man auch einen Unterschied sah, schaffte Zufriedenheit. Putzte sie dort, wo man eigentlich nichts davon erkennen konnte, ermutigte Kerstin sich mit dem Gedanken, dass sie den Raum pflegte, dass sie den guten Zustand konservierte.

Wohn- und Schlafzimmer waren schnell erledigt, Küche und Bad benötigten mehr Aufmerksamkeit, auch wenn sich heute alles im Rahmen hielt.

Gerade hatte Kerstin die Zahnpastareste aus dem Waschbecken entfernt, da hörte sie, wie die Wohnungstür aufgeschlossen wurde. Sie schaute um die Ecke. Und wunderte sich. Denn die Frau, die da im Flur ihre Jacke abstreifte, sah dem Foto in Frau Schmidtmeiers Buch erschreckend ähnlich.

»Guten Tag, Hungerige. Vom Pflegedienst.«

»Wischnewski.«

Nicken.

Nicken.

Kerstin konnte sie bloß anstarren, suchte weitere Anzeichen für das Aliendasein. Und hielt sich für bekloppt. Das sah Frau Schmidtmeier ähnlich, sie wieder in einen Streich mit hineinzuziehen. Zu neugierig war sie nun und konnte nicht stur weiterputzen. Zumindest einen flüchtigen Blick musste sie ins Wohnzimmer werfen, um mitzubekommen, wie Frau Schmidtmeier auf die Pflegekraft reagierte.

Tatsächlich passierte nichts. Frau Schmidtmeier sprach ganz normal mit ihr, zumindest machte es den Eindruck, da Kerstin nicht jedes einzelne Wort verstand. Dann lachte die Hungerige laut auf. Offenbar amüsierten sie sich.

Kerstin widmete sich wieder ihrer Arbeit.

Es klopfte am Türrahmen.

»Ich bin wieder weg. Frau Schmidtmeier ist wirklich eine sehr lustige Dame. Hat mich gefragt, ob ich sie in meinem Ufo mitnehmen könne.« Sie lachte herzhaft und schwang sich ihre Jacke über.

»Und?«

»Wie bitte?«

»Was haben Sie ihr geantwortet?«

»Dass ich leider nur ein langweiliges Auto besitze.«

Achselzucken.

Achselzucken.

Die Tür fiel ins Schloss.

Als Kerstin ins Wohnzimmer ging, stand Frau Schmidtmeier am Fenster. »Das Auto verwandelt sich gleich in ein Ufo. Ich weiß es ganz genau.«

Gerne hätte Kerstin einfach darüber gelacht.

Dienstagmorgen

VON REIBERSTETT

Richard III. hatte Durchfall …

Mittwochvormittag

FAMILIE FLÄCK

Draußen vor dem Terrassenfenster stand ein geflecktes Schwein und leckte an der Scheibe.

Kerstin war froh, dass sie heute nicht die Fenster putzen musste, trotzdem stand sie dieser Schweinerei weder mit Begeisterung noch mit Bewunderung gegenüber. Tatsächlich fand sie mittlerweile, dass diese Familie nicht mehr alle Tassen im Schrank hatte. Sie füllte und füllte dieses Haus mit Leben, das keine Aufmerksamkeit bekommen konnte und eigentlich nur noch mehr Schmierigkeiten verursachte. Vier Kinder, drei Meerschweinchen, ein Hamster, Schnecken (falls die noch lebten) und jetzt ein Schwein. Zugegeben, es war ein recht kleines Schwein. Kerstin hätte es als Minihängebauchschwein benannt, aber vermutlich gab es eine genauere Rassenbezeichnung.

»Ach, Sie haben Erdnuss entdeckt.«

»Lebt das Schwein in Ihrem Garten?«

»Vorübergehend. Eigentlich gehört Erdnuss der Sportlehrerin von Thea. Die ist allerdings erkrankt und kann sich nicht mehr kümmern. Solange kein neues Zuhause gefunden wurde, lebt das Schweinchen bei uns im Garten. Der Rasen war ohnehin schon ein Trümmerfeld.«

»Das Schwein schmiert ganz schön rum.«

»Ein Schmierer mehr oder weniger, macht auch keinen Unterschied. – Ich muss fix wieder nach oben, die Mädchen sind beunruhigend still.«

Kerstin wunderte sich ohnehin, dass Frau Fläck ihre Kleinkinder unbeaufsichtigt im ersten Stock ließ. Auch wenn sie jetzt nur zwei, drei Minuten unten gewesen war, diese Kinderköpfe steckten voller risikoreicher Flausen.

Es klingelte an der Haustür.

»Frau Wischnewski, wären Sie so gut und würden schauen, wer vor der Tür steht?«, rief Frau Fläck.

Kerstin schlurfte zur Haustür und öffnete.

»Hatte ich es mir doch richtig gemerkt, dass du heute hier arbeitest.«

»Wer ist es denn?«

»Es ist –« Ramona legte ihr einen Finger auf den Mund, Kerstin schreckte zurück. »Bloß eine Staubsaugerverkäuferin.«

»Danke, wir brauchen nichts.«

»Warum soll Frau Fläck nicht wissen, dass du hier bist?« Kerstin sprach so leise, dass sie fast flüsterte.

»Ich wollte halt nur kurz zu dir.«

»Und warum rufst du mich nicht an oder schreibst mir eine Nachricht?«

»Weil ich dachte, dass du eh nicht rangehst oder mich vielleicht blockiert hast. War ja alles nicht so easy, als ich bei dir war.«

»Ich muss weiterarbeiten, sag, was du willst.«

»Erika wird nächste Woche Dienstag auf dem Zinnsheimer Friedhof beerdigt.«

»Dann findet sie endlich ihre Ruhe.«

»Sollen wir zusammen hingehen?«

Sollte sie zu Erikas Beerdigung gehen?

Sollte sie das jetzt entscheiden?

»Keine Ahnung. Ich glaub eher nicht.«

»Ich dachte, du hättest ihr einiges zu verdanken? Müsstest du ihr dann nicht diese letzte Ehre erweisen?«

»Letzte Ehre … Sie bekommt davon doch eh nichts mehr mit.«

»Vielleicht sieht sie vom Himmel aus zu. Hast du mal darüber nachgedacht?«

»Ramona?«

»Ja?«

»Komm mal her.« Kerstin berührte Ramonas Ohr fast, so nahe war sie mit ihrem Mund herangerückt. »Wenn sie alles sieht, dann sieht sie auch, dass ich gerade nicht arbeite. Bei ihren ehemaligen Stammkunden, die sie mir vertrauensvoll übergeben hat. Und die bezahlen ungeheuer gut!« Als Kerstin die letzte Silbe von sich gegeben hatte, bereute sie es auch schon. »Verdammt, tut mir leid!« Sie schüttelte den Kopf, schloss die Augen und die Tür.

Ständig geriet sie in komplizierte Situationen, trat in Scheiße, die an ihr haften blieb. Und schmierte sie dann auch noch an den anderen Schuh.

Im Wohnzimmer wartete weitere Schmiererei auf sie: Das Schwein hatte die Terrassentür aufgedrückt.

Mittwochnachmittag

KÜNSTLERATELIER

Auf der ersten Seite des Briefs hatte er das komplette Alphabet aufgeschrieben. Sie solle sich ihren Lieblingsbuchstaben aussuchen, bevor sie umblätterte. Diesen dann auf die auf den Boden gelegte Leinwand malen. Mit nackten Füßen. Sie solle die Zehenspitzen mit der Farbe beträufeln und diesen Buchstaben hinmalen. Außer später ihre Füße müsse sie heute ansonsten nichts reinigen. Die Rechnung stelle sie ihm bitte regulär.

Im Atelier standen bereits etliche Leinwände mit Buchstaben, die wahrscheinlich ebenfalls von Füßen und Zehen gemalt worden waren. Zumindest glaubte Kerstin das. Hoffte das. Hoffte, dass diesmal keine versteckteren Körperteile zum Einsatz gekommen waren.

Blau und Rot drückte sie zaghaft ihren Zeh auf die Leinwand, und es geschah etwas mit Kerstin. Sie tauchte ab. So irrsinnig ihr die Idee anfangs vorgekommen war, nicht die Hand und keinen Pinsel zu benutzen, so sehr ging sie plötzlich darin auf. Sie verlor sich in den Farben, in den runden, in den kantigen Formen und dem übermächtigen Gefühl, etwas zu erschaffen.

Das letzte Mal hatte sie gemalt, als Katharina in der Grundschule gewesen war. Geliebt hatte sie es nie. Aber jetzt ... verliebte sie sich gerade.

Nahezu rauschhaft probierte sie Farbe um Farbe, Zeh um Zeh, bis alles ausprobiert war, bis die Leinwand das W so präsentierte, wie Kerstin es sich nicht vorgestellt hatte. Sich es nicht hatte vorstellen können. Dass es Schmetterlinge im Bauch flattern ließ.

W für Wischnewski.

W für Waschen, Wischen, Wienern.

W für Weitermachen.

Donnerstagfrüh

BÜROETAGE

Wenn Kerstin den Auftrag behalten wollte, musste sie ab sofort an ihrer Unsichtbarkeit arbeiten. Am Vortag hatte sie ein Schreiben erhalten, das sie darüber aufgeklärt hatte, dass man mit ihr nicht zufrieden war, dass sie sich den Mitarbeitenden gegenüber nicht angemessen verhalten würde und dass der Vorfall mit den Zetteln eigentlich nicht zu verzeihen sei. Man würde ihr noch eine Chance geben, sich aber bei weiteren Vorkommnissen von ihr trennen müssen.

Sie reinigte flink.

Sie vermied unnötige Geräusche.

Sie kümmerte sich um den Scheiß anderer Leute.

Sie verschwand.

Donnerstagnachmittag

FRAU SCHMIDTMEIER

Kerstin hatte die Tochter von Frau Schmidtmeier schon länger nicht mehr gesehen, weshalb es eine ziemliche Überraschung war, dass sie nun wild im Schlafzimmer herumwühlte.

»Frau Wischnewski, an Sie hab ich überhaupt nicht mehr gedacht. Gut, dass Sie da sind.«

»Gibt es etwas zu besprechen?«

»Sie müssen ab sofort nicht mehr kommen.«

»Wie bitte?«

»Wir haben überraschend einen Pflegeheimplatz für meine Mutter bekommen. Der mobile Pflegedienst hat einfach nicht mehr ausgereicht, und ich konnte nicht noch mehr machen als die Begleitung zu ihren Terminen, das Einkaufen und Wäschewaschen. Hätte ich Geschwister, wäre es vielleicht möglich gewesen, die Aufgaben auf mehrere Schultern zu verteilen. Obwohl es ohnehin nur eine Frage der Zeit gewesen wäre, bis meine Mutter in einem Heim besser aufgehoben gewesen wäre.«

»Wann zieht sie denn um?«

»Heute Vormittag ist sie bereits umgezogen.«

Warum fühlte sich das wie eine Ohrfeige an?

»Wie ging das so schnell?«

»Weil die Gelegenheit heute günstig war und es mir am besten passte. Wir hatten gestern bereits einige wichtige Dinge gepackt, jetzt schaue ich, was meine Mutter ansonsten noch gebrauchen kann.«

»Soll ich dann heute überhaupt noch reinigen?«

»Ich glaube, das ist der Mühe nicht wert. Bei der ganzen Räumerei wird ohnehin massig Staub aufgewirbelt und nächste Woche kommt schon der Entrümpler. Falls es Ihnen nichts ausmacht, könnten Sie mir aber beim Packen der Kartons zur Hand gehen. Dann bin ich hier schneller fertig.«

Kerstin wusste nicht, was sie davon halten sollte, beim Ausräumen der Schränke behilflich zu sein. Ein Leben zu sortieren, zu entscheiden, was daraus erhaltenswert war. Was den Menschen weiterhin begleiten durfte und was nicht. Bei jedem Teil, das zurückblieb, würde sie zweifeln, sich aber nicht trauen, Frau Lüdebrink-Schmidtmeier zu sagen, dass es doch von Belang war, dass es zu Frau Schmidtmeier gehörte. Aber wer war sie schon, sie gehörte schließlich nicht zur Familie. Sie hatte hier nichts vorzuschlagen.

Und tatsächlich zitterte Kerstin, wenn die Frau nach etwas anderem griff, als sie gehofft hatte. Kerstin biss sich auf die Lippen, biss die Zähne zusammen, bis ihr Kiefer schmerzte. Doch als sie im Wohnzimmer mittlerweile den dritten Karton gefüllt hatten und Frau Schmidtmeiers Tochter das Ufo-Buch offenbar willentlich ignorierte, schmerzte es in Kerstin dermaßen stark, dass sie das Buch kurzerhand in den Karton bugsierte. Denn irgendwann muss jede mal zum Klo.

Ein Häkeldeckchen drüber geschmissen und schon war die Schmuggelware versteckt.

Nach dem vierten gefüllten Karton befand Frau Schmidtmeiers Tochter, genug eingepackt zu haben – wirkte dabei sogar zufrieden. Und klatschte in die Hände.

»Helfen Sie mir dabei, die Kartons zum Auto zu bringen?«

Kerstin nickte und schnappte sich einen Karton. Glücklicherweise waren es nur mittelgroße und nicht die riesigen, die man meistens für Umzüge verwendete. Trotzdem meldete sich der Rücken. Trotzdem hielt Kerstin durch.

Jede ging die Treppe runter.

Rauf.
Karton.
Runter.
Oben und unten atmete Kerstin tief ein, wollte sich den Geruch bewahren, der hier in jeder Hauspore steckte. Jahrelang hatte er ihr signalisiert, dass sie aufatmen konnte, dass sie einen Ort betrat, an dem es warm und herzlich und vertraut war.
Zimt-Orangen-Potpourri raschelte in Kerstins Tasche.

Freitagmorgen

VON REIBERSTETT

Die Schlafzimmertür stand offen. Noch nie hatte Kerstin einen Blick hineingeworfen, hielt sich strikt daran, dass dieser Raum tabu war. Ehrlicherweise war sie aber auch nie in Versuchung gekommen, da die Tür bislang immer geschlossen gewesen war.

Aber jetzt … niemand konnte von ihr verlangen, Scheuklappen aufzusetzen. Wenn sie daran vorbeigehen musste, und das ging gemäß ihres heutigen Reinigungsplans nicht anders, würde sicherlich nichts Schlimmes dabei sein, kurz hineinzuschauen. Was sollte sich schon darin verbergen, das sie in ihrem Leben noch nie gesehen hatte?

Eine Frau von Reiberstett im Pyjama. Mit zerzausten Haaren, mit verlaufenem Make-up, mit einer Fahne, die beinahe sichtbar durch den Türrahmen herwaberte.

»Ah, ah, ah, ich hab Sie erwischt.« Kichern und Lallen vermengten sich zu einer absurden Tonlage. »Konnten Sie sich wohl nicht beherrschen und mussten reinlinsen, hm?« Frau von Reiberstett wedelte mit dem Zeigefinger. »Kommen Sie mal her.« Ihre flache Hand klopfte mehrmals auf das Bett.

Als Kerstin eintrat, war der Alkoholgeruch dermaßen intensiv, dass sie am liebsten geflüchtet wäre. Stattdessen setzte sie sich neben diese Frau, die heute nur ein Schatten ihrer selbst war. Zumindest dessen, was Kerstin bisher von ihr kannte. Vermutlich war das auch gar nicht viel.

Neben dem Bett standen zwei offene Weinflaschen.

»Sind Sie verheiratet, Frau Wischnewski?«

»Wie bitte?«

»Sind Sie verheiratet?«

»Nein, bin ich nicht, ich war es auch nie.«

»Warum?«

Was ging sie das an? Was sollte das?

»Ich hatte nie die Möglichkeit. Keine Beziehung hat sich je in diese Richtung entwickelt.« Als Jugendliche hatte sie sich das alles kitschig rosig ausgemalt – Ritter auf dem weißen Pferd –, aber weder waren diese Männer Ritter noch waren sie irgendwie darauf aus gewesen, sie zu retten, ihr das Leben zu versüßen.

»Ich frage mich, warum *ich* verheiratet bin. Viele Menschen denken, dass die Ehe das Ideal schlechthin sei. Dass man sich jederzeit respektieren, sich gegenseitig wertschätzen, sich unterstützen würde. Dass ein Ja-Wort die Liebe auf ewig festigt und man kaum ohne einander sein kann. – Mein Mann ist Woche für Woche mit seiner Sekretärin auf Geschäftsreise. Wie in einem schlechten Film. Ich hab sie im Hintergrund gehört gestern Abend. Wie sie ihn duzte, wie sie mit niedlicher Stimme nach ihm rief.«

»Das ist bestimmt alles ganz harmlos.«

»Natürlich sagen Sie das. Gehört schließlich zum schlechten Film dazu. Kennen wir doch alle, diese schnöden Schinken.« Sie griff nach einer Weinflasche, setzte an, stellte fest, dass sie leer war. Auch in der anderen war nichts mehr drin. Kaum war die Flasche auf dem Boden aufgekommen, fiel sie um. Für einen kurzen Moment hickste Kerstins Herz. Rotwein war die Pest. Aber in der Flasche war offenbar kein Tropfen mehr drin gewesen.

»Na, eigentlich will ich auch gar keinen Wein mehr. Bäh.« Die Handfläche wischte über den Mund.

Kerstin wollte weg, wollte ihre Arbeit machen.

Kerstin wollte bleiben, wollte dieser Frau beistehen.

»Wissen Sie, weshalb die ganzen Sandgläser im Bad aufgereiht sind? Darauf hat mein Mann bestanden. Das waren alles

Urlaube, in denen er ein Kind machen wollte. Jedes Mal nahm er Sand mit, um eine Erinnerung zu haben, wenn es denn endlich klappen würde. Auch wenn ich nicht schwanger wurde, wollte er den Sand behalten, wollte zählen, wie oft er es mit mir versucht hatte, wie oft ich mich in einem ach so teuren Luxusurlaub entspannen sollte, damit es endlich klappen würde. Anfangs gefiel mir die Vorstellung, Mutter zu werden. Irgendwann wurde es mir egal, später wollte ich partout kein Kind mehr und habe wieder die Pille genommen. Er weiß das bis heute nicht.« Sie kicherte und hielt sich den Zeigefinger vor die Lippen.

»Wieso bleiben Sie bei ihm?«

»Weil es eine Zeit gab, in der in unserer Beziehung mal irgendwas wie Liebe vorkam. Haha, *vorkam* – das trifft es gut. Ich hab immer versucht, mich an diesen seltenen Liebesphasen festzuhalten. Er kann durchaus charmant und liebevoll sein. Aber er ist ja eh kaum hier. – Seien Sie einfach froh, dass Sie nie geheiratet haben. Und lassen Sie sich am besten auch niemals darauf ein.«

Kerstin zuckte mit den Schultern, das war das Ehrlichste, was sie in diesem Moment zu bieten hatte. Vielleicht kam doch noch irgendwann ein Mensch, mit dem sie sich das vorstellen konnte. Wie sollte sie das voraussehen können?

»Vielleicht verlasse ich ihn wirklich. Packe meinen Koffer und suche mir eine Stelle, wo ich wieder zu Pflanzen forschen kann. Das habe ich eine ganze Weile im Bereich der Molekularen Pflanzenphysiologie gemacht.«

»Deshalb ihr Dschungel?«

»Dschungel.« Kehliges Kichern. So was brachte man auch nur im betrunkenen Zustand fertig. »Sie Kirschlein.« Kichernd versank Frau Reiberstett in ihren Kissen. »Wischnewski, so ein schöner Name. Sauerkirsche. Kirsche. Kirschbaum. Kirschilein.« Weg war sie. Es blieb bloß ein leichtes Röcheln wie bei Richard.

Kerstin schloss die Tür hinter sich. Dass ihr Nachname irgendwas mit Kirschen zu tun hatte, hatte sie schon mal gehört, selbst hätte sie aber nicht mehr daran gedacht. Da die Menschen ihren Namen meist mit *wischen* veralberten oder ihn nicht richtig aussprachen, war sie immer froh, wenn ihr Nachname kein Thema war und sie ihn abstreifen konnte wie Schuhe in ihrem Zuhause. Darin lag womöglich ein gewisser Vorteil beim Heiraten: Man hatte die Möglichkeit, einen anderen Namen anzunehmen. Allerdings brauchte es dafür eine dicke Portion Glück, denn es bestand ja die Chance, dass der wählbare Name ein noch größeres Übel darstellte. Es gab Leute, die hießen Schweinebraten, Kotzer oder Notdurft. Letztes Jahr hatte Kerstin eine Radiosendung gehört, als sie noch in der Augenarztpraxis gereinigt hatte, und in dieser Sendung hatten die Moderatoren mit Personen gesprochen, die tatsächlich solche Namen trugen. Niemand von denen hatte eine leichte Kindheit gehabt, niemand kam ohne dämliche Sprüche durch den Alltag, niemand durfte sich umbenennen. Abgelehnt.

Richard III. tapste an Kerstin vorbei, wankte, als wäre er ebenso besoffen wie Frauchen.

Das war jetzt um eine Schlafmaske ärmer.

Sonntagmittag

VOGELBEERWEG

Elmo lag regungslos auf dem Teppich.

Bevor Kerstin ihn ins Taschentuch gewickelt im Restmüll entsorgen würde, fotografierte sie ihn. Sie wollte endlich wissen, was für eine Art er war. Am ehesten entsprach er augenscheinlich einem Roten Weichkäfer. Und am ehesten kam der Käfer ihr nun vor wie ein Weibchen. Auch wenn sich nirgends ein Beweis dafür finden ließ. Wie lautete die weibliche Form von Elmo?

Montagvormittag

FAMILIE FLÄCK

Das Schwein hatte Teddys Schnecken gefressen.

Teddy hatte das Schwein mit Fingerfarbe beschmiert.

Kerstin würde das Schwein *nicht* reinigen.

Dienstagmorgen

VON REIBERSTETT

Anstatt zu putzen, saß Kerstin heute mit Frau von Reiberstett am Tisch und bekam von der Köchin Frühstück serviert. Kerstin verlagerte ihr Gewicht von einer Pobacke auf die andere, konnte auf diesem rutschigen Plastikstuhl nicht bequem sitzen. In keiner Position. Als säße man in einer halben Eierschale. Ihre Füße baumelten über dem Boden, sie konnte ihn nur berühren, wenn sie die Zehenspitzen ausstreckte, wodurch dann aber die Hinterseiten der Oberschenkel zwickten.

Frau von Reiberstett schüttete ihr Kaffee ein, bot Milch und Zucker an. Kerstin konnte das kaum aushalten, wollte am liebsten aufspringen und ihrer Arbeit nachgehen. Aber das hatte Frau von Reiberstett heute vehement abgelehnt, sie wünsche Kerstins Gesellschaft und wolle sie endlich näher kennenlernen. Bezahlt werden würde sie selbstverständlich wie sonst auch.

»Croissant?« Das Körbchen wanderte über den Tisch.

»Reichen Sie mir das Johannisbeergelee?« Das Glas wanderte über den Tisch.

»Könnte ich bitte die Butter bekommen?« Die Dose wanderte über den Tisch.

Weder Kerstin noch Frau von Reiberstett hatten sich bislang getraut, von den Gesprächen rund um das Frühstück abzuweichen. Sie redeten nicht einmal über generelle Frühstücksgewohnheiten, sondern einzig über Dinge, die in diesem Moment auf diesem Tisch bereitstanden.

Dass der letzte Freitag im Raum hing, hatte offenbar sogar der Hund bemerkt, der wieder und wieder leise winselte. Womöglich lag es aber auch einfach am Räucherlachs.

»Haben Sie Geschwister, Frau Wischnewski?«

»Nein.« Stimmte das? Sie hatte eine Schwester. Bloß keine, die lebte.

»Ich habe einen älteren Bruder. Lebt in der Bretagne.« Frau von Reiberstett griff nach einem weiteren Croissant. »Mögen Sie Frankreich?«

»Weiß ich nicht. Ich war da noch nie.«

»Die Croissants schmecken dort um Längen besser. Irgendwie schaffen es die deutschen Bäckereien nicht, ein vernünftiges Croissant herzustellen. Immer zu trocken.«

Auch wenn Kerstin nickte, konnte sie das nicht bestätigen. Da war nichts trocken am Croissant. Frau von Reiberstett aß wohl selten mehrere Tage altes Graubrot. Das sog einem den letzten Tropfen Spucke aus der Mundhöhle.

Frau von Reiberstett stand auf, besprach etwas mit der Köchin in der Küche. Schloss die Tür hinter sich und setzte sich dann direkt neben Kerstin.

»Mir ist das ziemlich unangenehm. Ich weiß noch, dass Sie am Freitag auf meinem Bett saßen. Wahrscheinlich habe ich Ihnen gegenüber mehr geplaudert, als ich wollte. Es tut mir außerordentlich leid, Frau Wischnewski.«

»Kirschilein.«

»Wie bitte?«

»Das war das Letzte, was Sie zu mir gesagt hatten, bevor Sie eingeschlafen sind.«

Frau von Reiberstett legte sich eine Hand über die Augen.

»Entschuldigung.«

»Sie wollten nur nett sein. Sie haben gesagt, dass mein Name so schön sei. Mit der Kirsche.«

»Ja –«

Das Winseln wurde lauter, vermengte sich mit einem quälerischen Maß an Röcheln und Grunzen, das Kerstin von dem Hund vorher noch nie gehört hatte. Sein Frauchen offensichtlich auch nicht, das nun neben ihm hockte, streichelte, ihm mit ruhiger Stimme zusprach.

Richard III. reckte sitzend sein Köpfchen in die Höhe, schien nach Sauerstoff zu suchen. Winseln, Röcheln, Winseln, Röcheln, Quieken, Rö–

Wie eine Statue fiel er plötzlich um. Mit aufgerissenen Augen lag er da.

»Es tut mir leid«, flüsterte Frau von Reiberstett. »Ich wusste, dass es irgendwann so enden würde mit dir. Nie hast du richtig atmen können. Verfluchte Qualzucht.«

Für einen Moment musste Kerstin an die Situation mit dem Staubsauger zurückdenken und fragte sich, ob sie eine Mitschuld trug, ob der Hund sich vom Absaugen der Schnauze nie wieder richtig erholt hatte. Dann schüttelte sie den Kopf, dieser Gedanke war doch völliger Quatsch.

»Wissen Sie, Frau Wischnewski, mein Mann hatte mir Richard geschenkt. Hatte ihm sogar den Namen gegeben: Richard, der Dritte. Grausam. Ich habe dieses Tier nie wirklich lieb gehabt, können Sie sich das vorstellen?«

»Ehrlich gesagt, bin ich selbst keine große Tierfreundin.«

»Dann haben wir ja etwas gemeinsam.«

Sollte sie nicken? Die Schultern zucken? Nicht reagieren? Hatten sie wirklich etwas gemeinsam?

Sie entschied sich fürs Nicken.

»Gehen Sie ruhig nach Hause, Frau Wischnewski. Ich rufe bei der Tierärztin an. Einen Hund kann man ja schlecht im Garten vergraben. – Und wie gesagt: Der Vorfall von Freitag tut mir wirklich leid.«

In eine Hand passten zwei Croissants.

Donnerstagnachmittag

FRAU SCHMIDTMEIER
Leider nur in Gedanken

Im Discounter waren französische Wochen.

Kerstin kaufte mit Konfitüre gefüllte Crêpes und tiefgekühlte Quiche Lorraine.

Freitagmorgen

VON REIBERSTETT

Kerstin hatte den ganzen Morgen versucht, Frau von Reiberstett auszuweichen. Sie hatte befürchtet, noch einmal mit ihr frühstücken zu müssen, noch einmal in diese unangenehme Situation des Nichtsprechens zu geraten. Bis kurz vor Feierabend war Kerstin erfolgreich gewesen, dann stand sie ihr in der Küche gegenüber. Sofort holte Frau von Reiberstett ein paar Häppchen aus dem Kühlschrank und deutete Kerstin an, sich auf einen der Barhocker zu setzen, die an der Mitteltheke standen. Eigentlich hätte sie ablehnen sollen, wollen. Können? Nein.

Kerstin setzte sich, nahm ein Hähnchenbrusthäppchen mit Sauergürkchen. Wer hätte gedacht, dass es etwas so rustikal Bodenständiges in diesem Kühlschrank gab?

»Wir hatten heute noch keine Gelegenheit, miteinander zu sprechen. Kann es sein, dass Sie heute gar nicht nach Plan gearbeitet haben?«

Stimmt. Sie hatte beinahe rückwärts gearbeitet.

»Ich habe alle Aufgaben erledigt.«

»In Ordnung. Eigentlich wollte ich Sie auch gar nicht kontrollieren. Schließlich habe ich nichts zu beanstanden.«

Das Häppchen schmeckte nicht. Irgendeine Soße versteckte sich unter der Hähnchenbrust, die Kerstin nicht zuordnen konnte. Da sie aber nicht unhöflich sein wollte, kaute und schluckte sie trotzdem. Sie musste sich stark konzentrieren, um nicht zu würgen.

»Sie hatten mal erwähnt, dass Sie eine Tochter haben, oder?«

»Katharina, ja. Sie ist schon erwachsen und studiert gerade in Amerika.«

Frau von Reiberstett nickte, schob den Häppchenteller ein Stück vor, ein Stück zurück. »Mein Mann ist auch vor ein paar Tagen in die Staaten geflogen. Wird kurz vor Weihnachten wieder zurück sein.«

Der fiese Geschmack kroch die Speiseröhre hinauf.

»Sehen Sie Ihre Eltern oft?«

»Meine Eltern sind tot. Beim Brand in der Bürstenfabrik damals umgekommen.«

Frau von Reiberstett schluckte hörbar.

»Oh. Mein Beileid. Das muss für Sie ganz furchtbar gewesen sein. Meine Eltern leben auch nicht mehr.« Sie rutschte auf dem Hocker herum, blickte durch den Raum.

Der Geschmack meldete sich penetrant wieder und wieder, egal wie oft Kerstin schluckte. Sie stand auf.

»Ich brauche ein Glas Wasser.«

»Natürlich, bedienen Sie sich. Ich habe noch zu tun. Bitte nehmen Sie gerne von den Häppchen mit.«

Kerstin spülte die Kehle durch, ließ die Häppchen, wo sie waren. Sollten sie doch vergammeln.

Samstagmorgen

VOGELBEERWEG

Lautes Knallen und Poltern rissen Kerstin aus dem Schlaf. Als sie zum Fenster taumelte, brachte sie beinahe einen Kistenturm zum Einsturz, konnte aber sowohl ihn als auch sich selbst in letzter Sekunde ausbalancieren.

Hinter dem Haus herrschte helle Aufregung. Dutzende Feuerwehrleute liefen an den Gleisen auf und ab. Einige Waggons des Güterzugs waren entgleist. Auf dem Schienenstück, das Kerstin einsehen konnte, war allerdings keiner umgekippt. Es dampfte, rauchte und brannte auch nichts.

Sie war kurz davor, hinauszugehen, sich durch das Loch im Zaun zu zwängen und die Gleise abzulaufen. Einfach mal zu schauen, wie lang der Zug war, ob es doch umgefallene Waggons gab und was die Leute nun taten. Doch man würde sie mindestens schräg anschauen, wenn nicht sogar verjagen oder ihr mit einer Anzeige drohen, weil sie dort nicht sein durfte.

War der Zug aufgrund des ersten Frosts vom Gleis abgekommen? Hatte der Lokführer einen Fehler gemacht? War er eingeschlafen? Steckte in einem der Waggons ein kleines Ufo, das starten wollte? Hatte Kerstin jetzt vollkommen den Verstand verloren?

Im Radio wurde nichts vom Zug berichtet, im Internet konnte Kerstin ebenfalls nichts dazu finden. Als wäre nichts passiert.

Die Waggons wirkten alt und dreckig, das Rotbraun zum Teil mit Graffitis besprüht. Nur irgendwelche Buchstaben, nur

Geschmiere, keine schönen Bilder. Von außen schien sich niemand die Mühe zu machen, die Waggons zu reinigen. Wie es wohl innen aussah? Was hatte dieser Zug geladen? War in jedem Waggon das Gleiche gelagert? Und wurden sie regelmäßig von innen gereinigt? Mit Hochdruck?

Es änderte sich nichts. Die Feuerwehrleute waren mittlerweile weg, kein Mensch zu sehen, der Zug stand da wie eine Modelleisenbahn, die ein Kind vergessen hatte.

Heute musste Kerstin verhasste Rechnungen schreiben, musste rechnen, ob es weiterging. Oder ob auch sie entgleiste.

Mittwochnachmittag

KÜNSTLERATELIER

Heute hatte Kerstin es wieder geschafft: Sie kam zu spät.

Erst war sie beim Anschauen der letzten Aufräumarbeiten an den Gleisen versackt. Immer noch hatte sie keine Ahnung, was dort genau vorgefallen war. Den Eingang der SMS des Künstlers musste sie überhört haben.

Auf dem Weg zum Schloss hatte es eine Umleitung gegeben. Unendlich lang war sie Kerstin vorgekommen – lang und länger. Kurz bevor sie umkehren wollte, erspähte sie hinter den Bäumen das Schloss und fand die Orientierung wieder.

Doch jegliche grundsätzliche Orientierung, die sie irgendwann einmal gehabt zu haben glaubte, verlor sie, als sie sich schließlich im Atelier umsah.

Es gab keine Buchstabenleinwände mehr, keine künstlerische Aufgabe, die sie sich insgeheim erhofft hatte. Glücklicherweise gab es aber auch keinen Müll, keinen Gestank, keine geheimnisvollen Gebilde. Heute war die Kunst so offensichtlich wie überraschend. So eindrücklich wie erschütternd. So menschlich wie menschengemacht.

Jedes einzelne Kunstwerk – ob Bild oder Skulptur – zeigte ein und dasselbe Motiv. Ein und dieselbe Frau. Als würde sie gleich neben Kerstin stehen und ihr Hinweise geben, wie sie effizienter reinigen konnte, sollte, musste.

Der Künstler hatte nichts davon in seinem Brief erwähnt, bloß wie üblich Reinigungsanweisungen gegeben. Verrückt, dass

Kerstin sich mittlerweile darüber wunderte, dass sie nur reinigen und nicht malen, nicht die Kunst betrachten sollte. Nur fegen und wischen.

Trotz aller Zeitnot war sie wie gelähmt. Fühlte sich immer noch ein bisschen schuldig, weil sie Erika nicht früh genug nach ihrem Zustand gefragt hatte, weil sie nicht gebohrt hatte. Aber wäre Kerstin tatsächlich dazu imstande gewesen, ihr eine starke Schulter zu sein, ihr zuzuhören, sie zu trösten und das Ganze regelmäßig zu wiederholen? Wahrscheinlich nicht. Was nutzte es also, sich hier zu schelten.

Flink und gründlich hatte Kerstin nach und nach alle Aufgaben erledigt und gerade die Arbeitsutensilien zurück in den Spind geräumt, als ihr ein dicker Buchrücken ins Auge fiel.

Ein Fotoalbum. Kerstin klappte es auf – ihr Kiefer hinab.

Vorlagen für Kunst hatte sie erwartet, vielleicht Fotos von Ausstellungen, aber keine privaten Bilder. Die Fotos waren feinsäuberlich in Fotoecken eingesteckt, unter jedem Bild standen Datum und Ort.

Der Mann auf den Fotos musste der Künstler sein. Die Frau …

Kerstin blätterte, blätterte, blätterte.

Unter dem letzten Foto stand nichts, denn auf dem Foto stand genug:

ERIKA DRESSLER | 1958 - 2023 | SIE LEBTE VOLLER PRUNK UND PUTZ

Sie lebte wie?

Sie lebte wo?

Hatte Kerstin sie überhaupt auch nur ein bisschen gekannt? Dass ihr Leben voller Prunk und Putz gewesen war, erkannte sie an den Fotos, auf denen Erika fast durchgängig abgebildet war. Als hätte der Künstler einen Liebesbrief in einer Bilderstrecke umgesetzt. Die Bilder auf den ersten Seiten waren augenscheinlich aus den Achtzigerjahren.

Wenn sie sich so lange kannten und offenbar ein Liebespaar

gewesen waren, warum hatte Erika im Atelier geputzt? Und warum hatte sie so kritisch über den Künstler gesprochen, als es um die Übernahme der Stelle gegangen war? Hatte sie von ihm genug gehabt? Oder umgekehrt?

Die Fragen rauschten in Wellen heran, brandeten an felsige Klippen. Antworten würde es nicht geben. Kerstin konnte Erika nicht mehr nach ihrem Leben und der Liebe fragen, nach den Orten, die sie besucht, bestaunt, besehen, den Menschen, die sie kennengelernt, die sie gemocht, geliebt, gehasst hatte.

Den Künstler würde Kerstin nicht fragen. Wie sollte das auch funktionieren? Über einen Brief? Sie liefe Gefahr, dass er sie rauskicken würde und sie diesen Auftrag loswäre.

Sachte klappte sie das Album zu und schob es wieder auf den Spind. Wanderte noch einmal durch den Raum und schaute sich konzentriert jedes einzelne Kunstwerk an.

Ein Fünckchen Trauer mischte sich mit einem Fünckchen Stolz.

Auf Erika.

Auf ein Leben voller Prunk und Putz.

Donnerstagfrüh

BÜROETAGE

Es war frostig.

Um diese Uhrzeit hatte Kerstin Mühe, ihre Knochen und Muskeln in Gang zu bekommen. Sie fühlten sich starr und unbeweglich an. Rücken und Knie schmerzten heute in einem elendigen Duett, das auch die doppelte Ladung Schmerztabletten auf dem Hinweg noch nicht hatte verstummen lassen.

Den Wassereimer befüllte sie heute nur minimal, das Heben brachte sie trotzdem an die Grenze des Aushaltbaren. Der Schweiß schlug ihr auf die Stirn. Gleichzeitig hatte sie eiskalte Füße.

Der Morgen war eine einzige Qual, ständig musste Kerstin sich ausruhen. Sich auf den blanken Boden legen, um den Rücken zu entlasten. Eine Runde im Schneckentempo gehen, um die Gelenke zu lockern. Das Konzert spielte derweil unerbittlich weiter.

Aber Kerstin kannte ihren Körper, wusste, dass er durchhielt, dass er sich berappeln würde. Dass sie ihn bald wieder stärker belasten und beladen könnte.

Als sie gerade auf dem Boden neben einem Schreibtisch lag – sie hatte sich extra so hingelegt, dass man sie nicht direkt beim Eintreten ins Bürozimmer sehen konnte –, wurde die Tür geöffnet.

»Ja, ich bin schon da.«

Die Tür wurde geschlossen.

»Nein, das hatte ich gestern Abend nicht mehr geschafft. – Mache ich.«

Der Schreibtischstuhl am anderen Ende des Raums wurde zurückgezogen.

»Die Liste mache ich sofort fertig. Wenn Sie kommen, liegt sie auf Ihrem Schreibtisch.«

Schublade auf. Schublade zu.

»Wie bitte? Was soll ich?«

Ein Kugelschreiber klackerte.

»Das soll ich sagen? – Jetzt?«

Der Schreibtischstuhl rollte.

»Lieber Chef, ich werde meine Arbeit schnell und gewissenhaft ausführen. Und … ja … ja … nur das machen, was von mir verlangt wird.«

Sie wanderte durch den Raum. Näherte sich Kerstin. Und entfernte sich wieder.

»Ja, bis später.«

Öffnete die Tür.

»Ich hasse diesen beschissenen Saftladen so sehr!«

Die Tür wurde geschlossen.

Mühevoll rappelte Kerstin sich auf.

Wie sollte Kerstin nun unbemerkt aus dem Raum hinauskommen? Was würde die Frau sagen, wenn Kerstin im Türrahmen auf sie traf?

Diese Fragen lösten sich in Luft auf, denn von der Frau war nichts zu sehen, als Kerstin auf den Gang trat.

Erst in den Toilettenräumen begegneten sie sich. Die Frau hatte eine Duftkerze angezündet. Es roch penetrant nach Vanille. Wenig hätte schlimmer riechen können – nicht einmal der Vorfall bei Frau Schmidtmeier –, als dieser Vanille-Kacke-Geruch. Etwas süßlich Zartes, das einem schweflig Derben gegenübertrat und um die Vorherrschaft kämpfte. Sogar dieser Kampf war riechbar.

Kerstin blieb stumm.

Die Frau blieb stumm.

Sie gingen ihren jeweiligen Angelegenheiten nach.

Die Frau blies die Kerze aus.

Kerstin stieß Luft aus.

Die Frau verließ den Raum.

Kerstin brach.

Ins Klo.

In sich zusammen.

Es knackte. Schwindel schwirrte um und am und durch den Kopf.

Dann plötzlich klarte es auf, der Schleier zog ab. Sie zog sich an der Toilettenpapierhalterung hoch. Das Konzert war vorbei. Bloß ein leises Nachklingen war übriggeblieben.

So schnell sie konnte reinigte Kerstin zu Ende, atmete flach durch den Mund. Ihr war schleierhaft, weshalb sie so empfindlich geworden war.

Kurz bevor sie schlussendlich in den Fahrstuhl stieg, wanderte die Frau mit angezündeter Kerze an ihr vorbei und nickte ihr zu.

Donnerstagnachmittag

Leider nicht bei **FRAU SCHMIDTMEIER**

Kerstin hatte den Termin bei ihrer Zahnärztin absichtlich auf den Donnerstagnachmittag gelegt. Nicht nur weil sie ohnehin an diesem Tag derzeit am besten konnte. Kerstins Woche fühlte sich ausgehöhlt an. Einen neuen Auftrag zu finden, wäre ein Kraftakt. Einen Ersatz für Frau Schmidtmeier zu finden, unmöglich. Dieses seltsame Vermissen zu begreifen, war etwas, das Kerstin später versuchen musste, denn zunächst wurde eine andere Lücke geschlossen.

Kerstin konnte sich an ihrer neuen Brücke kaum sattsehen, war überwältigt von dem wieder vollständigen Gebiss. Wieder und wieder fuhr sie mit der Zunge darüber.

Zwar war ein Problem gelöst, doch würde dieses früher oder später ein weiteres nach sich ziehen. Denn eines war klar: Die Raten würden Löcher in Portemonnaie, Kontostand und Lebensführung fressen. Und sie buckeln lassen. Mit schmerzendem Rücken und schmerzenden Knien.

Bereits spürbar.

Montagabend

TWINGO

Blitzeis.
  Schlittern. Japsen.
  Lenkrad. Schreien.
  Japsen. Schlittern.
          Vorbei.

Immer noch Montagabend

VOGELBEERWEG

Kerstin lief der Schweiß herunter, obwohl es draußen bitterkalt und ihre Wohnung eigentlich völlig unterheizt war.

Der Twingo hatte letztendlich auf einem Gehweg gestoppt. Glücklicherweise waren keine Fußgänger unterwegs gewesen. Glücklicherweise war sie vorher haarscharf an dem anderen Auto vorbeigeschlittert.

Sie versuchte, Katharina zu erreichen.

Sie versuchte, sich selbst zu beruhigen.

Sie versuchte, Ramona anzurufen.

Sieben Sprachnachrichten schickte sie an Katharina.

Wollte sie wieder löschen. Ließ es bleiben.

Ließ sich nieder. Nie wieder würde sie ins Auto steigen. Morgen nicht. Nicht übermorgen. Niemals wieder. Nie.

Sie griff nach Schokolade, aß und würgte, kaute und schluckte.

Aus Tryptophan wurde Serotonin.

Dienstagmorgen

TWINGO

Kurz nachdem sie sich widerwillig und etwas ängstlich ins Auto gesetzt hatte, klingelte das Handy. Endlich rief Katharina an, endlich konnte Kerstin ihre Stimme hören, erfahren, wie es ihr ging, erzählen, was ihr selbst widerfahren war.

Diese Nummer kannte Kerstin nicht.

Diese Stimme kannte Kerstin nicht.

Diese Nachricht wollte Kerstin nicht.

»Es ist schwer zu fassen, Frau Wischnewski, aber wie ich schon sagte, der Brand hat Teile der Etage so weit zerstört, dass das Gebäude zunächst geprüft und dann entsprechend saniert werden muss. Wir melden uns, sobald wir absehen können, ob wir Sie wieder brauchen.«

Wir melden uns, wenn wir Sie brauchen.

Ich melde mich, wenn ich dich brauche.

Wer meldete sich denn?

Niemand.

Mittwochvormittag

FAMILIE FLÄCK

Nachdem Kerstin die angelehnte Haustür aufgeschoben hatte, stand sie direkt vor Kartons, Kisten und Taschen. Die Hochstühlchen waren nebeneinander aufgereiht. Im Obergeschoss klapperte es, dann kam Frau Fläck die Treppe herunter.

»Guten Morgen, Frau Wischnewski, entschuldigen Sie das Chaos. Das alles hier ist sehr viel spontaner entstanden, als wir es uns jemals hätten vorstellen können.« Sie stopfte Kleidungsstücke in eine Reisetasche. »Wir werden in die Nähe meiner Mutter ziehen, ungefähr dreihundert Kilometer von hier. Sie hat durch Beziehungen ein größeres Haus für uns gefunden. Auf dem Land sind die Preise erschwinglicher.«

Chaos. Spontan. Dreihundert Kilometer.

Frau Fläck riss in mehreren ruckartigen Bewegungen den Reißverschluss zu, legte die Reisetasche auf eine Kiste.

»Ich muss noch einmal kurz etwas von oben holen.«

Die nächste Lücke. Was für Familie Fläck zur Lösung wurde, entwickelte sich für Kerstin zur Katastrophe.

Mit einer Spielzeugkiste in den Händen und einem unter die Achsel geklemmten Kulturbeutel kam Frau Fläck zurück.

»Das heißt, dass Sie mich schon ab heute nicht mehr brauchen?«

Frau Fläck wischte sich über die Stirn. »So leid es mir tut, ja. Aber wir werden Ihnen den Ausfall des restlichen Monats natürlich noch zahlen.«

Fröhliche Weihnachten.

Kerstin nickte und hatte keine Ahnung, was sie jetzt tun sollte. Herumstehen? Helfen? Gehen? In Tränen aus- oder auf der Stelle zusammenbrechen?

Sie versuchte es mit Small-Talk: »Ein Neuanfang also?«

»Notgedrungen. Es ging nicht mehr anders. Sie wissen ja, wie schwierig die Betreuungssituation bei uns ist. Das konnte nicht mehr so weiterlaufen. Wir gehen alle nur noch auf dem Zahnfleisch.«

Kerstin glitt mit der Zunge über ihre neue Brücke, die sich auch nach fast einer Woche immer noch ein bisschen fremd anfühlte. Als ob die Zunge zu wenig Platz hätte und zurückgedrängt wurde.

»Mein Mann ist mit den Drillingen schon vorgefahren. Ich packe noch ein paar wichtige Dinge zusammen, die wir über die Weihnachtsfeiertage brauchen. Sobald Thea morgen aus der Schule kommt, fahren wir beide hinterher. Wie durch ein Wunder wurde die Beurlaubung für den letzten Tag von der Schulleitung bewilligt. Thea darf übermorgen schon in der neuen Schule einen Tag dabei sein. Ist doch auch schön, so kurz vor Weihnachten.«

»Geht das für Thea nicht alles etwas schnell?« Beinahe hätte sie Teddy gesagt, erinnerte sich aber daran, dass Frau Fläck davon nicht unbedingt begeistert war.

»Ach, das wird sie schon verpacken. Sie kommt gut mit schwierigen Situationen zurecht.«

Oder sie redet einfach nicht über ihre Probleme, um ihrer Familie nicht zur Last zu fallen.

Hätte Kerstin das laut aussprechen sollen?

»Außerdem will mein Mann ihr ein Pony kaufen, in der Nähe gibt es einen Stall. Das wird sie ablenken.«

»Dann haben Sie ja bald wirklich einen kleinen Bauernhof, was?«

»Nein, nur das Pony. Die Meerschweinchen kommen morgen zu den Nachbarn, der Hamster ist gestern gestorben – lag einfach auf dem Rücken mit ausgestreckten Beinchen – und das Schwein …« Seufzen. Sie schaute zum Terrassenfenster. »Das braucht leider niemand. Keiner will es aufnehmen. Stundenlang habe ich mir gestern das Ohr wund telefoniert. Zumindest hat der Schlachter, den ich heute früh angerufen hatte, zugesagt, dass wir es bringen können.«

Erdnuss lag auf der Wiese und schlief nichtsahnend.

»Wäre es okay, wenn ich in den Garten gehe und mich verabschiede?«

»Ja klar, machen Sie nur. Aber bitte achten Sie auf die Terrassentür, damit Erdnuss nicht noch mehr Chaos verursacht.«

Kerstin lief Slalom, öffnete die Terrassentür und näherte sich dem Schwein. Wie nah sollte sie gehen? Wie nah konnte sie gehen? Wie ging das hier?

In die Hocke, Hand ausstrecken, Handfläche über das Borstenkleid. So rein, und weicher als gedacht. Erdnuss öffnete die Augen und grunzte leise. Dieses warme Wesen. Bald würde es in Stücken auf Tellern landen. Zerteilt, pariert, zum Schnitzel platt geklopft, paniert.

»Frau Wischnewski, ich müsste jetzt los, um weitere Kartons zu besorgen. Ich hoffe, es ist nicht zu unhöflich, wenn ich Sie hinausbitte?«

Als Kerstin ins Wohnzimmer trat, drückte Frau Fläck ihr ein rosa Körbchen in die Hand.

»Es ist mir etwas unangenehm, dass ich nichts anderes dahabe. Ich wollte Ihnen trotzdem etwas Nettes zusammenstellen. Ein paar Pralinen. Und ich hoffe, Sie mögen Weißwein. Dieser passt ganz wunderbar zu Risotto.«

Kerstin nahm sich einen Strick.

Mittwochmittag

TWINGO

Wie sie das Schwein auf die Rückbank manövriert bekommen hatte, war ihr in dem Moment völlig schleierhaft, als sie sich vom Fahrersitz aus nach hinten umdrehte. Vorsichtig zog sie das Springseil vom Hals. Erdnuss war bereitwillig hinter Kerstin hergetrottet. Frau Fläck war alles aus dem Gesicht gefallen, anders konnte man es nicht ausdrücken, als Kerstin sagte, dass sie sich nun um das Schwein kümmern würde. Für einen Moment hatte es Frau Fläck die Sprache verschlagen. Dann zeigte sie sich froh und glücklich, dass sie nichts mehr mit der Sache zu tun hatte.

Der Geschenkkorb stand im Beifahrerfußraum. Am liebsten hätte Kerstin den Korb abgelehnt oder ihn direkt in der nächsten Mülltonne entsorgt. So unhöflich wollte sie dann aber doch nicht sein. Obwohl sie nie wieder Alkohol und Ekelpralinen in ihrem Auto haben wollte. Denn es war zu befürchten, dass sich irgendwann erneut eine Notsituation ergab, in der ein solcher Korb als Rettung erschien.

Donnerstagmorgen

IM WALD

Erdnuss durchpflügte den Boden. Womöglich war sie noch nie im Wald gewesen.

Wie gut es tat, der kleinen Sau beim Graben und Traben zuzuschauen, konnte Kerstin kaum fassen. In der Stille des Waldes wurde ihr erst so richtig bewusst, dass sie zum ersten Mal in ihrem Leben echte Zuneigung zu einem Tier verspürte. Es gab keinen Ekel, keine Angst, auch keine Gleichgültigkeit. Sie musste sogar glucksen – wann war das zuletzt vorgekommen? –, als Erdnuss sich auf die Seite schmiss und über den Waldboden und das bereits angemoderte Laub wälzte.

Doch wie sollte Kerstin auf Dauer ein Schwein in ihrer winzigen Wohnung halten? War das überhaupt gestattet? Niemand im Haus hatte Tiere. Zumindest nicht offensichtlich. Aber wen kannte Kerstin schon? Man grüßte sich, wenn man einander nicht ausweichen konnte.

Gestern hatte niemand im Haus gesehen, wie Erdnuss die Stufen raufgeklettert war. So vertrauensselig, als würde sie Kerstin schon von Ferkel auf kennen.

Aber irgendwann würden sie auffallen. Dann würde jemand die Nase rümpfen, über die vermeintlich dreckige und ruhestörende Sau. Dann würde jemand sie anschwärzen und Erdnuss würde vielleicht doch beim Schlachter landen. Kerstin musste rechtzeitig für einen Notfallplatz sorgen. Wie auch immer sie das bewerkstelligen sollte.

Erdnuss stapfte auf sie zu, ließ sich kraulen und ein halbes Brötchen schmecken, das Kerstin mitgenommen hatte.

In Kürze würde Kerstin sich wieder einen festen Job suchen. Suchen müssen. Sie hatte keine Lust mehr, Rechnungen zu schreiben, neue Auftraggeber zu suchen, sich ständig und ständig auf neue Menschen einlassen zu müssen. Menschen ziehen zu lassen, mit denen sie eine gemeinsame Ebene gefunden hatte. Die Selbstständigkeit hatte ihr ein Stück Freiheit geschenkt und an anderer Stelle wieder genommen. In den ersten Jahren war sie motiviert gewesen, wollte sich und allen beweisen, dass sie es schaffen würde. Beeindruckt zeigte sich bisweilen niemand. Mittlerweile begriff sie die Redewendung, die ihre Mutter ständig benutzt hatte: lieber den Spatz in der Hand als die Taube auf dem Dach. Die Taube war greifbar gewesen, doch sie war geflüchtet.

Zunächst würde sie auf die Gesuche im Anzeigenblättchen antworten. Dann bei Jobbörsen im Internet schauen. Und sie würde Forderungen stellen, sich nicht mehr unter Wert verkaufen. Schließlich brachte sie Lösungen mit.

Samstagvormittag

DHL-SHOP

Die Schlange stand fast bis zur Straße. Wahrscheinlich warteten alle anderen ebenso darauf, ihre Päckchen abzuholen wie Kerstin. Gestern Abend hatte sie einen Zettel aus dem Briefkasten gefischt. Zwei Pakete stünden ab heute für sie im DHL-Shop zur Abholung bereit.

Nach einer halben Stunde reichte sie den Zettel und ihren Personalausweis über die Theke und nahm ihre Sendungen in Empfang. Ein kleines Päckchen. Und ein sehr, sehr großes flaches.

Der Weg nach Hause gestaltete sich recht umständlich, ständig musste sie umgreifen, weil die Arme schlapp machten.

Mit dem Auspacken würde sie bis zum nächsten Tag warten. Bis Heiligabend.

Würde sie.

Vielleicht.

Heiligabend

VOGELBEERWEG

Kerstin legte die beiden Päckchen auf die Couch. Und war ein bisschen stolz auf sich. Besonders kurz vorm Schlafengehen war ihre Neugier schier unerträglich gewesen, aber sie hatte sich das Auspacken für den Heiligen Abend aufsparen wollen.

Am Morgen war sie mit Erdnuss im Wald gewesen, so wie sie es jetzt grundsätzlich früh morgens und spät abends machte. Keine Befürchtung, dass das Schwein in der Wohnung irgendetwas anfressen oder irgendwo hinpinkeln würde, hatte sich bislang bestätigt.

Seitdem Kerstin wieder zu Hause angekommen war, lief der Fernseher. Märchen, in denen die Prinzessin den Prinzen heiratete, Liebesfilme mit Happy End, Reportagen über weihnachtliches Kunsthandwerk, das festlich beleuchtet und von Familien bewundert wurde. Heimelige, heile Welt überall.

Kerstin hatte nicht dekoriert, sie hatte keinen Weihnachtsbaum im Abverkauf geholt. Hatte nicht noch mehr in die Wohnung gebracht, von dem sie sich vielleicht nicht trennen könnte.

Seit dem Vormittag hatte sie aufgeräumt, hatte Kartons aus- und umgepackt, hatte sortiert, geordnet, strukturiert. Genau diesen Tag hatte sie sich schon vor Wochen ausgesucht, um zu öffnen, um den aufkommenden Gefühlen Raum zu geben, um sich zu lösen. Sie hatte eine Aufgabe für diesen Tag gebraucht, damit sie vor lauter Einsamkeit nicht verrückt wurde.

Aufgeregt steckte Erdnuss ihre Nase in jeden Karton. Bei den unterschiedlichen Gerüchen, die manchen Dingen anhafteten, war das auch wenig verwunderlich.

An manch altem Spielzeug oder Kleidungsstück aus Katharinas Kindheit blieb Kerstin länger hängen, überlegte hin und her, ob sie sich wirklich davon trennen konnte. Einen kleinen Karton hatte sie sich hingestellt, um darin wenige Erinnerungsstücke zu verwahren. Die Zeit ließ sich nicht zurückdrehen. Selbst liebgewonnene Gegenstände konnten zur Belastung werden. Und Kerstin hatte solche Lasten angehäuft. War es verwunderlich, dass sie gehortet hatte? Menschen waren reihenweise aus ihrem Leben verschwunden. Waren gestorben, umgezogen, hatten sich zurückgezogen. Dinge blieben, Dinge waren kontrollierbar. Aber womöglich traten bald neue Menschen in Kerstins Leben. Menschen, die Kerstin um sich haben wollte. Menschen, die Kerstin brauchte. Menschen, die Kerstin brauchten. Und dann würde sie Raum dafür benötigen.

Im Flur stapelten sich die Müllsäcke. Für fremde Augen sähe es sicherlich so aus, als hätte Kerstin den Krempel bloß umgefüllt und umgestapelt. In ihren Augen war es anders: Sie hatte es geschafft, hatte sich befreit. Die Müllsäcke zur Kippe zu bringen, würde sie zwischen den Jahren auch noch schaffen. Und mit dem Beginn des neuen Jahres frisch und motiviert von vorne anfangen. Alles auf Start setzen.

Die Zuckertütchen würde sie bei Kleinanzeigen einstellen. Die Clubmitgliedschaft hatte sie kurz nach dem Telefonat mit der Frau des Vorstands gekündigt. Den Brief am nächsten Tag in den Postkasten geworfen – trotz Sonntag.

Entfernt hörte Kerstin die Kirchenglocken. Es wurde langsam dunkel. Jetzt besuchten viele Familien den Gottesdienst. Für einen Moment hatte sie überlegt, ob sie ebenfalls hingehen sollte. Gemeinsam mit anderen Menschen schweigen und singen. Da sie aber überhaupt nicht gläubig war und seit etlichen Jahren keine Kirche mehr betreten hatte, wäre sie sich schäbig vorgekommen. Und man hätte es ihr wahrscheinlich angemerkt. Einen

Gottesdienst im Fernsehen anzuschauen, hielt sie für noch abwegiger. Dann doch lieber Kitschfilme.

Kerstin klopfte sich auf die Oberschenkel und beschloss, dass es nun Zeit war, die beiden Päckchen zu öffnen. Sie konnte es halten, wie sie wollte, sie musste nicht bis nach dem Essen mit der Bescherung warten. Sie musste nicht vorher Liedchen trällern oder auf der Blockflöte schiefe Töne pusten.

Durch den Absender wusste sie, dass das kleine Päckchen von Katharina war. Den Namen auf dem größeren kannte sie nicht, begann am Klebeband zu pulen, von dem gefühlt eine ganze Rolle um das mehrlagige Packpapier gewickelt worden war.

Schließlich hatte sie es geschafft: Die Rückseite einer Leinwand lag vor ihr.

Sie ahnte.

Sie hoffte.

Sie drehte um.

–

W für Wischnewski.

W für Waschen, Wischen, Wienern.

W für Weitermachen.

Da flatterten die Schmetterlinge wieder in ihrem Bauch umher. Ganz sachte, aber so, dass es etwas machte mit ihr. Dass sie sofort beschloss, bald noch einmal zu malen, Kunst zu machen, kreativ zu sein. Ob mit Händen oder Füßen. Ob mit Farben oder Müll. Sie würde sich ausprobieren. Bloß auf Schokoladenexperimente würde sie verzichten.

Morgen würde sie das Bild über der Couch aufhängen. Es interessierte die Nachbarn sowieso nicht, ob hier jemand am Feiertag hämmerte.

Jetzt war das Päckchen aus den USA an der Reihe. Eine Schatulle. Kerstin klappte sie auf. Und hielt inne. Strich vorsichtig mit der Zeigefingerkuppe über das verzierte Amulett. Klappte es auf. Katharina klein – Katharina groß. Sie hatte eine Karte dazugelegt:

Liebe Mama,

ich wünsche dir frohe Weihnachten. Hoffentlich ist das Päckchen pünktlich angekommen, ich habe es extra früh losgeschickt. Es tut mir leid, dass ich mich nicht so oft melde. Ich habe hier immer viel zu tun. Viel mehr als vorher in Deutschland. Trotzdem gefällt es mir hier unglaublich gut und ich bin glücklich. Damit du weißt, dass ich aber oft an dich denke und dich liebhabe, schicke ich dir dieses Geschenk. Du erinnerst dich bestimmt noch daran, wann das Bild entstanden ist, als ich klein war. Das andere Bild hat eine Freundin vor Kurzem von mir gemacht.

Lass uns im neuen Jahr mal einen Videocall machen.

Ich hab dich lieb,
Katharina
PS: Bitte schick mir kein Geld mehr. Behalte es für dich. Ich komme klar.

Diese Leerstelle, die Kinder hinterlassen, wenn sie erwachsen werden und fortziehen. Manche Eltern wissen sie sofort zu füllen. Kommen zurecht. Manche Eltern fallen in ein dunkles Loch. Und finden nicht hinaus.

Kerstin hatte die klaffende Leere mit Kisten zugedeckt und von einer Schwester überreden lassen, die niemals dagewesen war. Kontinuierlich. Über Jahre. Absurd. Als wäre sie ein kleines Mädchen mit Fantasieeinhorn gewesen, das es am Halfter durch die Stadt spazieren führte und sich mit ihm unterhielt, um die alltäglichen Schwierigkeiten besser ertragen zu können. Mit jemandem zu sprechen, der beruhigte, wenn das Leben zu aufregend wurde, der bremste, wenn das Tempo zu hoch war, der dazu motivierte, einen Fuß vor den anderen zu setzen, wenn es zu schwer wurde. Doch wenn dieser Jemand bloß ein Gespinst war …

Dann sprach Kerstin lieber mit einem realen Schwein. Einem greifbaren Wesen.

Magenknurren. Magengurgeln. Magenbrüllen. Im Kühlschrank warteten Kartoffelsalat und Würstchen. Sie würde mit Erdnuss teilen.

Erster Weihnachtsfeiertag

VON REIBERSTETT

Mit einem Anruf von Frau Reiberstett hatte sie nicht gerechnet. Erst recht nicht an diesem Tag. »Frau Wischnewski, ich brauche Ihre Hilfe«, hatte sie gesagt. Und Kerstin hatte geantwortet, dass sie am Ersten Weihnachtstag nicht arbeiten würde. Es gehe nicht ums Arbeiten, aber sie müsse bitte trotzdem zügig vorbeikommen, falls sie nicht anderweitig gebunden sei. Natürlich würde man an einem solchen Tag ja eher mit der Familie am Tisch zusammensitzen und Gänsekeulen essen. Vielleicht sei sie eine Stunde entbehrlich.

Von Gänsekeulen war Kerstin mit ihrer Tütensuppe meilenweit entfernt und anstatt Familie saß ihr ein kleines Schwein schmatzend gegenüber und legte den Kopf gerade auf dem Couchtisch ab.

Heute hustete der Twingo wieder einige Male, bis er dann endlich doch ansprang. Der Korb stand nach wie vor im Fußraum des Beifahrersitzes, Kerstin wusste einfach nicht, was sie mit dem Ding anstellen sollte. Keinesfalls würde er den Weg in ihre Wohnung finden.

Als sie die Einfahrt zur Villa hinauffuhr, saß Frau von Reiberstett vor der Haustür auf einem großen Koffer, umringt von kleineren Koffern.

Kerstin fuhr dicht heran. Stieg aus.

»Danke, dass Sie gekommen sind. Ich weiß das sehr zu schätzen. An einem solchen Tag ist das nicht selbstverständlich.«

Ein Auge war unterlaufen. Diesmal sah das nicht nach ramponiertem Make-up aus.

»Wo wollen Sie hin?«

»Für den Moment erst einmal nur weg von hier.« Es fehlte das gewohnte Geräusch, als Frau von Reiberstett auf den Twingo zulief. Sie klackerte nicht. Trug Sneaker. Dann öffnete sie den Kofferraum und zögerte.

Kerstin klappte die Rückbank um – froh, dass sie nicht bereits die Müllsäcke eingeladen hatte –, holte und stapelte die Koffer, konnte die Heckklappe aber nicht mehr komplett schließen. Egal. Es war ohnehin nicht viel auf den Straßen los.

»Oh, Frau Wischnewski, wie lieb, dass Sie an mich gedacht haben. Eine Flasche Wein und ein paar Pralinen kann ich heute gebrauchen.« Frau von Reiberstett stellte den Korb auf ihren Schoß und schnallte sich an.

Diesmal hustete der Twingo nicht. Er sprang sofort an und knötterte durch die Straßen.

»Ich habe für morgen ein Zugticket in die Bretagne, zu meinem Bruder. Heute fuhr leider nichts mehr. Ein Hotelzimmer habe ich auf die Schnelle auch nicht gefunden.«

»Ich könnte Ihnen für die Nacht meine Couch anbieten, aber meine Wohnung ist etwas eng.« Dass sie gemeinsam auf der Couch schlafen müssten, weil Kerstin gar kein Schlafzimmer hatte, wäre vielleicht auch noch erwähnenswert. Zunächst war allerdings etwas anderes wichtiger: »Und ich lebe derzeit nicht alleine.«

»Herrenbesuch?«

»Eine Dame.«

»Oh, ich wusste gar nicht –«

»Es ist eine Sau.«

»Wie bitte?«

»Eine Sau. Ein Schwein. Ein Tier. Grunz, grunz.«

Frau von Reiberstett sagte nichts, und drehte stattdessen den Verschluss von der Weinflasche, setzte an, riss die Pralinenpackung auf, schob sich direkt zwei Schokoladenkugeln in den Mund.

Kaute. Schluckte. Kaute.

Und Kerstin wusste:

Tryptophan wurde zu Serotonin.

MEHR VON JULIA HOCH …

»LebensWende. Die Schwestern Brüggemann bleiben am Ball«
Paperback, 226 Seiten, 978-3-89741-453-2

Hilde und Lore Brüggemann (82) sind baff: Ihre stillgelegte Kneipe, das Lindenstübchen, soll einem Einkaufszentrum weichen?! Die Zeitungsmeldung bringt die Zwillingsschwestern in Fahrt – und zurück ins Leben. Unterstützt von Computernerds, alten Verehrern, jungen Flötenspielerinnen und dem Übergeist eines Ökodorfs, bringen sie Amtsschimmel auf Trab, verursachen eine Massendemo und ziehen mit einem Pfannenwender und Fritz, dem Regenbogenflummi, gegen die Bauspekulation ins Feld.

Leseprobe:

HILDE
studierte die Zeilen. Spalte für Spalte. Unter die letzten Wörter des Artikels zog sie mit dem Nagel eine Rille in das Zeitungspapier. Eine Fliege setzte sich auf ihre Hand, lief bis zur Zeigefingerspitze, putzte sich, hob wieder ab. Flog in den Flur, flog ins Wohnzimmer.

»Lore! Schau dir das an!«

Schritte. Lore betrat die Küche.

Hilde schob die Zeitung über den Tisch und deutete auf die Textstelle mit der Rille darunter.

Lore setzte sich und begann zu lesen.

Hilde drehte derweil ihre Tasse hin und her. Henkel links, Henkel rechts, Henkel links, Henkel rechts. Ihr Finger fuhr über den Aufdruck, obwohl er keine Struktur besaß.

Die Fliege kam zurück und landete auf einem Apfel in der

Obstschale. Hilde stellte sich vor, die Fliege könnte den Apfel schultern und losfliegen. Von Zimmer zu Zimmer. Bis sie schließlich samt ihrer Last gegen das Wohnzimmerfenster knallen und herabfallen würde. Schon als Hilde am Morgen aus unruhigem Schlaf erwacht war, hatte sie sich diffus an einen solchen Traum erinnert. Doch die Fliege lief bloß quer und kreuz über das Obst.

Lore hatte genug gelesen. Sie schob die Zeitung von sich und hieb mit der Faust auf den Tisch. Die Fliege floh.

Das Krachen ließ Hilde zusammenfahren, sie schluckte und fasste sich. »Genau! Wie kann das sein?«

Lores stumme Antwort bestand aus Naserümpfen, Kopfschütteln und Schulternzucken.

»Es gehört immer noch uns!«

Lore erhob sich, klapperte und rappelte im Nebenzimmer herum, kam mit einem Aktenordner zurück und klappte den Deckel auf, ehe sie ihn über den Tisch schob.

»Wie vergilbt die Seiten sind«, sagte Hilde. Sie begann zu blättern, das Papier knisterte und verströmte einen leicht muffigen Geruch. »Das sind ja noch die Verträge mit dem alten Hennes. Da hatten wir wirklich gut verhandelt.« Am Ende des Ordners angekommen, schlug sie die Seiten allesamt zurück und durchblätterte sie erneut im Schnelldurchgang. »Nanu? Ich kann den Grundbuchauszug nicht finden.«

Lore zog die Augenbrauen hoch.

Nun blätterte Hilde zum dritten Mal durch. »Der ist nicht hier drin. Aber er war doch immer in diesem Ordner, oder irre ich mich?«

Nachdem auch Lore die Papiere noch einmal durchgesehen hatte, seufzte sie. Ihre Lippen vibrierten. Plosiv.

Hilde schob die Zeitung zu den Akten. »Bestimmt eine Falschmeldung. Aber du, das ist mir trotzdem nicht geheuer. Holst du mir Briefpapier? Ich setze gleich ein Schreiben auf und fordere beim Amt einen neuen an.«

Lore
Im Kistchen lagen drei Waschbärkinder, zwei Schweinswale, der Froschkönig und Loki Schmidt. Ein Waschbär sollte genügen. Sie leckte seine Rückseite an und presste ihn auf den Umschlag. Mehrmals strich sie darüber, denn sie traute der befeuchteten Gummierung nicht. Dieser Brief sollte schließlich ankommen und nicht aufgrund einer abgefallenen Briefmarke verschollen gehen. Lore malte sich aus, wie Türme von unfrankierten Briefen in dunklen Postlagerhallen auf den finalen Abtransport per Radlader warteten. Ungelesene Schicksale, die ins Feuer geschleudert wurden. Wahrscheinlich sah sie zu viel fern. Und wahrscheinlich zu viele Sendungen, die düstere und skurrile Assoziationsketten in ihr hervorriefen.

»Wo ist eigentlich der Schlüssel?«, rief Hilde aus dem Wohnzimmer.

Hilde
hatte derweil die zweite Schublade des Wohnzimmerschranks aufgezogen. Teelichter, Büroklammern, Anstecknadeln, Kugelschreiber, Schrauben, Dübel und ein Heiermann, aber kein Schlüssel.

»Lore? Schau mal bitte im Telefonschränkchen nach.«

Hilde schob beide Schubladen wieder zu, fuhr zu ihrer Schwester in den Flur.

»Nichts?«

Lore schüttelte den Kopf.

Sie suchten in der Küche, sahen in die alte Kaffeedose und öffneten nacheinander die Türen der Einbauküche. Zwischen Vorräten, Geschirr und Töpfen fanden sie ein zerbrochenes Porzellankätzchen, eine seit zehn Jahren abgelaufene Tüte mit Colaflaschen, eine zerknickte Elvis-Postkarte und einen wohlgenährten Silberfisch. Sie kramten im Schlafzimmer zwischen den Socken und der Unterwäsche und in der Medikamentenkiste. Nicht hier, nicht dort. Es fand sich kein Schlüssel.

»Lore, das gibt es doch nicht. Wieso kommt hier plötzlich alles abhanden?«

Stummes Schulternzucken.

»Ach, du wieder.« Hilde schnaubte. Sie zog Lore in den Flur, griff nach ihrer Jacke, griff nach Lores Jacke, schmiss sie ihr entgegen. »Los! Wir machen uns jetzt einfach auf den Weg und betrachten die Lage vor Ort.«

Dieser Roman ist mithilfe eines Stipendiums der VG WORT
im Rahmen von NEUSTART KULTUR erschienen.

NEU START KULTUR

VG WORT

Die Beauftragte der Bundesregierung
für Kultur und Medien

Klimaneutral gedruckt auf FSC-zertifiziertem Frischfaserpapier

ISBN 978-3-8974-480-8

© 2024 Ulrike Helmer Verlag, Sulzbach am Taunus
Alle Rechte vorbehalten
Covergestaltung unter Verwendung einer Illustration
von © Tanjidvect/ AdobeStock
Korrektorat: Susanna Piruzram
Druck und Bindung: CPI GmbH, Germany

Ulrike Helmer Verlag
Klosterhofstr. 3, 65843 Sulzbach
info@ulrike-helmer-verlag.de

www.ulrike-helmer-verlag.de